新奇功
환희밀공

설룡 新무협 판타지 소설

FANTASTIC ORIENTAL HEROES

환희밀공 5

설봉 新무협 판타지 소설

초판 1쇄 찍은 날 § 2009년 6월 1일
초판 1쇄 펴낸 날 § 2009년 6월 8일

지은이 § 설봉
펴낸이 § 서경석

편집장 § 문혜영
편집 § 서지현 · 문정흠

펴낸곳 § 도서출판 청어람
등록번호 § 제1081-1-89호
등록일자 § 1999. 5. 31
어람번호 § 제2-1755호

주소 § 경기도 부천시 원미구 심곡2동 163-2 서경B/D 3F (우) 420-822
전화 § 032-656-4452 팩스 § 032-656-4453
http://www.chungeoram.com
E-mail § eoram99@chollian.net

ⓒ 설봉, 2009

ISBN 978-89-251-1826-0 04810
ISBN 978-89-251-1747-8 (세트)

환희밀공

5

정명(淨命) [완결]

설봉 新무협 판타지 소설

FANTASTIC ORIENTAL HEROES

도서출판 청어람

目次

제29장 싸움의 의미　　　　　　7

제30장 태초에　　　　　　59

제31장 뒤틀리는 세상　　　　109

제32장 이면(裏面)　　　　　157

제33장 실타래　　　　　　205

제34장 나타나는 흡정대법　　255

제35장 생각해 보니 다 버릴 것뿐　301

第二十九章
싸움의 의미

환희밀공

1

‘검을 구해달라고? 칫!’

소월신투는 입술을 삐죽 내밀었다.

루검비가 왜 검에 집착하는지 모르는 바 아니나 섭섭한 것
은 사실이다.

많은 이야기도 필요없다. 따뜻한 말 한마디면 족하다. 수
룡이 애틋한 눈길까지 보냈다. 한데도 그의 입에서는 차디찬
말만 쏟아져 나왔다.

‘내가 안 구해주면 어쩔 건데!’

괜히 해본 말이다.

그녀는 자신이 구해줄 수밖에 없다는 사실을 잘 안다. 그가

지금보다 더 차가운 말을 해도 눈물을 뚝뚝 흘려가며 구해줄 게다.

그녀는 삼백 가구 이상이 모여 사는 큰 마을로 들어섰다.

'거풍(居楓).'

입구에 세워진 이정표(里程標)로 마을 이름을 알았다.

처음으로 방문하는 낯선 곳이다.

이곳에도 모적방도는 있다.

성품이 어떤지, 솜씨는 어느 정도인지 모르지만 모적방도가 없는 곳은 중원 천지에 없다.

그녀는 마을을 두어 바퀴 돈 후에야 모적방도의 표식을 간신히 찾아냈다.

마을에서 신목(神木)으로 여기는 커다란 느티나무 아래에 모적방도의 이름이 적혀 있었다.

'이…… 연…… 춘(李延春).'

어린아이가 짓궂게 칼로 장난을 쳤다고 생각할 정도의 낙서다. 이름이 쓰이고, 세월이 아픔을 치료하여 껍질이 생겼다. 낙서 또한 나무의 일부가 된 지 오래이니 이연춘이라는 자는 꽤 오랫동안 활동해 온 듯하다.

그럼에도 처음 듣는 이름이라면 솜씨는 별로 좋지 않은 것 같다.

그녀는 지나가는 아이에게 물었다.

"여기 이연춘이라는 사람이 어디 사는지 아니?"

그의 집은 다 쓰러져 가는 초가였다.

그는 대낮부터 술에 취해 큰대자로 잠을 자고 있었다.

평소였다면 흔들어 깨웠을 것이다. 그래도 일어나지 않으면 물을 끼얹었다.

지금은 미안하지만 시간이 없다.

그녀는 손가락에 수룡을 넣고 낯선 사내의 신정혈(神庭穴)을 지그시 눌렀다.

"끄으윽!"

그가 괴로운 듯 비명을 토해내며 눈을 번쩍 떴다.

"누, 누구십니까?"

그의 입에서는 독한 화주 냄새가 풀풀 풍겼다.

"간단히. 보검을 찾아. 절대 부러지지 않는 검. 목표는 상관세가의 가주, 상관기. 검이 부서지거나 깨지면 넌 죽어. 자, 이제 추천해. 어디 가면 있지?"

"보, 보검하면 사, 상관세가……."

그는 상관세가를 말했다. 방금 적이라고 말했는데도 상관세가를 지목했다.

도둑은 피아를 가리지 않는다. 단지 자신이 노리는 보물이 어디 있느냐만 중요하다.

"상관세가, 어디 가면 있어?"

"배, 백초원. 금령이 지녔던 보, 봉황검. 이 손 좀 치우고……."

"그거 금령과 함께 땅에 묻혔던 것 아냐?"

"맞소. 땅에 묻힌 걸 용검대가 꺼내서 가지고 왔는데, 용검대주가 사동승에게 주었고, 사동승은 얼마 전에 죽었소."

"상관세가에서 죽은 자를 처리하는 곳이 어디지?"

"배, 백초원."

그녀는 손가락을 치웠다.

"소월신투요?"

그가 일어서며 말했다.

"루검비가 상관세가를 치다가 되레 당했다고 합디다. 상관가주를 칠 만한 보검을 찾는 사람이라면, 그리고 나를 찾아낼 사람이라면 소월신투밖에 없지."

그가 능글맞게 웃었다.

"모적방의 방규는 알고 있으리라 생각하오만…… 흐흐! 난 소저의 몸을 택하겠소. 지금 당장."

모적방도라면 방규를 엄격하게 지켜야 한다.

어느 문파라고 문규를 업수이 여기겠느냐마는 모적방은 특히 심하다. 도적들의 특성상 목숨을 걸고 지킬 만한 방규가 아니라면 뿔뿔이 흩어지는 건 시간문제이기 때문이다.

그중에 하나가 모적방도에게는 공짜가 없다는 것이다.

하나를 얻으려면 하나를 내놓아야 한다. 물론 내놓는 것이 상대의 마음에 들어야 한다. 그렇지 않으면 절대로 얻어갈 수 없다.

도둑들끼리 먼저 훔친 자의 물건을 탐내거나 재차 도둑질하는 것을 막기 위해서 내건 방규다.

이를 어길 시에는 모든 도둑의 표적이 된다.

방규를 어기는 순간부터 그 사람의 모든 것은 모적방도의 것이 된다. 재물, 가족, 그의 목숨까지…… 무엇을 가져가도 용인된다.

소월신투는 물건을 먼저 내놓지 않고 얻어갈 것부터 챙겼다.

이럴 때를 대비해서 또 다른 보안책이 마련되었다. 먼저 물건을 가져갈 때는 상대가 원하는 건 무엇이든 내놓아야 한다. 목숨을 원하면 목숨까지도 내놓아야 한다. 그럴 각오가 아니라면 먼저 가져가서는 안 된다.

사내는 소월신투의 몸을 원했다.

"줘야지."

"흐흐흐! 그럴 줄…… 컥!"

사내의 신정혈에 구멍이 뻥 뚫렸다.

이 순간, 그녀는 모든 모적방도의 적이 되었다. 이제부터 모든 모적방도는 그녀의 것이라면 뭐든 훔쳐 갈 수 있다.

사내의 시신은 치우지 않았다.

치워봤자 소용없다.

모적방도는 혼자 살지 않는다. 둘이 짝을 지어 서로를 보호

해 준다. 한 사람이 살해당하면 어디서 어떤 이유로 살해당했는지 모적방에 즉시 보고한다.

그런 연유로 모적방도를 죽이려면 한 사람만 죽여서는 안 된다. 반드시 두 사람을 죽여야 한다.

누구보다도 그런 사실을 잘 알고 있는 소월신투다.

시간만 있었다면 두 사람의 밀마(密碼)를 찾아냈을 것이다. 두 사람이 사는 곳을 물었을 게고, 한 사람을 죽이는 즉시 다른 자를 찾아서 화근을 제거했을 게다.

간단하다.

두 사람만 죽여 깊은 산속에 묻어버리면 끝난다.

그런 연유로 모적방도는 대부분 한 사람의 밀마만 남겨놓기도 한다. 한 사람의 신분은 영원히 숨겨놓고 밤일을 할 때만 같이 움직이는 경우가 많다.

그렇다고 찾아내지 못할 소월신투가 아니지만.

지금은 시간이 없다.

내일 정오까지는 루검비에게 보검을 줘야 한다.

홍정을 했다면 어땠을까? 이연춘이 원하는 것을 내놓으면 보검의 위치쯤은 말해주지 않았을까?

원래는 그럴 생각이었다. 한데 그를 만나는 순간 그의 화룡이 날름날름 혀를 내밀었다.

술을 마시지 않았을 때는 어떨지 모르지만 술 취해 쓰러진 상태에서는 오직 여색(女色)밖에 탐하는 것이 없다.

그런 사내였다.

“휴우……!”

그녀는 가느다란 한숨을 토한 후, 신형을 날렸다.

그녀는 백초원을 살폈다.

백초원은 상관세가에 붙어 있지 않다. 상관세가에서 백여 보쯤 떨어진 곳에 담장 없는 전각을 지었고, 그곳에 백초원이라는 현판을 걸었다.

병든 사람이 언제 어느 때고 자유롭게 이용하라는 차원에서 특별히 배려한 것이다.

하지만 오늘은 분위기가 사뭇 달랐다.

상관세가 무인들이 상당수 죽은 탓인지, 아직 해가 지지도 않았는데 사람의 발걸음이 끊겼다.

백초원 안도 썰렁하기는 마찬가지다.

가벼운 환자들은 집으로 돌아갔다. 몇몇 의원이 남아서 움직일 수 없는 중병 환자들을 치료하고 있지만 멀리서 내뱉는 숨소리도 들릴 정도로 조용했다.

스스스슷!

소월신투는 백초원 안으로 잠입했다.

백초원을 지키는 무인은 없다. 상관세가는 두세 걸음마다 한 명씩 지켜서고 있지만, 백초원을 신경 쓸 이유는 없었다.

그렇다. 그곳은 무가(武家)가 아니며, 무인도 없다.

그녀가 백초원 안으로 파고드는 것은 일도 아니었다.

"읏!"

상황이 달라진 것은 상관세가 무인들의 주검을 보관한 방으로 들어섰을 때다.

갑자기 거대한 기운이 밀려온다.

화룡은 보잘것없다. 루검비의 화룡에 비하면 그야말로 용과 새끼 뱀이다. 이자는 무공만 수련했지 심신을 가꾸지 않았다. 정신을 다듬지 않았다.

내공은 상당하다. 중원무림에 꽤나 이름이 알려진 자일 게다.

"올 줄 알았는데, 역시 왔군."

시신을 보관한 방에서 턱수염을 정갈하게 다듬은 장년인이 걸어나왔다.

'실수!'

소월신투는 자신의 실책을 깨달았다.

도둑의 기본을 무시했기 때문에 벌어진 일이다. 잠입하다가 누군가에게 발각되었다는 건 '신투'라는 말을 듣고 있는 그녀에게는 치욕적인 사건이나 다름없다.

"이게 봉황검이네. 검신에 '봉황' 두 글자가 음각되어 있지. 검격에 백옥이 여섯 개 있는데, 피독주(避毒珠)라 하여 독문(毒門)에서는 보물로 여긴다네. 독이 있는 곳에 가면 검은색으로 변색되지."

그가 장검 한 자루를 만지작거렸다.

한눈에 보기에도 뛰어난 검이다. 검신이 새파랗게 살아 있다. 굶주린 늑대가 바위 위에서 푸른 눈을 번뜩이며 노려본다는 느낌이 든다.

'움직일 수가…… 없어.'

"검집도 좋지. 이 검집은 붉은빛이 감도는데, 왜 그런지 아나? 주사(硃砂)를 섞었기 때문이야. 주사도 보통 주사가 아니지. 지니고 있기만 해도 마음이 청량해져서 참선을 하는 것과 같은 효과를 볼 수 있는 것이지. 자, 이만하면 굉장한 검 아닌가?"

소월신투는 손가락을 쫙 폈다가 다시 오므렸다.

철골지가 운용되었다. 그녀가 수련한 철강심력(鐵鋼心力) 대신에 수룡을 썼다는 게 다를 뿐이다. 위력 면에서는 대단한 자부심을 가졌던 철강심력이 한참 뒤진다.

수룡에 당적할 만한 내공심법은 없다. 있다면 오직 같은 수룡이나 화룡뿐이다.

사내가 소월신투의 마음을 읽고 빙긋 웃었다.

"자, 가지고 가게. 싸울 생각이었으면 벌써 싸웠지, 이렇게 말이나 하고 있을 것 같나? 지금은 루검비에게 가장 필요한 물건일 테니, 잘 쓰라고 하게."

"왜……?"

"왜는… 목적이 있으니 주는 것이지, 괜히 주겠나. 원래는 내가 가져다주려 했으나 그런 말을 믿을 것 같지도 않고……

눈에 본 김에 가져가고 싶겠지. 가져가게."

그는 봉황검을 내려놓고 한 발 물러섰다.

소월신투는 거침없이 걸어가 검을 집었다.

그가 말했다.

"내 오늘 안으로 찾아감세. 그리 전해주겠나?"

소월신투가 말했다.

"찾아오면 죽일 거야!"

퉁퉁! 퉁퉁퉁! 퉁퉁! 퉁퉁……!

화룡을 이용하여 뚫리고 찢어진 상처를 보듬어 나갔다.

금창약의 약효가 신묘할 정도로 빨리 스며든다. 약에 깃든 성질이 모조리 흡수되어 혈관을 누빈다.

내일 정오까지 두 사람을 구해내야 한다.

구생 갈굉촉까지 죽여 버렸다고 하니 남은 두 사람을 죽이는 것도 기정사실화해야 한다.

구생은 그렇게 죽어서는 안 될 사람이다.

그가 무인은 아니지만 무림에서 차지하는 위치는 매우 높다.

무인이란 도검 위에서 사는 인생이라고 한다.

언제 어느 때 누구 손에 죽을지 모른다. 다치는 건 다반사다. 타인만 죽이고 자신은 멀쩡하다면 얼마나 좋을까. 하나 세상사란 그렇지 않다. 타인을 죽이기 위해서는 자신도 얼마쯤은 내놓아야 한다.

결전을 벌이면 거의 대부분 한두 군데쯤은 상처를 입는다.

그럴 때 구생 갈굉축은 큰 도움이 된다.

상승고수치고 그에게 치료를 받아보지 않은 사람이 없다. 명문대파치고 그의 손길이 닿지 않은 곳이 없다.

그는 모든 무림인에게 꼭 필요한 존재다.

상관가주는 그런 사람을 죽였다.

물론 명분은 당당하다. 환희밀공을 연구, 참오해서 죽였다는데 뭐라고 하겠는가.

무천은 환희밀공과 연관해서 그를 소환했었다.

상관세가를 이 잡듯 뒤지기도 했다.

환희밀공이 마공이라고 세상에 공식 선포한 것과 다름없다.

절죽원주와 호리수의 목숨은 그야말로 풍전등화(風前燈火)다. 상관가주가 마음먹기에 따라서는 오늘 밤 당장 목을 쳐버려도 할 말이 없다.

실제로 모든 증거가 상관가주에게 있다.

상관가주는 왜 이런 무리수를 둔 것일까?

두말할 것도 없다.

"루검비, 와라! 도주하지 못한다! 우선 네놈과 작당한 놈들부터 죽이고, 네 뒤를 끝까지 따라가겠다. 넌 상관세가를 뒤집어놨을 뿐만 아니라 상관교와 상관흘을 죽였다. 이제 너와 상관세가는 한 하늘을 이고 살지 못한다."

루검비의 귓가에 상관기의 음성이 쟁쟁 울렸다.
퉁퉁! 퉁퉁퉁퉁!
계속, 한시도 쉬지 않고 화룡을 움직였다.

"저런 몸으로 싸우겠다는 거야?"
"부지런히 치료하고 있어요."
"너흰 참 좋겠다."
"뭐가요?"
"너흰 말하지 않아도 생각이 통하잖아? 서로들 머릿속을 환하게 꿰뚫고 있으니 얼마나 좋아. 안 그래?"
"장단점이 있는 것 같아요. 내 몸처럼 환히 알게 되니까 궁금하지는 않은데, 지금처럼 애를 써도 어쩌지 못하는 상황이 되면 마음만 아파요."
"흐흐흐! 이것들아, 하늘이 왜 사람에게 서로의 생각을 못 읽게 만든 줄 알아? 다 알면 재미없어서야. 인생이란 궁금증 이 생기고 그걸 하나하나 풀어나가는 재미로 사는 거야. 그게 없으면 편안하기는 해도 재미는 없어."
"그런 것 같아요."
노동거사와 소월신투는 나무 그늘에 앉아 이런저런 이야

기를 나누었다.

"모적방은 나와야지?"

"네? 왜요?"

소월신투가 깜짝 놀라서 되물었다.

혹시 거풍이란 마을에서 벌어진 일을 알고 있나 해서다.

"저놈과 헤어질 거야?"

"아뇨. 이제는 헤어지려야 헤어질 수 없어요."

노동거사는 소월신투 모르게 고개를 흔들었다.

소월신투는 루검비와 헤어지던가, 모적방을 나오던가 양자택일을 해야 한다.

자고로 무인이 종교와 연관되어서 좋았던 적은 없다. 그것이 세상 사람들이 보기에 사이비 종교일 경우에는 특히 그랬다. 자신이 스스로 나오거나 파문(破門)을 당하거나, 심한 경우에는 문파 사람들과 칼부림까지 했다.

모적방은 환희교를 인정하지 않을 것이다.

그렇잖아도 개방(丐幇)과 하오문(下午門)에 밀려 모적방의 입지가 하루가 다르게 좁아지고 있는 판에 이런 일까지 감당해 주지는 않을 것이다.

소월신투는 앞날을 너무 가볍게 생각한다.

그러면 어떤가. 앞일을 예측하지 않고 옳다고 생각되는 일이 있으면 무조건 돌진하고 보는 것이 젊음이다.

눈앞에 닥친 일도 해결하기 벅찬 판에 한참 후에 생길 일까지 미리 걱정할 필요는 없다.

노동거사는 급히 화제를 바꿨다.

"응? 벌써 쌀이 익어 밥이 된 겐가?"

"어휴! 그런 게 아니고요!"

소월신투가 얼굴을 붉히며 빽! 고함을 질렀다.

"전 성신을 알아버렸어요. 몰랐으면 모를까, 알아버린 이상…… 성신과 함께 있고 싶어요. 성신을 아는 사람들이랑."

"한마디로 신선은 신선끼리 놀겠다는 거군."

"그럼요."

"나도 좀 낄까?"

"거사님 같으면 얼마든지 환영이죠."

"관둘란다. 내까지 성신인가 뭔가 하는 걸 알아버리면 세상 사람들이 얼마나 피곤하겠누. 믿어! 안 믿어? 맞고 믿을래, 안 맞고 믿을래! 마! 몸에 좋다는데 왜 안 믿어!"

노동거사가 주먹을 꽉 쥐고 자기 머리를 쥐어박으며 말했다.

"호호호!"

소월신투는 마음의 걱정을 덜어내고 맑게 웃었다.

"배꼽 뚫린다. 그만 웃어라."

"웃게 만든 사람이 누군데요."

"웃게 만들긴 했다만 지금은 웃을 때가 아닌 것 같구나."

그의 말이 끝나기도 전에 소월신투의 웃음소리가 그쳤다.

그녀의 눈빛은 강적을 대했을 때처럼 날카롭게 변한 채 전면을 응시했다.

손님이 찾아왔다, 찾아와서는 안 될 손님이.

"어떻게 찾으셨습니까?"

루검비가 물었다.

"이곳은 상관세가의 땅이네. 우리 땅에 있는 사람을 우리가 찾지 못한데서야 말이 되는가."

상관세가의 이숙(二叔), 상관락이 웃으며 말했다.

"아! 괜한 걱정은 말게. 가주는 아무 보고도 받지 못했으니까. 그보다 상처는 어떤가? 쯧쯧! 꽤 심한 것 같군."

그가 품에서 실로 단단히 묶은 기름종이를 내밀었다.

"약을 가져왔네. 흔한 금창약이지만, 우리 가문에서는 이것만 있으면 팔다리가 떨어져 나가도 걱정하지 않지. 금방 아물거든. 약효가 아주 빠르니 발라보게."

루검비는 두 손으로 받았다.

"계속 선물만 받는군요. 봉황검만 해도 큰 선물인데. 어쨌든 감사합니다."

"내일 싸우러 올 건가?"

상관락은 망설임없이 용건을 꺼냈다.

"왜 물으시는지요?"

"우린 그럴 거라고 생각하지. 해서 만반의 준비를 갖췄네.

우리도 그렇겠지만 자네에게도…… 내일은 상당히 피곤한 싸움이 될 걸세. 그러나저러나 정말 걱정이군. 그런 몸으로 싸움이 되겠나?"

루검비는 미간을 찌푸렸다.

좀처럼 속내를 드러내지 않는 사람이다.

화룡도 상당히 불안하다. 오르락내리락…… 잠시도 가만히 있지 못하고 몸 구석구석을 쏘다닌다.

진기는 상당히 강한 편이다.

단전에 돌덩이 같은 기운이 뭉쳐 있으니 상관가주와 비견해도 별로 뒤지지 않는다.

하나 결정적인 약점이 있다.

그에게서는 가주에게서 느꼈던 위압감이 느껴지지 않는다. 일신 무공이 어떨지는 모르지만 루검비에게는 평범한 무인 중 하나에 불과할 뿐이다.

"싸우러 갈 것을 알고, 싸울 준비까지 되었고…… 또 무엇이 필요하십니까?"

왜 왔느냐는 질문이다.

모든 준비가 끝났는데, 자신이 칠성각(七星閣)에 은신해 있는 것을 알면서 왜 공격해 오지 않느냐는 반문이다.

"자넨 묘한 데가 있네. 치기만 하면 넘어갈 것 같은데, 정작 치면 오히려 된통 당하지. 그래서 왔네."

"……"

“가주를 죽여도 좋지만 상관세가의 맥은 끊지 말게.”

“……!”

“그걸 부탁하려고 왔네.”

“내일 싸움에서 제가 이길 거라고 생각하십니까?”

“이긴다면 내 부탁을 들어줄 텐가?”

“그러죠.”

“솔직히 누가 이길지는 나도 모르지. 가주가 이기면 지금과 변할 게 없네. 젊은 놈 하나가 불쑥 찾아와서 난동을 부리다가 개죽음당한 것과 진배없는 거고…… 하나 만에 하나, 자네가 이기면 내 부탁을 들어줄 것이니…… 이런 이야기를 나눠서 손해 볼 건 없지. 그렇지 않은가?”

“만에 하나…….”

“그렇네. 그게 자네에게 거는 승산이네만…… 그 만에 하나를 알지 못하겠어서 말이네.”

그는 속내를 서슴없이 드러낼 정도로 자신만만하다.

나름대로는 효웅(梟雄) 소리라도 듣고 싶을 것이다. 또 그런 종류의 사람이라고 생각할 것이다.

그는 그런 면이 다분하다.

백초원 금가 사람들을 조종하여 자신을 빼낼 때도 그랬다. 자신을 잡아갈 때도 그랬다.

그는 뒤에서 암수를 쓴다.

어떻든…… 루검비에게는 평범한 사람으로밖에 보이지 않

는다.

"좋은 생각입니다."

루검비는 웃으며 말했다.

2

"저놈, 뭐라는 거야? 일문의 존장이라는 놈이 저런 말이나 하고 다니고. 쯧쯧! 상관세가도 다됐군, 다됐어."

노동거사가 한심하다는 듯 말했다.

류취취와 소월신투는 어두운 낯빛으로 땅만 쳐다봤다.

그녀들은 상관락의 방문에 신경 쓸 겨를이 없었다.

"왜 저런 자를 맞이했지? 안 만나도 되는데……."

류취취가 깊은 한숨을 내쉬며 말했다.

"그러게요. 그럴 정신이 있으면 잠이라도 자지."

소월신투는 눈물까지 흘려서 눈이 벌겠다.

루검비는 끊임없이 화룡을 움직였다. 금창약을 바르고, 생기를 불어넣었다. 어떻게든 몸을 움직이려고 안간힘을 다했다.

하지만…… 하지만…… 인간의 육체는 일단 찢어지면 쉽게 붙지 않는다. 창호지를 풀로 붙이듯 쉽게 붙일 수 없다. 바늘로 꿰맬 수는 있지만 그게 곧 싸울 만큼 좋은 상태를 만들어주지는 않는다.

루검비는 간신히 도주했다.

조금이라도 더 붙들렸다면 현장에서 즉사했을 게다.

육신은 말하지 않아도 안전한 곳을 찾아간다. 불길한 곳에 가면 모골을 섬뜩하게 해서 미리 경고해 준다.

이런 경고 체계는 실질적인 행동으로도 나타난다.

누가 봐도 죽음이 확실한 사람조차 살려고 발버둥 치는 것이 바로 그 때문이다.

생기는 삶을 떠나서 존재할 수 없다. 하기에 죽음과 직면하면 살기 위해 어떤 짓이든 한다.

루검비의 화룡은 본능적으로 죽음을 예감했고, 루검비에게 도주하라는 명령을 내렸다.

상관가주와 싸우다가 도주한 것이 명예롭지 못하다고 생각될 수 있다. 다른 사람의 생각을 말하는 게 아니다. 본인 스스로 그렇게 생각할 수 있다.

하나 당시에는 아무 생각도 나지 않았다. 무조건 내빼야 한다는 생각밖에 하지 못했다.

화룡의 기운이 다른 사람들보다 유난히 강하며, 보고 느낄 수 있기 때문에 삶에 대한 욕구도 강했다.

화룡은 안전한 곳에 도착하자 삶을 위한 도주에서 상처 회복으로 방향 전환했다.

루검비는 하루 종일 상처 회복에 매달렸다.

결과는 아주 좋다. 상처가 완벽하게 지혈되었고, 화농도 보이지 않는다.

하나 이런 몸으로 싸운다는 건 무리다.

싸움은커녕 제대로 걷지도 못한다.

두 여인은 그런 점을 알고 있었다.

처음에는 화룡의 능력을 믿고 기다렸지만, 시간이 지나도 좀처럼 나아질 기미를 보이자 않자 초조해졌다.

그녀들에게는 상관락의 방문이 루검비의 상처 치료를 지체시키는 방해로밖에 보이지 않았다.

"인상들 펴. 그런다고 죽었던 할망구가 살아오는 것 아냐. 마음 편히 먹자고, 마음 편히."

노동거사가 두 여인의 어깨를 툭, 치며 말했다.

도주할 때는 상처가 심한 줄도 몰랐다.

온 신경이 '상관세가에 머무르면 죽는다'에만 몰두해서 상처 같은 것을 거들떠볼 겨를이 없었다.

화룡의 우선순위가 삶에 기인한 결과다.

안다. 해서 우선순위를 바꾸면 상처도 말끔히 치료될 줄 알았다. 그렇게 믿고, 믿고, 또 믿으면 치유되리라 생각했다.

한데 안 된다. 낫지 않는다.

머릿속으로는 화룡이 낫게 해준다고 생각하지만, 몸은 어림없다고 말한다. 살이 찢어졌는데 무슨 수로 하룻밤 사이에 나을 거냐며 비아냥거린다.

머리는 믿음을 갈구하는데, 몸은 현실을 본다.

이래서는 죽도 밥도 안 된다.

루검비는 화룡을 놓아버렸다. 제멋대로, 자기가 가고 싶은 대로 가게 내버려 두었다. 의식적으로 조절하지 않고, 신체에 맞게 움직이도록 자유를 주었다.

아무것도 안 될 때는 이렇게 풀어주는 게 가장 좋다.

화룡은 이 시점에서 무엇을 해야 가장 좋은지 안다. 의지로 화룡을 움직이지 않으면 화룡이 알아서 삶에 최고로 좋은 행동을 선택하여 시행한다.

쏴아아아아…….

역시 화룡은 상처 회복에 집중했다.

자신이 의지로 밀어붙인 것과 화룡의 자유의사에 맡긴 게 똑같은 결과로 나타났다.

화룡은 최선을 다하고 있다. 그런데도 안 되고 있는 것이다.

"아함! 응? 여기서 밤을 꼬박 밝힌 게야?"

노동거사는 류취취와 소월신투를 보다가 루검비가 조리하고 있는 칠성각으로 눈길을 돌렸다.

"쯧!"

가여운 탄식이 터졌다.

두 여인의 표정만 봐도 어떤 상황인지 짐작된다.

그녀들과 루검비는 마치 쌍둥이처럼, 아니, 태어날 때부터 영이 통해 서로의 생각을 자유자재로 읽는 영매들처럼 느낌과 감정을 살필 수 있다.

그녀들의 안색이 무겁다는 건 루검비의 상처가 좀처럼 회복되지 않고 있다는 뜻이다.

하기는 그런 상처가 쉽게 낫겠는가.

육신이 없다면 모를까, 피와 살로 이뤄진 인간은 시간이 필요하다. 영약을 발랐다고 하룻밤 사이에 나을 것 같으면 칼로 푹 찔러놓고 '미안하다' 며 약을 건네는 장난도 생길 것이다.

그런 일은 생길 수 없다. 애당초 가당치 않은 일이었다.

"쯧쯧쯧! 그렇다고 밤새도록 이러고 있었던 거야? 쯧쯧! 저 정도 상처가 어떻게 하룻밤에 낫는다고 생각한 거지? 난 그 발상이 궁금해. 화룡에 매달리는 것도 좋지만 현실은 봐야 할 것 아닌가."

"거사님, 좀 조용해 줘요."

소월신투는 눈물도 말라 버렸다.

"밥이나 하지."

"……."

"밥이나 먹자고."

"……."

"아! 먹어야 싸울 것 아냐! 세상에 상관가주와 싸울 놈이 저놈뿐인 줄 알아! 나도 있고 너희도 있잖아! 어서 밥해!"

두 여인은 그 말이 터지기 무섭게 고개를 퍼뜩 쳐들었다.

"우리?"

"우리가? 그, 그렇구나!"

"알았으면 빨리 밥해! 한술 떠야 기운이 나든 말든 하지."

"알았어요!"

류취취가 후다닥 움직였다.

초심으로 돌아간다.

상상은 상상으로 그칠 뿐이다. 머릿속으로 아무리 상처가 낫는다고 생각해도 그건 상상에 지나지 않는다.

현실은 엄연하다.

찢어진 살은 입을 쩍 벌리고 있고, 갈라진 근육은 붙을 생각을 하지 않는다.

몸이 다 나았다고 믿어야 하는데, 낫지 않은 현실을 눈으로 직접 보니 나았다고 믿지 않는다.

화룡은 최선을 다하고 있지 않았다.

분명히 말하면 자기 자신이 화룡에게 최선을 다하지 않아도 좋다는 신호를 끊임없이 보내고 있었다.

겉으로는 놀지 말고 일하라는 명령을 내렸지만, 자신도 모르는 새에 그 명령은 취소되고 다른 명령이 하달되고 있었다. 이런 상처가 어떻게 쉽게 낫나. 하루 이틀로는 어림없다. 시간이 필요하니 최소한 보름은 기다려야지.

화룡은 나중에 내린 명령을 수행했다.

보름 안에만 낫게 하면 되지? 그 명령, 틀림없지? 그럼 그대로 한다? 나중에 뭐라고 하지 마!

그 정도면 될 것 같다. 보름 동안 화룡이 최선을 다하면 자유자재로 움직일 수 있을 것 같다.

루검비는 자신도 모르게 보름이라는 시간을 정해놓고 있었다.

이것 역시 보통 사람들에게는 꿈도 꾸지 못할 만큼 빠른 회복이다. 오직 루검비만이 이 시간 안에 회복할 자신이 있었다.

현실적인 타협이었다.

본인 스스로 보름이면 고칠 수 있지만 하루로는 도저히 불가능하다고 선을 그었다.

그러니 그토록 맹렬히 화룡을 움직여도 움직이지 않은 것이다.

루검비는 퍼뜩 정신이 들었다.

상처를 볼 필요가 없다. 자신을 보면 된다. 화룡에게 상처를 치유시킬 필요가 없다. 화룡 자체만 보면 된다.

능숙해지면 처음을 잊는다.

'이런 실수를……'

루검비는 화룡만 쳐다봤다. 다른 것은 일체 보지 않았다. 상처가 얼마나 깊은지, 얼마나 아픈지, 몸을 움직일 때마다 어디가 쑤신지…… 보지도, 듣지도, 느끼지도 않았다.

"햐! 정말 움직일 수 있는 거야?"
노동거사가 놀라서 물었다.
상처는 여전하다. 배를 감싼 붕대에는 붉은 핏물이 스며 있다. 검은 피가 아니다. 붉은 피다. 아직도 지혈이 완전히 되지 않아서 피가 새고 있다.
"멀쩡합니다."
그의 말대로 안색이 무척 편안해 보였다. 사지를 움직이는데도 지장이 없어 보이고…….
"하도 놀라는 일이 많아서 이제는 놀랄 일이 없겠다 하다가도 잠만 자고 나면 놀라게 되네. 이제 그만 놀라게 할 수 없나?"
"그러겠습니다."
"싸움은 내가 맡지."
"제가 하겠습니다."
"고집은…… 그 몸으로는 무리야."
"꼭 제가 해야 합니다."
루검비가 웃으며 말했다.

진기는 절대 화룡을 이기지 못한다.
진기는 화룡의 일종이다. 화룡은 진기는 물론이고, 진기가 갖지 못한 것까지 갖고 있다.

그럼에도 진기가 화룡을 누를 수 있었던 것은 루검비가 진기를 화룡과 동일시했기 때문이다.

화룡은 변변치 않는데, 진기는 강하다?

그런 일은 있을 수 없다.

있을 수 없는 일이 왜 생겼나? 마음의 조화다. 루검비의 마음이 말로 안 되는 상상을 했고, 상상은 현실이 되어 나타났다.

강해 보이는 진기가 화룡을 먹어치웠다. 그래서 진기와 화룡이 같게 보였다. 별 볼일 없던 진기가 느닷없이 태산처럼 커져 버렸다.

상관가주나 모초권은 아무 일도 하지 않았다.

그 일은 루검비가 했다. 자신 스스로 상대를 크게 키웠다.

다시 보면 된다. 화룡을 있는 그대로 보면 된다. 하면 강대한 진기가 작은 화룡 속에서 꿈틀대는 것을 볼 것이다.

그는 실제로 그런 경험을 했다.

상관락이 왔을 때, 그를 봤다.

진기는 강대했다. 화룡은 무시할 수준이지만 진기만은 융성했다. 끊임없이 경락을 휘도는데, 그 모습이 마치 강렬하게 질주하는 마차 바퀴 같았다.

진기에 주목하면 화룡 대신 진기만 보인다.

강한 상대를 맞이하게 되는 것이다.

그는 재빨리 진기에게서 눈길을 돌려 화룡을 찾았다. 경락을 보지 않고 몸 전체를 봤다.

상관락의 화룡은 손으로 꽉 쥐기만 해도 터뜨려질 정도로 약했다.

그러자 그는 약한 사람이 되었다. 강자에서 평범한 사람으로 변모했다.

화룡의 마술이다.

절죽원주 포명봉과 호리수 서유동은 이른 새벽부터 상관세가 정문 앞에 무릎 꿇려졌다.

두 손은 등 뒤로 결박당했다.

"처먹어."

무인이 개밥 그릇을 들고 와 두 사람 앞에 놓았다.

"이승 떠나는 마지막 밥이 이게 뭐야! 너 이놈! 내 니 얼굴 똑똑히 기억해 둔다. 너도 내 얼굴 똑바로 봐둬라! 네놈 이승 떠날 때는 반드시 내가 저승사자로 올 테니. 흐흐흐! 그때 보자, 이놈."

호리수가 능글맞게 웃었다.

"이 사람아, 그 정도로 겁먹겠어? 넌 오늘 안으로 죽는다. 이 정도는 말해야 겁먹지."

"터진 주둥아리라고 말은…… 어휴! 그만두자. 지금 입씨름이나 할 때냐."

그는 털썩 주저앉아 두 발을 쭉 폈다.

개밥 그릇에 파리가 잔뜩 꼬여 왱왱거렸다.

시간은 무심히 흘러 어느덧 정오가 되었다.

오는 사람도 가는 사람도 없다.

웬만하면 좋은 구경거리라며 구름처럼 모여들 구경꾼조차 없다. 있기는 있다. 멀리 떨어진 곳에서 문틈 사이로 눈만 빠끔히 내놓고 지켜본다.

모두들 불똥이 튈까 봐 나오지도 않고 있다.

"죽음은 두렵지 않으나 이 머릿속에 든 것을 이고 가려니 그것이 한이로구나."

"허허허! 진작 책이라도 써놓지 그랬나."

"주둥아리 계속 함부로 놀리다간 쥐어터진다."

"허허허! 곧 죽을 목숨이 쥐어터지는 게 겁날까? 협박이 좀 약했다고 생각하지 않나?"

"그래. 넌 죽어라, 난 살 테니. 어차피 노는 물이 달랐잖아?"

"죽을 것 같으면 비천한 놈이 먼저 죽어야지. 안 그런가?"

"어쭈!"

호리수가 절죽원주를 쳐다봤다.

놀렸다고 해서 쳐다본 게 아니다. 절죽원주의 입에서 농담이 터졌기에 놀라서 돌아본 것이다.

절죽원주가 침통한 표정으로 말했다.

"구생의 복수를 해줄 사람들이 왔구먼."

이남이녀가 걸어왔다.

루검비는 상의를 벗어버렸다. 피 묻은 붕대가 탄탄한 근육을 감싸고 있다.

그는 손에 검을 들었다.

길이 이 척 정도 되는 검으로, 사내들이 사용하기에는 다소 작다. 하나 검신에서 흘러나오는 예기(銳氣)가 한낮의 더위를 말끔히 씻어낸다.

그 뒤로 두 여인이 바짝 따라붙었다.

그녀들의 허리에는 소검(小劍)이 빙 둘러 꽂혀 있었다. 좌우, 앞뒤…… 어림잡아도 이십여 자루는 족히 되어 보였다.

노동거사는 구경꾼이라도 된 듯 한참 떨어져서 뒷짐까지 지고 여유작작 걸어왔다.

그들은 거침없었다. 매복 같은 것은 아예 염두에 두지 않는 듯 절죽원주와 호리수를 향해 일직선으로 걸어왔다.

상관세가에서도 움직임을 보였다.

제일 먼저 담장 위에서 일단의 무인들이 모습을 드러냈다.

그들은 손에 활을 들었다. 철시(鐵矢)가 팽팽히 당겨진 모습은 가히 위압적이다.

좌우로도 무인들이 나타났다.

가슴에 용 문양을 새긴 무인들이다.

그들이 펼친 천수강막은 물샐틈조차 보이지 않았다.

"어제 짓이겨 놨는데, 어떻게 하룻밤 사이에 더 강해졌을까?"

"죽은 사람도 많았는데…… 인원도 거의 찬 것 같지?"

두 여인이 농담을 하듯 가볍게 말을 주고받았다.

"상관세가에 몸담은 자들치고 천수강막을 모르는 자가 어디 있을까. 자리가 비면 채우면 되지. 겉보기만 저렇지, 막상 싸움이 시작되면 오합지졸(烏合之卒)이 될 거야. 어디 손발을 맞춰봤어야 말이지. 싸움이 어디 진법대로 된다던가? 불의의 상황이 닥치면 천수강막도 급변해야 하는데, 그런 상황이 되면 손발이 크게 어지러워질 거야."

그 말이 맞을 수도 있다.

문제는 뒤다.

그들이 지나온 집들, 점포들, 골목…… 곳곳에서 붉은 옷을 입은 무인들이 걸어나왔다.

그들은 루검비 일행에게 보조를 맞추려는 듯 서둘지 않았다.

천천히 나타났으며, 완벽하게 뒤를 차단했다.

"저게 누구야? 저기 검은색 무복에 홍마갑(紅馬甲)을 걸쳐 입은 놈이 홍의랑주 맞지?"

"그런 것 같네요."

"쯧쯧! 기상은 천하대장부인데 어찌 개집에서 태어났을꼬."

“그러네요.”

소월신투가 동조했다.

홍의랑주 상관파의 화룡은 그녀가 상관세가에서 접했던 그 누구보다도 강했다.

화룡은 양지에서 큰다.

기쁨, 즐거움, 환희…… 성취감, 노력, 집중…… 광명정대함 속에도 큰다.

상관파의 심성은 곧다. 강직하다. 부러질지언정 휘지는 않는다. 인정도 있지만 무인의 승부욕도 지녔다.

안타까운 것은 가문에 대한 사랑이 지극하다는 것이다.

그게 어디 나무랄 일인가.

그의 적이 된 입장에서 상관세가를 좋게 보지 않으니 하는 말이다. 그의 입장에서는 루검비 일행이 오히려 나쁘게 보일 수도 있다.

“상관락 대신 저 사람을 살려주면 어때?”

류취취가 말했다.

“쯧쯧! 삶을 택할 사람처럼 보이냐? 그는 홍의랑주야. 가주의 호법이지. 가주를 치려면 홍의랑부터 쳐야 해. 그전에는 절대 길을 비키지 않을걸?”

노동거사가 아깝다는 듯 입맛을 다시며 말했다.

“누가 그걸 몰라요? 다 방법이 있으니까 물어본 거죠.”

류취취가 입술을 삐죽 내밀며 말했다.

루검비는 대답하지 않았다. 절죽원주와 호리수만 쳐다보고 앞으로 쭉 걸어갔다.

"이 세상에 공짜는 없소."

그들 앞에 서자마자 뜬금없이 흘린 소리다.

말투도 달라졌다. 이전에는 적에게도 극존칭을 사용했다. 한데 평어(評語)를 쓴다. 중원무림의 대석학을 대하는 태도는 아니었다. 예의를 논할 만한 상황도 아니었지만, 루검비가 그랬다는 게 믿기지 않는다.

"알고 있네."

절죽원주가 웃으며 말했다.

"목숨 값을 무엇으로 치를 거요?"

"대인은 아니군. 죽음 앞에 선 사람에게 목숨 값 운운하는 건 소인배일세. 그런가?"

"청루(靑樓)를 만들 생각이오."

"생각이 그러면 만들면 되지."

"요색천보다 더 난잡한 곳이 될 거요."

"어느 곳이든 주인 뜻대로 운용되는 것 아니겠나. 자네 뜻이 그렇다면 그리되는 거겠지."

"사람들로부터 지탄을 받지 않을 묘안을 짜주시오."

"허어!"

"할 수 있겠소?"

"어렵지. 대놓고 나쁜 짓을 하면서 욕은 먹지 않겠다니, 그게 쉽나."

"당신은 되겠소?"

그가 호리수를 쳐다봤다.

"그런 일은 이것저것 잴 것이 많아서 즉답은 어렵겠는데요?"

호리수가 씩 웃었다.

류취취와 소월신투는 두 사람의 등 뒤로 돌아가 포박을 풀었다.

그동안 상관세가는 포위망만 구축한 채 미동도 하지 않았다.

3

"지낼 만하냐?"

"어쩐지 어젯밤 꿈자리가 사납더라니, 늙은이를 보려고 그랬군."

상관외가 벽 쪽으로 돌아누웠다.

상관가주는 그럴 줄 알았다는 듯 피식 웃으며 말했다.

"넌 그래서 안 돼. 강호란 한 수 앞만 봐가지고는 살지 못하는 곳이다. 두 수, 세 수, 네 수…… 적어도 열 수 정도는 헤아려야 일문을 이끌어 나갈 수 있어."

"오늘 개 잡는 날인가? 왜 이렇게 멍멍 짖어?"

"네게 선택의 기회를 주려고 한다."

"선택이고 뭐고 필요없으니 그냥 죽이쇼. 뭔 말이 이리 많은지. 에이, 시끄러."

"하나는 음양합밀공을 지닌 채 강호로 나가는 거다. 물론 성도, 이름도 다 버려야 한다. 네가 상관외임을 알아보는 사람은 모두 죽여야 한다. 넌 마인이 될 터이니 철저히 상관세가에서 멀어지거라. 그런다면 당장에라도 풀어주마."

"진심이쇼?"

"후후후! 어찌 아비가 자식에게 거짓을 말할까. 두 번째는 음양합밀공을 버리고 상관세가의 가주가 되는 것이다."

"뭐야? 난 또 진심인 줄 알았잖아?"

상관외가 다시 돌아누웠다.

"난 오늘 상관가주 직에서 물러난다."

"……!"

"네가 가주를 잇지 않는다는 홍의랑주가 뒤를 이을 것이다. 네가 가주가 되겠다면 홍의랑주는…… 오늘 죽는다. 어떻게 하겠느냐?"

상관외는 눈빛은 번쩍였다.

장난이 아니다. 진심이다. 어찌 된 영문인지는 모르지만 오늘 대변혁이 일어난다.

"아버님은?"

"음양합밀공은…… 마물이야. 끝없이 피를 갈구하지. 죽이고 또 죽여도 끝이 없어. 삼실(三窒)에 가보면 이 아비가 어떤 짓을 했는지 보게 될 게다. 그래서 네 몸에서 음양합밀공을 제거한 게고……. 알겠니? 네가 부가의에게서 받은 음양합밀공은 놈이 내게서 훔쳐 간 거였어. 하니 이 애비가 어찌 네 변화를 모르겠느냐."

"으, 음양……합밀공이……."

"놈은 무수루고 부가의다. 그까짓 비급 한 권 훔쳐 내는 건 일도 아니었겠지. 궁금한 것은 있어. 음양합밀공이 내 손에 있다는 걸 아는 사람은 아무도 없다고 자부했는데…… 놈이 어떻게 알았을까? 언젠가 놈을 잡거든 추궁해 봐라."

"몰랐습니다. 아버님은 환희밀공만 원하시는 줄 알았는데……."

"음양합밀공이 잘못되었다는 것을 알았을 때는 이미 늦었지. 해서 환희밀공에서 해답을 찾으려 했다만…… 후후후! 자, 이제 선택해라. 가주냐, 마인이냐."

"가주가 되겠습니다."

상관외는 한 치도 망설이지 않고 대답했다. 당연한 대답이다.

상관가주가 피식 웃었다.

"후후후! 오늘로서 상관세가는 문을 닫겠구나."

의미 깊은 소리였다.

제삼실은 가주 처소에 있다.

침상 머리맡에 지하로 내려가는 계단이 만들어졌다.

일실에는 세상에서 가장 차가운 한천을 숨겨놓았고, 이실에는 지법 석화와 세 사람을 가둬놓았다.

삼실…….

상관외는 침상을 밀치고 안으로 들어섰다.

계단을 따라 양쪽 벽에 야광주가 설치되어 있어서 길을 더듬어 가는 데는 어렵지 않았다.

일실, 이실, 삼실…….

말로는 수십 번도 더 들었지만 발길을 들여놓기는 처음이다.

다른 사람들도 마찬가지다. 이숙이나 삼숙도 이곳을 들어서지는 못한다.

삼실을 개방했다는 것은 가주로서의 직위를 인정했다는 뜻이다.

"삼실에 들어가면 많은 것을 보게 될 것이다. 모두 음양합밀공이 만든 걸작이니 똑똑히 보고 실수를 되풀이하지 말거라. 넌 그곳에서 잃었던 내공만 되찾아 나오면 된다. 다시 한 번 말하거니와, 삼실에서 있었던 일은 영원히 비밀로 묻혀야 한다."

그토록 신신당부하지 않아도 대충 상황을 짐작할 수 있다.

속성으로 변경된 음양합밀공을 수련하면 끊임없이 음기를 갈구하게 된다. 어느 정도 선에서 그치지는 못한다. 채음보양이 시작되면 음기가 완전히 동이 나 빨려오지 않을 때에서야 멈추게 된다.

결국 여자는 죽는다.

보나마나 삼실에는 여자들의 시신이 바글거릴 것이다, 그것도 하나같이 목내이가 되어서.

그의 짐작은 맞았다.

삼실은, 뇌옥은 계단이 끝나는 곳에서부터 시작된다. 어린아이 팔뚝만 한 굵기의 쇠창살이 길게 이어져 있다. 얼핏 보기만 해도 뇌옥이 삼십여 개쯤 된다.

그 속에 목내이가 가득 찼다.

뇌옥 하나에 이십여 구 정도 되는 목내이가 아무렇게나 놓여져 뒹군다.

그들이 누구인지는 알 도리가 없다.

모두 발가벗겨져서 소지품으로 신원을 확인할 수는 없다. 더군다나 목내이가 되면 신장에 따라 크고 작은 차이가 있을 뿐, 얼굴 형태가 모두 비슷비슷해진다.

이들은 영원한 실종자들이다.

상관외는 피가 들끓었다.

상상만 했는데도 여인들의 음기를 빨아들일 때 느꼈던 강렬한 쾌감이 전신을 관통했다.

아버지가 뺏어간 것은 진기뿐이다.

음양합밀공의 구결은 아직도 머릿속에 남아 있다. 생생하게 각인되어 영원히 지워지지 않으리라.

가주?

웃기는 소리 말라고 해라.

예전에는 큰 꿈이 있었다. 상관세가의 가주 직을 이어받는 것도 꿈 중에 하나였다. 한 지역의 패주가 되기 위해서라면 뭐든 할 각오가 되어 있었다.

이제는 웃기기만 한다.

가주와 마인 중 양자택일하라고?

당연히 마인 아닌가. 여자의 음기를 빨아먹으면서 중원을 유람하는 게 얼마나 큰 행복인가.

오늘로서 가주 직을 버린다?

이제야 아셨나? 한낱 문파를 이끄는 것보다 여자의 음기를 빨아먹는 게 훨씬 즐겁고 짜릿하다는 것을.

그래도 가주라고 대답할 수밖에 없었다. 그렇게 대답하지 않으면 풀어주지 않았을 테니까. 어쩌면 단 일장에 때려죽였을지도 모른다. 그래도 친혈육이라고 상관파 대신 자신을 선택했다.

그것만은 감사하게 생각한다.

'여기서 내공을 찾는 즉시…… 어느 계집을 고를까? 오늘

은 간단하게 한 명만 맛보고……'

철창 안의 풍경이 다른 사람에게는 충격일지 몰라도 그에게는 쾌락의 결과로만 비쳤다.

그가 삼실 막다른 곳에 도착했을 때, 그는 아버지가 말한 내공 회복법이 무엇인지 알았다.

"후후! 크흐흐흐! 역시 아버님이야!"

그곳에는 자신도 익히 아는 여인들이 갇혀 있었다. 상관세가, 혹은 백초원에서 한두 번 스쳐 지나가며 얼굴을 보았던 여인들이다.

상관외는 눈을 감고 곧 다가올 희열을 만끽했다.

*　　　*　　　*

"쳐라!"

"승산이 없습니다."

"너!"

"죄송합니다. 일방적인 도살을 당할 뿐입니다."

"내가 잘못봤구나, 홍의랑주. 홍의랑이 싸움 앞에서 물러설 줄이야. 상상도 못했어."

"죄송합니다. 저는 노동거사를 이기지 못합니다."

"싸워보지도 않고 승패를 논한다? 그렇군. 그게 네 방식이었군."

“차이가 나도 너무 나니까요. 전 제 자신을 알고 노동거사의 무공도 짐작합니다.”

“상관파, 치던가 물러서라. 널 따르는 자들을 데리고 가도 좋다. 넌 이 순간부터 홍의랑주가 아니니 홍의랑에 대한 명령권도 없다. 반 각의 여유를 주마. 그 안에 함께 갈 사람들을 데리고 가라.”

“가주님!”

“지금부터 정확히 반 각이다.”

“그렇게까지 명하신다면…… 싸우겠습니다. 현실을 말씀드렸고 받아들이지 않은 이상, 따라야 할 명밖에 남지 않았습니다. 존체 보존하시길!”

홍의랑주 상관파가 포권지례를 취했다.

그렇다. 그는 승산이 없다고 생각해서 포위만 할 뿐, 공격하지 않았다. 루검비가 절죽원주와 호리수를 풀어주는 모습도 지켜봤다. 제지하면 싸움이 벌어진다.

그는 루검비도 루검비지만 그의 뒤를 바짝 쫓는 두 여인에게서 눈길을 떼지 못했다.

소월신투와 왜화창부라고 들었다.

한 여인은 무림에 적을 뒀지만 변변치 않고, 또 한 여자는 아예 무인도 아니다.

그런 여인들이 그의 눈길을 잡아당긴다.

보폭, 발에 실린 무게, 손의 위치, 허리의 놀림…….

그의 머릿속에 그녀들의 일거수일투족이 낱낱이 새겨졌다.

'고수다!'

그것도 상상하지 못할 정도로 강하다.

어제 상관세가에 난입하여 많은 무인들을 곤란하게 만들 때까지만 해도 이토록 강한 고수라고는 생각하지 않았다.

밝은 대낮에 모든 행동이 환히 보이는 곳에서 정신을 집중시켜 살펴봤다.

상관세가에서는 보지 못했던 절대기도가 넘실댄다.

싸움이 안 된다. 그나마 믿을 것이라고는 인해전술(人海戰術)인데, 그러기에는 인원이 너무 적다. 지금보다 네 배, 다섯 배 정도 되는 사람들이 달려들어야만 죽이다가 지친다.

상관세가의 무인들은 그토록 비참하게 전락했다. 너무나도 강한 사람들이 찾아왔다.

그는 손을 들어 올렸다. 그리고 하늘을 쳐다보며 확 내렸다.

"공격이다!"

바로 옆에서 수신호를 받은 홍의랑이 큰 소리로 외치며 제죽을 줄 모르고 달려나갔다.

쉬익! 좌라락! 쒜에엑!

철사는 목을 조이는 데 사용되지 않았다. 채찍처럼 후려치는 데 쓰였다. 노리는 부위는 검 아니면 팔이다. 검을 감싸면 손아귀를 찢어버리며 허공에 띄웠고, 팔에 닿으면 잘 드는 도검으로 베어내듯 싹둑 잘라 버렸다.

홍의랑과 용검대 무인들은 잘린 팔을 움켜잡고 팔짝팔짝 뛰었다.

"받앗!"

휘르르릉!

천수검법이 현란한 변화를 일으키며 몰아쳐 왔다.

팟! 스읏!

소월신투와 류취취는 어떤 검에도 노출되지 않았다. 검이 변화를 일으키기 전, 그녀들의 신형은 벌써 검이 닿지 않는 사각지대로 빠져나갔다. 그리고 반격이 이어졌다.

따앙!

검 한 자루가 철사에 칭칭 감기더니 허공으로 둥실 떠올랐다.

"헉!"

"죽이긴 싫어. 물러섯!"

검을 잃은 무인은 정신없이 뒷걸음쳤다.

신법 차이가 너무 난다. 느린 굼벵이와 닭의 싸움처럼 보인다.

인간의 움직임이 이토록 빠르다면 상대할 사람이 없으리라.

‘저 빠름을 무너뜨리지 않는 한…….’

홍의랑주는 검을 뽑았다.

“사자천수강막(死者千手剛幕)!”

홍의랑들은 매에게 쫓기는 병아리 떼처럼 물러서기 바빴다. 그러다 천둥처럼 들려온 일성에 황급히 몸과 마음을 추슬렀다. 그들은 평생을 가주의 그림자로 살아온 사람들 아닌가.

척! 척척척!

전면에 무인 열 명이 섰다.

그들은 언제 꺼내 들었는지 굵은 철삭으로 서로의 몸을 묶었다.

열 명, 열 명, 열 명…….

사방에서 몸을 묶은 홍의랑이 거리를 좁혀왔다.

지금 당장은 별 위협이 되지 않는다. 열 명이라고 해봐야 큰 거리를 모두 가리지는 못한다. 더군다나 그들은 어깨를 바짝 붙여서 넓이를 최대한으로 죽였다.

“뭐 하자는 걸까?”

류취취가 고개를 갸웃거리며 물었다.

“사자천수강막이라는 거다. 홍의랑이 아니면 펼칠 수 없는 거지.”

“사자천수강막이라는 것은 들어서 알고요. 저게 뭐냐고요.”

"뭐긴 뭐야! 죽겠다는 거지."

"죽어요?"

"자신들 육신으로 움직일 공간을 차단하겠다는 뜻이야!"

그들이 말을 나누는 사이, 홍의랑 쪽에서도 변화가 생겼다.

좌악! 스르룽! 좌아악!

열 명의 홍의랑 중 맨 가장가리에 있는 홍의랑이 다른 조를 향해 철삭을 던졌다. 다른 조에 있던 홍의랑이 철삭을 받아 몸에 둘렀다. 이로써 사면(四面)에 인벽(人壁)이 생겼고, 인벽 사이에는 철삭이 다섯 겹이나 둘러쳐졌다.

"쏴라!"

홍의랑주는 아끼고 아꼈던 명령을 내렸다.

쒜에엑! 쉐에에엑!

담장 위에 있던 궁수들이 일제히 화살을 쏘아냈다.

팟! 파파파팟!

루검비 일행은 번갯불에 콩 튀듯 튀었다.

그들과 담장과의 거리는 너무 가깝다. 더군다나 그들이 쏘아내는 것은 강하기 이를 데 없는 철시다.

피한다는 게 기적 같다.

더불어서 루검비와 노동거사는 각기 절죽원주와 호리수를 안아 들고 있다.

"이대로는 오래 못 버텨!"

노동거사가 날아오는 화살을 피하며 소리쳤다.

화살만 쏘아대도 견디기 힘들다. 하물며 그들은 인벽을 좁히고 있다. 철삭을 조금씩 당겨 느슨해지는 것을 방비하면서 천천히 앞으로 걸어온다.

용검대 무인들의 홍의랑 뒤로 붙었다. 그들은 두 눈에 독기를 품고 언제든 천수검법을 펼칠 만반의 준비를 갖췄다.

모두 다 죽이는 것은 쉽다.

죽은 자들을 짓밟고 뛰쳐올라 용검대 무인들과 검을 부딪치기까지 모든 과정이 일사천리로 이어질 게다.

죽이고 싶지 않다.

어떤 경우에도 사람 목숨은 귀히 여겨져야 한다. 가능한 검을 쳐내고, 어쩔 수 없는 경우에만 팔을 자른다. 그것도 괴로운데 목숨까지 빼앗아야겠나.

무림인의 삶과 죽음에는 관심없다.

무림에서 살려면 검을 쓸 때 잔인해야 한다는 것도 알고 있지만 그럴 수 없다.

누가 무림에서 살고자 했나? 지금도 무림과 인연을 맺고 싶은 생각은 없다.

물론 홍의랑도 몰살당하는 선에서 그치지 않을 것이다. 인벽이 무너지는 순간 곧바로 다음 수를 쓸 것이다. 인벽은 아예 검조차 들고 있지 않으니 마음껏 목숨을 취하라는 뜻이지 않은가.

"뭘 하든 빨리하자고!"

노동거사가 화살 두 대를 잡아챘다. 신형은 세 번이나 뒤틀었다. 가까이서 쏘아대는 화살을 피하기가 그리 녹록치 않았다.

길을 열어주지 않으면 언제까지고 화살만 피해야 하니…….

"내가 앞장선다!"

루검비가 버럭 고함을 지르며 앞으로 달려나갔다.

홍의랑은 무공 수련만큼이나 중요시하는 공부가 있다. 목숨을 내던져야 할 때, 기꺼이 던질 수 있는 용기다.

홍의랑이 죽기로 결심하고 나섰으니 이들을 물러서게 할 방법은 오직 무력 제압뿐이다.

루검비는 검을 쓰지 않았다.

"물러섯!"

쩌렁 일갈이 터졌다.

제일 먼저 영향을 받은 무인들은 담장에서 활을 쏘던 궁수들이다.

"헛!"

"음!"

그들이 황황히 활을 내려놓고 뒤로 빠졌다.

화룡이 화룡을 친다.

그들은 먼 길을 쉬지 않고 달려왔을 때처럼 숨이 차면서 구토가 치밀었을 것이다. 화룡을 쳐서 생기를 위축시키면 기혈에 타격이 가해진다. 진기는 화룡의 일부분이기 때문이다.

"물러섯!"

두 번째 고함은 인벽을 향해 쏘아졌다.

인벽은 잠시 움찔거렸다. 누군가는 뒤로 빠질 생각을 했다. 하나 그들은 철삭에 묶여 있었고, 몇 명이 버티고 있어서 뒤로 빠질 수가 없었다.

"물러섯!"

그가 세 번째 고함을 터뜨릴 때,

쒜에엑!

눈앞에서 번쩍 불길이 솟았다.

붉은 검이다. 검신이 빨간색이어서 불길이 솟구치는 것처럼 보인다. 검이 움직일 때마다 불꽃이 허공을 수놓는다.

까앙! 까앙! 까앙!

루검비는 봉황검으로 적검(赤劍)을 상대했다.

"훗!"

상대가 거친 고함을 지르며 물러섰다.

"봉황검! 봉황검이 어찌 네 손에! 흠! 봉황검이 명검인 줄은 알았지만 이토록 무서울 줄은 짐작 못했군."

그는 자신의 손에 들린 적검을 믿을 수 없다는 표정으로 내려다보았다.

적검에 이가 빠졌다. 어떤 곳은 톱니처럼 들쑥날쑥했다. 봉황검과 부딪친 결과다.

"홍의랑주, 그대를 죽이고 싶지 않소. 물러서 주시오."

순간 홍의랑주의 눈썹이 꿈틀거렸다.

"몰랐는가, 사자천수강막이 펼쳐지면 모두 죽을 수밖에 없다는 것을? 내가 이 안에 들어선 것은 수하만 사지로 몰아넣을 수 없기 때문. 우리들은 다 함께 저승 동무가 된 게야."

홍의랑주가 담담하게 말했다.

"발진(發陣)."

발진? 그럼 아직 진이 발동되지 않았단 말인가? 그럼 여태까지 한 것은 무엇인가.

순간, 홍의랑이 적의를 벗어 던졌다.

그들은 안에 갑옷을 받쳐 입고 있었다. 갑옷의 겉면에는 송곳이 삐죽삐죽 삐져나와 있어서 몸으로 부딪쳤다가는 고슴도치를 껴안는 꼴이 될 것이다.

척척척척……!

그들이 빠르게 다가왔다.

'동귀어진(同歸於盡)!'

루검비는 그들의 심사를 읽었다.

그들의 화룡이 급하게 뛴다. 머리 위까지 치솟았다가 단번에 회음혈까지 내려오곤 한다.

인간이 죽음에 직면하기 전에 느낄 수 있는 마지막 생존의 몸부림이다.

“살(殺)!”

루검비는 쩌렁 고함을 내지르며 봉황검을 힘껏 떨쳐 냈
다.

第三十章
대초에

환희밀공

1

파파파파팟!

갑옷에 꽂혀 있던 송곳이 일제히 발사되었다.

사면에서 일시에, 무조건 앞으로만 쏘아냈다. 적을 조준할 필요는 없다. 어차피 신법을 펼쳐 피할 터인데, 조준해 봤자 무엇 하는가. 그냥 앞으로만 쏘아낸다.

기가 막히게도 그러한 방법은 아주 효과가 높았다.

루검비 일행은 땅으로 꺼지거나 하늘로 솟아야 한다.

그럴 수 있는 사람은 없다. 사자천수강막이 펼쳐진 이상 죽음을 모면할 사람은 아무도 없다.

아니다! 있다!

따다다다땅!

루검비의 검이 맹렬하게 휘둘러지며 쇠털처럼 수많은 송곳들이 우수수 떨어져 내렸다.

루검비와 같은 능력을 지닌 사람들은 많다.

두 여인은 누가 먼저랄 것도 없이 철사를 빙빙 돌렸다. 그러자 무형(無形)의 방패(防牌)가 생성되었다.

노동거사도 검을 마구 휘둘렀다.

따따땅! 따땅! 쒜에에엑!

그들은 서로 등을 맞대어, 옆과 등을 다른 사람에게 맡기고 전면에서 날아오는 송곳만 처리했다.

상대를 철저히 믿지 못한다면 마음이 흔들렸을 것이고, 흔들림은 실수로 이어졌을 게다.

쒜에에에엑!

그들과 전혀 상관없는 곳으로 날던 송곳들은 쏘아진 방향으로 계속 날았다. 그리고 반대편에서 걸어오던 홍의랑을 여지없이 격타했다.

퍼퍼퍼퍽!

"으윽!"

"크윽!"

절반 가까운 홍의랑이 목숨을 잃었다. 그렇다고 쓰러지지는 않았다. 다른 홍의랑이 버티고 서 있어서 쓰러지려야 쓰러질 수가 없었다.

홍의랑주도 처참했다.

그는 날아오는 송곳을 막지 않았다. 손을 들어 얼굴만 가렸다. 그 때문에 그의 몸은 온통 송곳으로 빼곡했다.

피가 흘러내린다. 폭죽처럼 피어나더니 홍수가 난 듯 쏟아져 내린다.

그는 혈인(血人)이 되었다.

"멸진(滅陣)."

그가 담담히 명을 내렸다.

"존명(尊命)!"

"모셔서 영광입니다!"

"조금 있다 다시 모시겠습니다! 하하하!"

홍의랑도는 일제히 하고 싶은 말을 했다.

"조짐이 심상치 않은데?"

노동거사가 미간을 잔뜩 찌푸리며 말했다.

아니나 다를까, 홍의랑도가 죽은 동료들까지 이끌며 냅다 치달려왔다.

그들 전면에는 홍의랑주가 있었다. 그는 루검비를 향해 짓쳐왔다.

푸욱!

봉황검이 홍의랑주의 심장을 찔렀다.

원래는 그의 적검만 쳐낼 생각이었는데, 홍의랑주가 갑자기 적검을 내려놓았고 심장을 내놓았다.

“루검비, 먼저 간다.”

그가 웃었다. 순간!

꽈꽝! 꽈꽈꽈꽈꽝!

엄청난 폭음과 함께 강렬한 열기가 네 사람을 휘감았다.

세상이 죽음으로 뒤덮였다.

사십여 명이 일시에 죽음을 맞이했건만 세상은 그들의 육신조차 내놓지 않았다.

붉은 핏물, 소고기나 돼지고기처럼 조각나 떨어진 살점, 그리고 으깨진 뼈들만 사방에 비산해 있다.

“쿨룩!”

노동거사가 거센 기침을 토해냈다.

입으로 핏물이 한 움큼이나 쏟아져 나왔다.

사십여 명을 완전히 공중분해시켜 버린 폭발력은 노동거사의 육신도 무지막지하게 두들겼다.

온몸이 피투성이다.

살점이 달라붙다 못해 살을 파고들었다. 남의 살이 살을 뚫고 들어온 것이다. 뼈는 흉기가 되었다. 웬만한 비수도 부러진 뼈만큼 지독한 아픔을 주지는 못할 것 같다.

“빌……어……먹을!”

낙천가인 노동거사가 욕을 입에 담을 만큼 그의 상처는 중했다.

루검비와 두 여인도 피로 범벅이 되었다. 하나 표정에서 아픔을 읽을 수는 없었다.

그들의 수룡과 화룡은 이 세상 그 어떤 성보다도 견고하다.

몸을 석벽이나 쇠같이 단단하게 탈바꿈시키는 일쯤은 성신을 한 번 주시하는 것으로 끝난다. 하면 금종조(金鍾罩)를 수련한 사람보다 더욱 단단한 몸을 지니게 된다.

노동거사까지 혈인으로 만들어 버린 폭발이건만 그들에게는 아무런 영향도 미치지 못했다.

절죽원주와 호리수도 멀쩡했다. 털끝 하나 다치지 않았다는 표현이 딱 맞다.

"귀신을 보는 것 같군. 어떻게 그런 폭발 속에서 살아남을 수 있지? 아니, 어떻게 멀쩡할 수 있냐고."

호리수가 바짝 얼어 잘 열리지 않는 입으로 간신히 말을 이어갔다.

"우리와 같이 있으면 앞으로 놀랄 일투성이일 거예요. 너무 놀라지 마세요."

류취취가 배시시 웃었다.

평소 같았으면 아름다웠을 웃음이다. 하나 핏물로 목욕을 한 지금은 악마의 웃음 같아서 모골을 송연케 만든다.

"오늘, 무슨 일이 있어도 상관가주만큼은 내버려 두면 안 되겠군."

루검비가 노동거사의 몸에 화룡전이를 하며 말했다.

홍의랑주에게 죽음을 재촉한 상관가주는 싸움을 지켜보지
않았다.

상관파가 취할 전략이라는 건 손에 쥐듯 뻔하다.

사자천수강막으로 움직임을 줄인 뒤에 멸진을 펼칠 것이
다.

상대가 안 된다고 판단하는 자와 싸우기 위해 준비한 것이
멸진 아니던가.

사자천수강막을 펼치는 순간부터 멸진에 이르기까지 소요
되는 시간은 일다경(一茶頃)이다.

그동안 할 일이 있다.

그는 상관세가 안으로 들어섰다. 그리고 곧장 후원(後園)으
로 걸어갔다.

그곳에 눈엣가시가 있다. 아니, 있어야 했다.

"후후후! 죽기는 싫은 모양이군."

그는 주위를 훑어보았다.

아무도 없다. 둘째 상관락의 거처는 오래전부터 준비해 온
듯 텅 비어 있다.

"이리 나오거라!"

고함지르기가 무섭게 무인 두 명이 한달음에 달려와 부복
했다.

이들이 있을 줄 알았다. 안에 누군가 숨어 있는 것을 감지

했다. 그들 나름대로는 세심하게 바깥 동정을 살폈던 모양이 나 상관가주의 이목을 속이지는 못했다.

그들은 상관가주의 눈길이 자신들이 숨어 있는 곳으로 향하자 발각당했다는 걸 깨닫고 달려나온 것이다.

"너희는 본 가의 존망과는 관계없는 놈들인 것 같구나."

"아, 아닙니다! 저희는 둘째 어르신께서 기다리라고 하셔서……."

거짓말이다. 이들은 둘째가 떠나고 없다는 것을 알고 있었다. 한마디로 싸우기가 무서워서 숨어 있었던 게다.

상관가주는 고개를 끄덕였다.

"그래? 둘째는 어디 갔노?"

"바깥이 시끌벅적해서 나가보신다고."

"너희는 나랑 같이 가자꾸나."

"넷!"

그들의 안색이 어둡게 변했다.

순간, 상관가주의 양손이 쭉 뻗어나가 그들의 승장혈을 짚었다.

"가주, 왜?"

"너흰 상관세가를 위해서 성스러운 죽음을 맞이하는 것이다. 그러니 영광으로 생각하고 가거라."

츠츠츠츠츠츳!

이체관통! 승장혈로 들어간 가주의 진기가 그들의 진기를 수분혈로 몰아붙였다. 진기가 억지로 떠밀려 수분혈에 이르면 또다시 이체관통, 그의 몸속으로 빨려들어 왔다.

"크크크크크!"

상관가주의 웃음소리만이 고요한 전각을 흔들었다.

그들은 비명도 지르지 못했다. 온몸이 칠십 노인처럼 쭈글쭈글해지더니 고개를 푹 떨궈 버렸다.

"그러잖아도 한두 놈쯤 필요했는데, 잘됐군. 후후후!"

그는 진기를 빨아들일 때와는 사뭇 다른 웃음을 흘렸다. 그때는 인성을 상실한 괴물의 괴소였으나, 지금은 이성이 멀쩡한 인간의 웃음이었다.

음양합밀공은 큰 단점이 있었다.

채음보양에는 뛰어난 절공이지만 진기를 얻기 위해서는 반드시 음양화합을 치러야 한다는 귀찮은 점이 있었다.

환희밀공은 그런 단점을 말끔히 보완해 주었다.

환희밀공의 무리(武理)는 모른다. 하나 지법 석화를 통해 진기 운용법은 대충 알게 되었다.

승장혈로 진기를 밀어 넣어 수분혈로 빼낸다.

음양합밀공을 그 방법대로 운용하자 과연 운우지락없이도 진기를 거둘 수 있었다.

좋다. 그럭저럭 만족했다.

그럭저럭이라고 말한 까닭은 환희밀공이 아니기에 진기 회수에 시간이 다소 걸린다는 점 때문이다.

루겸비는 손에 닿은 즉시 진기를 빼냈다. 무척 빨랐다. 싸우는 도중에도 흡정대법을 사용했다. 그러니 진기가 끊겨서 패하는 일은 영원히 없을 것이다.

용검대가 그놈을 잡은 것은 천운이다.

놈이 초식을 몰라서 잡혔지, 조금이라도 무공을 쓸 줄 알았다면 용검대가 전멸했으리라.

단점이 하나 더 있다.

음양합밀공으로 진기를 빨아들이면 정사를 벌일 때보다 절반 정도밖에 거둬들이지 못한다. 절반이나 되는 진기가 죽은 육신에 남아 있는 것이다.

그래도 좋다. 음양합밀공은 여인에게서만 진기를 뽑을 수 있지만 환의밀공의 운용법을 쓰면 강건한 사내의 진기도 흡취한다. 그리고 사내에게서 흡취한 진기는 여인의 것과는 비교도 안 될 만큼 강력한 힘을 준다.

다다익선(多多益善)이라지 않나. 진기를 많이 빨아들이면 어떤가?

이것이 참으로 안타까운 부분이다.

환희밀공은 이 짓을 할 수 있다. 한 번에 수십, 수백 명의 진기도 빨아먹는다. 하나 음양합밀공은 안 된다. 한 번에 한 명도 다 못 먹는다. 타인의 진기가 자신의 진기와 섞이는 시간이 필요하다.

그 한계가 지금처럼 하루에 두 명이다.

가주는 환희밀공의 진기 운용법을 안 이래, 꾸준히 진기를 불려왔다.

그리고 이제 알에서 깨어나려 한다.

새는 알을 깨고 나오는 아픔을 겪어야 푸른 하늘을 날 수 있다. 사람이나 동물도 마찬가지다. 자궁이라는 세상에서 가장 편안하고 아늑한 집을 벗어난 후에야 진정한 한 개체가 된다.

상관세가라는 알을 깨고 더 큰 세상으로 날아간다.

넉넉잡아 일 년이다.

음양합밀공만 알았을 때는 삼사십 년을 생각했는데 이제는 상황이 많이 달라졌다. 새로운 진기 운용법을 얻었으니 사내만 골라 진기를 빨아먹으면…… 일 년이면 중원에서 그를 따라올 고수는 없을 것이다.

그전에 해결해야 할 일이 있다.

자신보다 훨씬 강해질 가능성이 있는 루검비를 제거해야 한다.

놈의 진기를 빨아먹었어야 하는데. 그랬다면 꿩 먹고 알 먹는 건데. 이제는 그냥 죽이는 것도 힘들어졌으니.

꽈앙! 꽈아아아앙!

엄청난 폭음이 전각을 뒤흔들었다.

'멸진.'

홍의랑주 상관파가 미련한 일생을 마쳤다.

지 놈 딴에는 우직한 일생을 살았다고 자부할지 모르지만 별로 좋지 못한 삶이다.

그보다는 삼실에서 한참 음양합밀공을 수련하고 있을 아들놈이 훨씬 나을 것이다. 비록 온갖 누명을 뒤집어쓰고 죽을 놈이지만, 그래도 제멋대로 살기는 했으니까 억울하지는 않을 것이다.

"이제 끝장내는 일만 남았군. 쯧! 둘째를 끝내고 갔으면 한결 마음이 편하련만."

그는 아쉬움이 많이 남는지 둘째가 살던 전각을 돌아보았다.

"웅? 이거, 대단하군. 환희밀공은 늘 놀라움을 줘. 어떻게 그런 폭발에서도 살아남을 수 있었는지 이해가 안 가네."

상관가주가 걸어오며 말했다.

"도주했으면 어쩌나 싶었는데, 다행이군."

루검비가 봉황검을 들어 올리며 말했다.

상관가주는 그를 보지 않았다. 노동거사를 쳐다보며 고개를 갸웃거렸다.

"너와 계집들은 환희밀공을 수련했으니 그렇다 치고……노동거사는 지금쯤 죽었어야 하지 않나? 육신으로 버텨낼 폭발이 아니었는데? 노동거사가 익힌 비기는 뭔지 궁금하군."

"생사의라는 절기가 늘 곁에 있죠."

류취취가 말했다.

"아! 그렇군. 생사의. 죽은 자도 살린다는 자네가 있으니 살아날 수 있었군. 말이 나온 김에…… 그 생사의라는 것 말이야, 자네 진기를 불어넣어 주는 것 맞나?"

"맞소."

"진기 손실이 꽤 크겠는데? 지금도 진기를 넣어줬다면…… 원하면 진기가 회복될 때까지 기다려 줄 용의도 있고."

"괜찮소."

루검비는 봉황검을 휘휘 휘둘렀다.

상관가주에게 화룡이 어떻고저떻고 설명할 생각이 없다. 그가 화룡을 진기로 알고 있으면 그렇게 생각하게 내버려 두련다. 어차피 생과 사를 가를 판에 하나를 더 알면 뭐 하겠나.

"천수검법이오?"

상관가주가 고개를 끄덕였다.

"넌?"

"괜찮다면 천수검법을 쓰고 싶소."

"네가? 우리…… 상관세가의 검법을? 후후후! 그렇군. 상관락! 이놈이 봉황검을 갖다 바치더니 천수검법까지 내놨군. 좋아, 써봐. 얼마나 잘 쓰는지 보세."

가주가 흔쾌히 승락했다.

같은 절기를 평생 동안 수련해 온 사람과 이제 막 배운 사람의 대결이다.

누구도 공평하게 생각하지 않는다.

싸우는 당사자인 상관가주는 루검비가 이런 제안을 해오자 미친놈이 아닌가 싶어 자신의 귀까지 의심했다.

떠밀어서 시켜도 뒤로 뺄 판에 자기 스스로 천수검법을 쓰겠다니.

쓰지 말라고 하면 그게 잘못된 놈이다.

"환희밀공의 구결은 끝내 함구할 텐가?"

상관가주의 눈길이 두 여인에게 향했다.

루검비 다음에 처리할 생각이다. 루검비가 환희밀공에 대해 말하지 않아도 두 여인은 말할 게다. 음양합밀공의 쾌락을 맛보게 되면 묻지 않아도 술술 불게 될 것이다.

역시 이런 건 사내보다 여인에게서 캐내는 게 쉽다.

루검비가 어찌 상관가주의 속내를 읽지 못하랴.

그는 역겨움에 구토가 치미는 것을 느꼈다.

'더 이상은 용서가 안 되니…… 진정한 성신을 얻는다는 게 얼마나 어려운가. 다지고 또 다져 잡아도 한순간에 흩어지는 게 사람 마음인 걸 어쩌랴.'

그는 싸움을 빨리 끝내기로 했다.

"가주."

"뭐냐?"

"검을 씁시다."

"뭐? 하하! 흐흐흐! 빨리 죽으려고 작정했구나!"

쒜에엑!

상관가주가 비호처럼 달려들었다.

천수검법의 정화, 만변천하(萬變天下)가 곧바로 펼쳐졌다.

검 한 자루가 승천하는 용처럼 하늘로 솟구친다.

사람은 보이지 않는다. 오직 검만 보인다. 밝은 서광을 내뿜는 성스러운 검이 하늘 높이 솟구친다.

퍼엉!

맑은 폭음과 함께 밝은 빛이 사방이 비친다.

검은 불꽃이 되어 하늘하늘 떨어진다.

아름답다. 너무 아름다워서 온몸으로 불꽃을 맞이하고 싶다. 불꽃 속에 온몸을 던지고 싶다.

그때, 한 자루의 검이 유성처럼 흐른다.

하늘에서 지상으로 쏜살같이 내리꽂힌다.

흐름이 유유하다. 비스듬한 곡선이 여인의 아미(蛾眉)를 그려놓은 듯하다.

유성이 불꽃들을 가른다.

분분히 떨어지던 불꽃들이 한줄기 한성(寒星)에 베어져 치직! 소리를 내며 꺼진다.

상관세가는 천수검법 안에 일섬광휘(一閃光輝)라는 초식을 두었으며, 모든 환검(幻劍)을 제압할 수 있는 중검(重劍)이라고 설명해 놓고 있다.

일섬광휘는 빠르지 않다. 무겁다. 너무 빨라서 부딪쳐 올

틈조차 주지 않는 것이 아니라 부딪쳐 오는 것은 모두 깨어버리면서 나아간다.

퍼억!

봉황검이 상관가주의 어깨를 파고들었다.

쇄골이 단번에 잘렸다. 폐가 베이고, 위장이 반으로 갈라졌으며, 갈비뼈까지 우드득 잘려 나갔다.

"커억!"

상관가주가 신음을 토해냈다.

그는 믿을 수 없다는 표정으로 루검비를 쳐다봤다.

"어, 어떻게…… 어떻게…… 백…… 년…… 내공……을……."

화룡이 깃든 손에 정통으로 가격당하고도 멀쩡했던 그다. 그는 이번에도 자신의 승리를 확신했다.

루검비는 중상을 당한 상태였고, 검법도 자신이 너무 잘 아는 천수검법이다. 지려야 질 수 없는 싸움이다. 하나 그는 그때와 달라진 것이 몇 가지 있다는 사실을 알지 못했다.

우선 루검비는 화룡을 똑바로 직시할 줄 알게 되었다.

진기가 결코 화룡보다 뛰어날 수 없다는 사실을 깨닫는 순간, 상관가주에 대한 압박감은 사라지고 없었다.

두 번째로는 그의 손에 봉황검이 쥐어졌다는 것이다.

화룡을 운집하여 초식을 전개해도 깨어지지 않는 보검이 있으니 마음 놓고 절초를 펼칠 수 있다.

단지 육장으로 상대할 때와는 많이 달라졌다.

루검비에게는 질 수 없는 싸움이었다.

두 사람 모두 자신의 승리를 확신했으나 운명은 한 사람의 손만을 들어주었다.

이것이 결투다.

2

그 시간, 상관락은 삼실로 들어섰다.

그는 가주의 지하 밀실을 상세히 파악해 놨다. 상관세가에서 살아온 나날이 며칠인데 그 정도도 모르겠는가.

'쯧쯧!'

소리 내어 혀를 차지는 않았지만 수많은 목내이를 보는 순간 자연히 탄식이 쏟아졌다.

확실히 가주는 제거되었어야 할 사람이다.

한데 작은 악마가 또다시 탄생했다. 큰 악마를 제거해 줄 사람이 나타나니까 이번에는 작은 놈이 설쳐 댄다.

"하악! 아아…… 좀 더…… 하악!"

삼실 안쪽에서 여인의 교성이 짜랑짜랑 울렸다.

음양합밀공은 참으로 무서운 무공이다.

사내는 목적을 위해 정사를 갖는다지만 여인은 무엇 때문에 저리 교성을 지르는가.

여인은 정사를 나눌 기분이 아니었을 것이다.

우선 낯선 사내와 처음 만나 옷을 벗고 날뛴다는 건 상식적으로 이해되지 않는다.

좋다. 세상에는 강간도 있고 협박도 있으니 여자의 옷 정도는 쉽게 벗길 수 있다고 치자.

지금과 같은 환경 속에서 정사를 가질 마음이 생길까?

철창에 수많은 목내이가 있는 걸 봤으면서, 자신도 정사를 나누면 저리된다는 걸 인식하면서…… 그래도 교성이 새어 나올까?

"하악! 아아아……!"

여인은 신음 소리로 상관락의 궁금증을 해결해 줬다.

음양합밀공을 운용하는 순간, 여인은 이성을 잃는다. 춘약(春藥)을 복용한 것보다도 더 큰 환락 속에서 본능적인 열망에 충실해진다. 소리를 지르고 싶으면 지르고, 깨물고 싶으면 깨물고, 할퀴고 싶으면 할퀸다.

단언컨대, 여인은 지금 자신이 무엇을 하는지 까마득히 모를 것이다. 낯선 사내와 정사를 벌인다는 생각 같은 건 하지도 않을 것이다. 지금 소리를 질러대는 여인은 자신이 살아 있다는 사실조차 모른다.

여인은 옷을 벗는 순간 이미 사망했다.

'저 악마를!'

가주가 상관외를 뇌옥에 가둘 때부터 이상한 조짐을 읽

었다.

가주는 루검비를 표본 삼아 상관외를 키운다.

모든 진기를 빼앗겼다가 다시 되살아난 루검비처럼 상관외의 단전 자리를 텅 비워 버렸다.

상관세가에서 얻은 양강진력(陽剛眞力)을 모두 제거해 버렸다.

그 속에 오직 음양합밀공으로 거둬들인 혼원진력(混元眞力)을 불어넣는다.

그리하면 상관외는 이성을 잃고 오직 채음보양에만 매달리는 마인이 될 것이다. 하루 한시도 여자 없이는 살지 못하는 몸이 되리라.

세상의 이목은 당연히 상관외에게 집중될 것이고, 가주는 마음 놓고 흡정할 수 있는 시간을 벌게 된다. 그가 만든 모든 목내이는 상관외가 저지른 일로 둔갑하리라.

'루검비가 진다면…… 형님 뜻대로 되게 할 수는 없지.'

스르릉!

그는 검을 뽑았다.

"흐흐흐! 이숙!"

"외, 네 눈에 아직도 이 이숙이 보이냐?"

"아니. 못난 놈만 보이는데?"

"다행이구나. 널 베려는 데 미안함을 느끼지 않아도 되니."

"미안은 무슨……. 어이, 늙은이. 진기는 충실히 쌓아놨겠지? 죽은 후에라도 이 조카에게 존경 한마디는 들어야지 되지 않겠어?"

"천둥벌거숭이 같은 놈!"

상관락은 전력을 기울여 검을 그어갔다.

"좋아요!"

상관외가 기쁜 듯 즐겁게 웃었다. 그리고 옆에 쓰러져 있던 목내이를 발로 툭, 차서 상관락에게 쏘아냈다.

"이런 악독한!"

툭! 툭!

상관외는 다른 두 구의 목내이도 던졌다.

그는 이곳에 들어와 모두 세 여인의 진기를 빨아먹었다.

그 진기를 모두 소화시켰다면 상당한 수준의 내공이 쌓였을 게다.

쉬익!

상관외의 신형이 물 찬 제비처럼 날아왔다.

상관세가의 독문신법인 연자해비(燕子海飛)다.

촤아악!

상관락은 상관외의 머리를 향해 일격을 가했다.

그 순간, 상관외의 신형이 묘하게 비틀렸다.

연자해비는 두 다리의 강건함에 바탕을 둔다. 상체가 기울어지는 것을 하체가 받쳐 줘야 한다. 때문에 진기 운용법도 족궐음간경(足厥陰肝經)에 집중되어 있다.

상관외는 몸을 확 뒤집었다.

가슴을 위로 하고, 다리는 굳건히 버틴다. 두 손은 뒤로 하여 바닥을 짚었다.

상관세가의 신법이 아니다.

"어디서 요상한……."

그는 말을 이을 틈이 없었다.

상관외가 네 발 짐승처럼 두 손, 두 발을 이용하여 바짝 달려들었다. 가슴을 위로 했기 때문에 움직이기가 여간 곤란하지 않을 텐데, 그의 신법은 뱀처럼 부드러웠다.

쐬익!

상관락은 검자루를 고쳐 잡는 즉시, 허공으로 떠오르며 상관외의 복부를 힘껏 내리찍었다.

"흐흐흐흐!"

상관외가 기분 나쁜 웃음을 터뜨렸다.

쉬익! 쉬이익!

상관외의 상반신이 용수철처럼 튕겨 오르며 상관락의 두 다리를 낚아챘다.

"엇!"

상관락이 비명을 지르는 사이, 상관외는 등 뒤로 돌아가 그의 상반신을 꽉 껴안았다.

"이놈!"

상관락은 진기를 모음과 동시에 힘껏 발길질을 했다.

뒷발로 놈의 무릎을 찍고, 이어서 발등을 내리찍는다.

하나 그의 공격은 무위로 그치고 말았다.

쏴아아아아……!

진기가 급격하게 빠져나간다.

"이, 이놈! 이놈……!"

"괜찮아, 괜찮아. 흥분을 가라앉히고…… 천천히…… 천천히……."

상관외는 자신에게 하는 말인지 상관락에게 하는 말인지 대상이 분명치 않은 말을 중얼거렸다.

쏴아아아아!

어느 순간, 상관락은 들고 있던 검을 떨궜다.

진기가 너무 빠져나가 검을 들고 있을 수 없었다.

"허허! 허허허허!"

그는 넋 잃은 사람처럼 실실 웃었다.

야망을 가진 적도 있고, 상관세가를 진심으로 위한다고 생각한 적도 있다.

그 역시 골육상쟁(骨肉相爭)쯤은 문제가 아니라고 생각해 왔다.

그뿐만이 아니다. 세가(世家)에서 태어난 사내들은 오직 한 사람만을 위해 살아야 한다. 자신의 의지로 선택한 삶이 아니라 강요된 굴레다.

그것만은 바꾸고 싶었다.

자신이 진기까지 내주며 죽을 줄은 진정 몰랐다.

상관외의 무공이 이 정도였던가? 그렇다면 자신은 물론 가주도 용검대주를 잘못 알았다. 크게 잘못 봤다. 자신이 일을 그르친 것처럼 가주도 소원대로 일을 이루지는 못할 것이다.

그야말로 저주받은 골육상쟁이다.

"후후후! 우하하하하!"

그는 앙천광소를 터뜨리며 심맥(心脈)을 끊었다.

"쩝! 한참 잘 먹고 있었는데."

상관외는 입맛을 다셨다.

진기를 빼앗겼다고 죽을 날만 기다리며 멍청히 지낼 놈이 누가 있는가.

그는 뇌옥에 있는 동안 루검비를 연구했다.

그가 용검대와 싸우던 모습을 처음부터 끝까지 한구석도 빼놓지 않고 되새겼다.

루검비의 신법은 독특했다.

진기를 빼앗기 위해서는 상대와 밀착해야 하고, 그러기 위해서는 상대가 생각하지 못하는 기상천외의 신법을 필요로 한다. 상대가 깜짝 놀라 '어!' 하는 사이에 등 뒤로 돌아가 껴안고 있어야 한다.

그는 루검비를 연구한 결과 몇 가지 신법을 찾아냈다.

　무공에 숙달된 몸인지라 수련을 하는 건 어렵지 않았다. 단지 내공이 없으니 효율적인 움직임을 전개할 수 없는 게 답답할 뿐이었다.

　남는 시간 동안 그는 계속 루검비만 생각했다.

　진기를 어떻게 뽑더라?

　진기를 뽑을 때, 그의 몸은…… 손은…… 다리는 어디에 위치해 있었더라?

　그를 면밀히 살피다 보니 공통점이 드러났다.

　자세는 각기 다르지만 모두 승장혈과 수분혈을 건드릴 수밖에 없는 위치다.

　그다음은 쉽다. 음양합밀공에도 진기를 출입에 대한 부분은 기술되어 있다.

　문제는 자신이 생각한 것이 맞느냐였다.

　맞았다. 그는 두 여인의 진기를 자신이 생각한 방식대로 뽑아 흡취했다.

　루검비의 방식은 음양합밀공보다 훨씬 탁월하다. 진기를 빨아들인 즉시 자신의 것으로 소화시켜 준다. 단지 뽑아먹는 데 시간이 많이 걸리고, 일정 부분을 넘어서면 남은 진기는 모두 허공에 흩어져 버린다는 게 아쉬울 뿐이다.

　많은 진기를 빨아들여 봤자 그릇이 작으니 채우는 데 한계가 있다.

　그릇을 넓혀야 한다. 어떻게? 그건 나중에 생각할 문제다.

마지막 여인에게는 음양합밀공을 펼쳤다.

루검비의 방식이 느리다고는 하지만 음양합밀공에 비하면 훨씬 빠르다. 손만 대어 진기를 빠는 것과 온전히 정사를 벌이는 것과 어느 것이 빠르겠는가.

그녀와 정사를 벌인 것은 여체가 그리웠기 때문이다.

루검비 방식은 진기만 키워줄 뿐, 여체에 대한 충족감은 채워주지 않는다.

솔직히 루검비가 색마가 되어 날뛰었다는 게 믿기지 않는다.

그런 무공으로 색마가 되었다면 음양합밀공을 수련하면 아예 정신병자가 되었을 게 아닌가.

모두 만족스럽다.

진기도 가득 찼고, 평소 꼴 보기 싫던 이숙도 제거했다.

아쉬운 게 있다면 이숙의 막강한 진기가 거의 대부분 흡수되지 않고 재발산되었다는 거다. 일부는 몸에 찰싹 붙었지만 많은 부분이 날아갔다.

빨리 그릇 키우는 법을 배워야 한다. 그래야 빨아먹는 족족 진기가 커질 것이다.

그는 노래라도 부르고 싶은 심정이 되어 삼실을 나섰다.

"이거였군, 오늘 상관세가가 없어질 것 같다고 한 말이. 난 또 무슨 말이라고."

상관외는 죽은 사람들을 보며 피식 웃었다.

많은 사람이 죽었다. 홍의랑은 전멸했고, 용검대도 절반 이상이 보이지 않는다.

평소 경비를 담당하는 수경원(守警院) 무인들은 사색(死色)이 되어 벌벌 떨고 있으며, 세가에 들어오면서부터 오직 궁술 하나만 집중적으로 연마한 궁정(弓鼎) 무인들도 활을 놓고 멍하니 앉아 있다.

"루검비냐?"

"네. 흑! 가, 가주님께서! 흑흑!"

상관외를 보자 궁정 무인이 울기 시작했다.

그는 아침까지만 해도 멀쩡했던 아버지의 시신을 살폈다.

베어도 야무지게 베었다. 이래서는 도저히 살 가망이 없다. 말도 몇 마디 하지 못했을 것이다. 시원하게 욕지거리라도 하고 죽었으면 괜찮으련만 기껏해야 '윽!' 이나 '억!' 소리 정도 내뱉고 죽었을 것이다.

그는 또 다른 점도 봤다.

아버지의 승장혈에 뚜렷한 자국이 있다.

'응? 이건! 호…… 혹시!'

그는 재빨리 앞섶을 헤치고 수분혈을 살폈다.

그곳에도 흔적이 있다.

분명히 루검비의 환희밀공이다. 아버지의 모습을 보니 상당한 수준까지 발전한 듯싶다.

‘후후후! 그랬군. 환희밀공으로 진기를 흡취할 수 있는데, 이 아들에게는 감쪽같이 숨겼군. 가주라는 알량한 자리 하나 던져 주고. 가만…… 그것도 아니네. 노인네는 내가 음양합밀공을 버리지 못할 걸 알았어. 삼실에 계집은 넣어뒀던 것도 그렇고……. 후후후! 후후후후! 나보고 똥 짐을 져라? 자기는 곳감만 따먹고?

그는 아버지의 속셈을 읽자 그의 죽음에 일말의 애도도 느껴지지 않았다.

그는 기쁜 마음을 추스르고 짐짓 슬픈 표정을 지으며 말했다.

“정리해라. 장사 같은 건 없다. 시신은 수습해서 화장한다. 지금 당장! 어섯!”

“용검대주님, 그래도 가주님만은…….”

“아버님도 당신만 따로 장사지내는 건 원치 않으실 터. 시신을 한데 모아 합동 화장을 한다.”

명을 내리는 순간에도 그는 오직 한 가지 생각만 했다.

‘늙은이가 지법 석화를 버리지는 않았을 거고…… 해독한 것을 어디 숨겨뒀을 텐데…… 일실, 이실, 삼실에도 없다면…….’

그의 뇌리에 삼실에 있던 목내이가 스쳐 갔다.

아버지가 왜 목내이를 내버려 뒀을까? 자신의 족쇄가 될지도 모르는데.

‘목내이! 맞아! 목내이 어딘가에 있어!’

“한 시진 후 장사를 지낼 테니 준비를 끝내놔라.”

그는 명을 내리자마자 다시 삼실로 향했다.

‘상관외.’

루검비는 상관외의 뒤를 쫓았다.

절죽원주 등이 파훼한 지법 석화는 지상에서 사라져야 한다. 그들이 파훼한 그림은 아직도 상관세가 어딘가에 있다. 그것을 찾아서 소각시키지 않는 한, 언젠가는 유령처럼 되살아날 게다.

그는 상관세가를 지켜보다가 상관외의 화룡에서 이질적인 기운들을 발견해 냈다.

가주가 그랬던 것처럼 화룡은 미미한데 진기는 무척 크다.

음양합밀공을 수련한 증거다.

그는 상관외를 따라 가주의 침소까지 스며들었다.

굳이 보이는 데서 뒤를 쫓을 필요는 없었다. 그는 상관외를 화룡을 읽었고, 기운을 쫓았다.

‘여기?’

상관외는 침상 머리맡으로 사라졌다.

침상을 밀치자 과연 자그마한 밀실 입구가 나타났다.

한데 무척 불길하다. 들어가고 싶지 않다. 삶보다는 죽음이 가득한 곳이다.

'연……공……실!'

그는 이빨을 꽉 깨물었다.

가주가 음양합밀공을 은밀히 연성했던 곳이 이곳이다. 이제 이곳은 그 아들이 이어받아 음양합밀공을 수련한다. 하루에 한 명씩 재기발랄한 여인들이 죽어가는 곳이다.

그는 문을 밀치고 들어섰다.

상관외는 철창 문을 활짝 열고 모든 목내이를 뒤졌다.

있다! 목내이의 입에 둘둘 만 한지가 들어 있다. 입에서부터 목구멍까지 길을 내어 한지를 숨겨놨다.

"흐흐흐! 치밀한 늙은이 같으니라고. 이런 데 숨겨놨으니 찾은 사람이 없지. 난 또 어디 다른 밀실이 있나 싶었지."

상관외는 첫 번째 한지를 꺼내고 두 번째 목내이를 뒤지다가 움찔했다.

"제길! 등 뒤까지 바싹 붙도록 몰랐다니, 대단한 고수군. 돌아서도 되나?"

"……."

대답이 없자 등을 돌렸다.

바로 앞에 루검비가 서 있었다.

"헉!"

상관외는 지옥사자라도 만난 듯 놀랐다.

현재의 루검비는 굉장히 무섭다. 그는 철저하게 준비한 아버지를 죽였다. 그것도 단 일검에. 이제 막 진기를 흡취하기 시작한 자신은 상대가 안 될 것이 뻔하다.

"네, 네가!"

"혈도 두 군데만 막겠다. 네가 용인한다면 목숨은 살려주마."

"혀, 혈도? 어, 어딜?"

"……."

루검비는 말없이 쏘아봤다.

어디인지는 알 필요가 없다. 받아들이고 제압될 것인가, 죽을 것인가만 선택하라.

그의 눈빛은 분명한 말을 전해왔다.

"조, 좋다. 제압……해라."

그는 혹여 운 좋으면 일어날지도 모를 루검비의 방심을 노리고 두 손에 진기를 운집했다.

루검비가 거침없이 다가와 손을 들어 올렸다.

'지금이 기회인데…….'

그는 망설였다. 루검비는 아무런 방비도 하고 있지 않다. 전신이 허점투성이다. 손만 뻗으면 쓰러뜨릴 수 있을 것 같다.

'아니다. 아서라. 괜히 헛짓했다가 목숨까지 빼앗기면…… 후일을 도모하자.'

그가 미련없이 진기를 풀 때, 루검비는 손가락을 들어 승장혈을 지그시 눌렀다.

"헉! 여긴!"

반발하기에는 이미 늦었다. 그의 승장혈은 완전히 짓뭉개졌다.

"또 한 군데."

루검비의 손이 아래로 내려갔다.

상관외는 이를 악물었다.

어디를 제압할지는 눈 감고도 안다. 그래, 해라. 승장혈과 수분혈이 파괴되면 두 번 다시 진기를 쓰지 못한다. 환희밀공뿐만 아니라 음양합밀공까지 못 쓴다.

그뿐인가? 상관세가의 무공도 못 쓴다. 임맥이 손상되었는데 무슨 무공을 쓰랴.

루검비는 그를 폐인으로 만들고 있는 것이다.

퍼억!

수분혈마저 파괴되었다.

상관외는 경혈이 파괴되는 아픔보다도 마음의 상처가 더 컸다.

'나…… 이대로 죽지 않아. 반드시…… 반드시 일어선다.'

그의 눈에서 분루(憤淚)가 쏟아져 나왔다.

그날, 가주의 침소에 불이 났다.

불길은 매우 거셌다. 미리 기름을 부어놓은 듯 아무리 물을 끼얹어도 꺼지지 않았다.

상관세가의 무공 비급은 모두 가주의 침소에 있다. 가주만 아는 곳에 은밀히 소장되어 있다. 그게 타버리면 상관세가의 무공은 영원히 절전된다.

몇몇 사람은 발을 동동 굴렀다.

몇몇은 이제 상관세가는 끝났다며 한탄을 토해냈다.

'상관' 성을 쓰는 사람은 가주가 아는 무공을 모두 수련했다. 검법, 신법, 장법, 권법…… 숙련도는 미치지 못하지만 초식은 모두 펼칠 수 있다.

그러니 상관세가의 명맥이 끊겼다고는 하지 못한다.

하나 비급에는 전대 고수들의 심득(心得)이 적혀 있다.

그것이야말로 초식보다도 중요하다. 심득을 올바로 이해하면 상관세가의 무공을 독보적인 위치로 올려놓을 수 있다. 그렇지 못하면 평범한 무공에서 그친다.

심득이 타버리면 갈림길조차 사라져 버린다.

"공자는! 용검대주는 어디 있소!"

무인들은 상관외를 찾았다. 한 시진 후에 화장을 지낸다고 했지 않은가.

상관외는 나타나지 않았다.

절죽원주는 절죽원으로 돌아가지 않았다. 호리수 역시 절죽원주와 찰싹 붙어서 움직이지 않았다.

그들은 아무 곳에도 못 간다.

루검비를 따라 부평초처럼 정처없이 헤매야 한다.

상관가주가 만들어놓은 족쇄는 그가 죽은 후에도 그들의 발목을 단단히 틀어 묶었다.

환희밀공을 연구한 사람들.

그들이 환희밀공을 수련하지 않았어도 상관없다. 연구를 했다는 꼬리표가 찰싹 달라붙어 있는 한 그들은 여러 종류의 사람들에게 표적이 된다.

우선 흡정대법의 유혹을 이기지 못하는 자들이 달려들게 다. 정의의 기치를 내세운 사람도 온다. 정도, 마도, 사도……하다못해 비적들까지 그들을 노릴 것이다.

그들에게는 선택의 여지가 없다. 루검비 곁에 붙어 있는 길밖에 없다. 그것만이 그들이 목숨을 부지하는 길이다.

"아무래도 환희교에 투신할까 봐."

"허허! 소신껏 행동해야지. 믿음도 없이 종교를 선택하면 되나. 환희교를 믿을 자신이 있나?"

"까짓것 여자와 같이 자면 되는 것 아닌가?"

"젊은 처자들을 감당할 자신은 있고?"

"또또 주둥이 나불댄다."

"그런데 말일세. 자넨 묘한 습관이 있더군. 강자 앞에서는

한껏 겸손하고, 약자만 모이면 욕을 해대고. 물론 강자와 약
자의 구분이 무력이고."
　"그래서?"
　"그게 자네가 세상을 살아가는 방식인가?"
　"그렇다면?"
　"사람이 어떤 습관을 몸에 붙일 때 이유없이 붙이는 것은
없지. 반드시 그만한 이유가 있기 때문인데…… 어떤 환경에
서 자라야 자네 같은 습관이 붙는지 궁금해서."
　"주둥이 잘못 놀리면 맞는다고 했다."
　"저기 류 소저가 오고 있는데 때릴 자신 있나?"
　호리수가 급히 눈을 돌렸다.
　절죽원주 말대로 류취취가 걸어오고 있었다.

　"이게 환희교 교리예요. 무슨 내용인지 봐줄래요?"
　그녀는 절죽원주에게 고서(古書) 한 권을 내밀었다.
　"가가 모르게 해주세요. 가가는 이게 아직도 청음산에 있
는 것으로 알아요."
　"그래도 되나?"
　"가가가 찾을 때 말하려고요. 지금은 찾지 않으니까……
찾지 않을 때는 이유가 있는 거거든요."
　절죽원주가 류취취의 말을 들으며 고서를 펼쳤다.
　"엇! 이건!"

태초에 93

절죽원주의 눈에 광채가 돌았다.

"뭐야? 범어(梵語:고대 인도어)잖아!"

호리수도 눈빛을 반짝였다.

"이게 환희교 교리란 말인가?"

절죽원주가 믿지 못하겠다는 듯 류취취를 쳐다봤다.

"분명히 환희교 교리예요. 청음산 쌍괴목에 있는 걸 제가 가져왔어요. 뭐가 잘못됐나요?"

"아니, 아니. 잘못될 리가 있는가. 환희교라는게 근래에 탄생한 사이비 종교인 줄 알았는데 의외로 역사가 깊어서 놀랐을 뿐이네. 범어로 적힌 교리라…… 허허! 잘하면 불교하고도 맥을 같이하겠구만. 허허허!"

절죽원주는 희열을 감추지 않았다.

학자인 그에게 연구 가치가 충분하면서도 처음 보는 서적이 나타났는데 어찌 기쁘지 않으랴.

"그건 무슨 말이에요? 불교하고 맥이 닿다뇨?"

"아니, 아니. 그건 그렇다는 소리지. 불교 초기 경전이 범어로 적혀 있지 않은가. 그래서 해본 말이네. 이건 그보다 훨씬 연대가 깊어 보이니 불교보다 먼저 탄생한…… 그렇지! 원시 종교에 가깝다고 해야 하나?"

"책을 반씩 나눕시다."

호리수가 책을 뚫어지게 노려보며 말했다.

"뭐……라는 소린가?"

“반씩 나눠서 연구하면 더 빨리 알아낼 것 아니오.”

호리수는 당장 끼어들고 싶어했다.

류취취가 배시시 웃으며 말했다.

“이건 교리예요, 환희교 교리. 만약 이걸 손상시키면 가가께서 가만둘 것 같아요? 감당할 자신이 있어요?”

호리수는 루검비를 쳐다보다가 고개를 절레절레 흔들었다.

퉁! 퉁! 퉁!

루검비는 노동거사를 치료하느라고 여념이 없었다. 노동거사의 전신에 화룡전이를 하느라고 하루 종일 손가락을 퉁겨댔다.

호리수는 그 모습을 보자 더 이상 책을 찢자고 할 수 없었다.

“같이, 같이 보자고.”

절죽원주가 서적을 냉큼 품 안에 넣어버렸다.

“안 되네. 이건 소저가 내게 맡긴 것이니 내가 해독할 걸세. 혹시…… 자네의 그 못된 습관을 고친다면 어찌해 볼 생각은 있네만…… 아냐, 아냐. 사람의 습관이 어찌 하루아침에 바뀌겠나. 싫으니 죽지.”

“바꿔! 바꿔! 바꿉니다!”

호리수가 급히 말했다.

"어떻습니까?"

"금방이라도 펄쩍 뛸 것 같네. 이젠 괜찮아. 그 화룡이라는 것, 여간 영물스러운 게 아니군. 나도 배워볼까?"

"이건 배우는 게 아닙니다. 있는 걸 발견하는 것이니 자각(自覺)이라고 해야겠죠. 보려는 의사만 있으면 누구든 볼 수 있습니다."

"한번 해보지. 어떻게 하는 건가?"

루검비는 웃으며 화룡을 튕겼다.

노동거사는 화룡을 받았다. 눈을 감고 몸에 들어온 미지의 기운이 어떤 일을 하는지 살폈다.

노동거사는 쉽게 화룡의 움직임을 읽었다.

평생 진기를 쌓아온 사람이다. 내관(內觀)에는 달통한 도인이나 진배없다. 지금까지 보았던 것이 아니라 전혀 다른 것을 보는 것이지만 누워서 떡 먹기나 다름없었다.

"이게 화룡인가?"

"말씀하실 필요 없습니다. 그냥 보시면 됩니다."

퉁퉁퉁! 화악……!

한줄기씩 뛰쳐들어 간 루검비의 화룡이 노동거사의 전신을 휘젓고 다녔다.

노동거사는 화룡을 주시했다. 뚫어지게 봤다.

어느 한순간, 화룡들은 회음혈에 집결하더니 느닷없이 밑바닥을 세차게 후려쳤다.

짜앙!

회음혈에서 둔중한 울림이 울렸다. 그때!

"아!"

노동거사는 자신도 모르게 경탄을 토해냈다.

붉은 용 한 마리가 일어선다. 이글이글 타오르는 불길이 육신을 집어삼킬 듯 넘실거린다. 화룡을 보고 싶지 않다. 조금만 더 보다가는 육신이 재가 되어버릴 것 같다.

화아아악!

화룡은 루검비의 화룡을 단숨에 집어삼켰다. 그리고 빠른 속도로 척추를 타고 치솟아 백회혈에 이르렀다.

"하강(下降)!"

루검비의 음성이 들렸다.

퍼엉!

화룡이 천장에 부딪쳤다. 밖으로 뚫고 나가려다가 문이 열리지 않으니 신경질적으로 충돌했다.

순간, 화룡은 산산조각 났다.

곱……다. 아름답다. 화려하다.

화룡은 미세한 불꽃으로 변신했다. 솜털처럼 가볍고 작은 불꽃이다. 세우(細雨)처럼 느리게, 하늘하늘 떨어진다.

"아!"

노동거사가 두 번째 경탄을 토해했다.

"경락을 찾지 말고 그냥 보십시오. 화룡은 보는 겁니다. 있는 것을 보기만 하면 됩니다.”

불꽃은 말도 안 되는 곳으로 떨어졌다.

진기가 산산이 깨져 몸속으로 흩어지는 것처럼 느껴졌다.

“진기가 아닙니다. 모으고, 아우르고, 발산하는 게 아닙니다. 그냥 보기만…… 보기만 하면 됩니다.”

루검비가 노동거사의 마음을 읽었는지 작은 충고를 해왔다.

노동거사는 즉시 진기 생각을 떨치고 화룡을 지켜봤다.

화룡은 갈기갈기 찢어져 소멸되는 것처럼 보였지만 사리지지 않고 다시 모였다.

회음혈이 충만해진다. 다시 화룡이 솟구친다.

슈욱! 쫘앙! 파아아아앗!

“너무…… 너무 아름답군.”

노동거사는 자신이 무슨 말을 중얼거리는지도 몰랐다. 화룡에 푹 빠져서 루검비가 손을 떼고 물러서는 것도 알아채지 못했다. 노동거사의 공력을 생각하면 있을 수 없는 일이다.

“대단하군. 인간의 몸에서 신(神)을 발견해 냈어.”

“정신이라고 해야겠죠. 정신의 영역을 자세히 파고든 겁니다. 환희교…… 사이비가 아닙니다.”

“그렇군. 자네 말에 일리가 있어. 인간은 정신이고, 정신은 인간이다. 정신을 십분 활용하면 신의 능력을 구비한다. 이 말대로라면 인간이 곧 부처라는 뜻 아닌가.”

“그렇게 볼 수 없지요. 환희교는 부처를 인간으로 전락시켜 버립니다. ‘몸속의 신을 발견해 낸 인간’이 되는 거죠. 다시 말해서 정신의 힘을 깨닫는 즉시 누구나 부처가 될 수 있다는 겁니다. 부처를 믿을 필요가 없다. 네가 부처가 되라.”

“엄청난 말이군.”

“파란이 일 겁니다. 이게 진실이라고 해도 가만들 있지 않을 거예요. 도사들인들 구경만 하겠습니까? 중들은 어떻고요. 불경스럽다며 당장 때려죽이지 못해서 안달할 겁니다.”

호리수는 약속을 지켰다. 사람이 있거나 없거나 말을 곱게 쓰겠다는 약조, 충실이 이행했다.

두 사람은 환희교의 교리, 아니, 경전을 살피면서 위대한 말씀을 들었다.

그것은 놀라움으로 다가왔다. 어떻게 이런 진리가 흙 속에 묻혀 있었는지 이해가 되지 않았다. 한편으로는 두렵기도 했다. 너무나 파격적인 경전이라 세상이 받아들이지 않을 것이 뻔했다.

“화룡이나 수룡이나 결국은 같은 것이군요. 그것은 형체가 있는 게 아니었습니다. 인간이 상상으로 만들어낸…… 아니죠. 인간의 정신이 형체화되어 나타난 게 화룡이었고, 수룡이었던 겁니다.”

“어허! 이것참, 어쩐다? 노동거사도 화룡을 본 듯하네. 요즘은 하루 종일 화룡을 보느라 정신없어."

"그렇겠지요. 무한한 힘을 발견했는데 어찌 즐겁지 않겠습니까. 인간이 부처가 됐는데요."

경전은 인간이 곧 부처라고 말한다.

화룡의 모습을 눈에 본 듯이 그릴 수 있고, 화룡의 능력을 십분 활용할 수 있다면 그것이 곧 부처라고 한다.

경전이 말하는 탈룡신(脫龍身)의 단계다.

그렇다. 경전에는 탈룡신이 되기까지 일곱 단계로 세분해 놓았다.

노동거사처럼 화룡의 존재를 감지하는 것은 일단계로 목룡(目龍)이라 하며, 류취취나 소월신투처럼 수룡을 응용하여 일신에 힘을 보탤 수 있으면 이단계 보룡신(補龍身)을 이룬 것으로 간주한다.

루검비는 삼단계 성룡(成龍)이다.

화룡의 형상을 구체화할 뿐 아니라 타인에게 화룡전이를 할 수 있기 때문이다.

상관세가의 가주를 죽인 화룡이 겨우 삼단계에 불과하다.

경이롭지 않은가.

환희교의 경전에 비하면 중원 무학은 어린아이 소꿉장난에 불과하다. 그 어떤 무공도 상대가 되지 않는다.

두 사람은 서로를 쳐다보며 한숨만 푹푹 내쉬었다.

루검비는 환희교를 개교하고 싶어한다. 많은 사람들에게

교리를 설파할 것이다.

후환은 당연히 뒤따른다.

많은 사람이 손가락질을 할 것이며, 심한 경우에는 칼부림까지 벌어지리라.

루검비는 두 사람에게 그런 일이 없도록 해달라고 했다. 어떻게 하면 그런 일 없이 환희교를 개교할 수 있냐고 물어왔다.

그런 방법은 없다.

환희교는 세상을 뒤집는다.

고대(古代) 천축인(天쓰人)들은 환희교 경전에 적힌 대로 자신을 수양해 왔다.

결과는 썩 좋지 않다. 수련이 잘되지 않았다.

너나 할 것 없이 잘되었다면 지금쯤 인간 세상은 신의 세계가 되었으리라.

그러다가 환희밀공을 극성으로 깨우친 사람이 나타났다.

부처다.

물론 부처가 심신 수련의 방도로 삼은 것은 환희밀공이 아니다.

단지 부처의 경지가 환희밀공을 극성으로 깨우친 상태와 같다는 것뿐이다.

사람들은 그에게 조언을 구했다.

어떻게 하면 당신처럼 될 수 있습니까? 당신의 진리는 무엇입니까?

사람들은 궁금한 게 많았다. 이것도 묻고, 저것도 물었다. 깨우친 자에게 하나라도 더 듣고 싶어서 많은 질문을 던졌다.

질문하고 답하고…… 그렇게 경전이 만들어졌다.

부처를 존경하던 마음은 신앙심으로 바뀌었다.

그의 말을 좇고, 그의 뜻을 따르면 그처럼 될 수 있을 것이라고 생각했다. 최소한 그의 곁으로 다가갈 수 있을 것이라고 믿었다.

사람들은 더 이상 환희밀공 같은 경전을 들여다보지 않는다.

부처와 같은 사람이 탄생하지 않았기 때문이다.

대신 부처의 말씀을 좇는다. 완성의 길을 걸어본 사람이 한 말이니 그대로 따라 하면 완성된 인간이 될 것이다.

그로부터 수백 년이 흘렀다.

이제 와서 이것이 원초적인 진리다, 하고 설파할 수 있겠는가?

돌팔매질당하지 않으면 다행이리라.

"이건 당분간 우리 둘만 알자고. 류 소저도 몰래 해달라고 했으니까 번역본만 주는 선에서…… 알았지? 우리가 느낀 것은 우리만 알고 있자는 말일세."

"그래야겠지요."

호리수도 순순히 응했다.

장난이나 할 때가 아니다. 사태가 굉장히 심각했다.

"그리고…… 수문장과 정식으로 이야기해 봐야 되지 않겠나?"

"그래야겠지요."

호리수는 이번에도 힘없이 고개를 끄덕였다.

루검비는 부처가 되는 길을 안다. 자신이 경험해 봤다. 아직은 많이 부족하지만 꾸준히 나아간다. 그리고 자신이 얻은 것을 많은 사람과 나누고 싶어한다.

전혀 잘못된 것이 없다.

남녀가 섞이지 않고, 정사만 끼어들지 않으면 성인도 이런 성인이 없을 것이다.

세상에 어느 누가 자신이 힘들여 얻은 심득(心得)을 고스란히 넘겨주려고 하겠는가. 그는 한다. 남들이 조금이라도 더 빨리 느끼라고 화룡전이를 아낌없이 해준다.

한데 세상은 그를 손가락질한다.

답답한 노릇 아닌가.

"절죽원주, 호리수. 자네들의 학문이 하늘에 닿았다고 생각하는가?"

"천만에요."

"사양할 것 없어. 하늘에 닿았다는 건 모두가 인정하는 바이니까. 하지만 화룡은 모를걸?"

"허허허! 많은 걸 느끼셨나 봅니다."

"자네도 해보라고. 사람이 다시 태어난 느낌이야. 이건 비
밀이네만…… 오늘 아침에는 주책 맞게 이게 섰지 않은가."

노동거사가 속삭이듯 말하며 자신의 양물을 가리켰다.

"그래요? 그거 효과 한번 끝내주는군요."

"자네도 해보라니까. 회춘이 따로 없어요."

절죽원주는 남몰래 한숨을 내쉬었다.

환희교는 이게 문제다.

정신이 건강하면 몸도 건강해진다. 나이는 숫자에 불과하
다. 팔순 노파라 할지라도 자유자재로 육신을 움직인다. 하면
젊었을 적이 생각나고, 자연히 음양화합도 떠올린다.

지금은 본격적으로 정사가 개입되지 않지만 언젠가는 그
런 날이 올 것이고…… 끔찍하다.

또 누구든 화룡이나 수룡을 접하게 되면 타인에게 설파하
고 싶어진다. 자신이 느낀 것을 말하고 싶어서 입이 근질거린
다.

은연중에 환희교가 전파되는 것이다.

이 두 가지는 서로 물고 물리며 거대한 세(勢)를 형성할 것
이다. 그리고 그때가 본격적으로 철퇴를 맞을 때다.

"허허! 그럼 열심히 하십시오. 저는 다음에나 해볼랍니
다."

절죽원주는 노동거사에게 일별을 던지고 루검비에게 향

했다.

"청루를 짓겠다고 했지?"
"네."
"손가락질당하고 싶지 않다고?"
"네."
"이 친구와 머리를 맞대고 고민해 봤는데, 방법을 찾지 못했네."
"조금 더 찾아보시지요. 시간은 많습니다."
"전대 교주가 절곡에다가 환희교를 세웠다던데……."
"그랬지요."
"자네도 그러면 어떤가? 세상에 소문도 나지 않을 것이고, 손가락질당할 일도 없겠지. 교를 어떻게 운용하느냐가 관건인데, 자네라면 옛날처럼 운용하지는 않겠지."
"환희교도로 부부만 받을까 하는 생각도 해봤습니다. 그게 맞다 생각됩니다."
경전에는 그런 말이 없다. 수룡이 화룡을 살피고, 화룡이 수룡을 돌보는데 꼭 한 사람만을 가리키지는 않는다. 폭넓은 사랑으로 많은 사람을 도와주라고 한다.
"그것도 괜찮은 방법이겠지. 부부간에 관계를 갖는다는데 누가 뭐라겠나."
"취취를 교주로 세울까 합니다. 그녀라면……."

"좋지 않소."

호리수가 불쑥 끼어들었다.

세상에서 소문난 화냥년이 환희교의 교주가 되었다면 당장 사람들이 손가락질한다. 그런 점은 유화도 마찬가지다. 옛날 환희교도는 몸을 장난감처럼 굴린 사람들이다. 존경을 받지 못한다.

"나도 같은 생각이네. 자네 생각을 알아. 류 소저와 자네는 실질적인 부부. 하니 관계를 가져도 상관없겠지. 두 사람이 수룡과 화룡의 어울림을 만들어낸 뒤, 보고 느낀 것을 전한다는 뜻 아닌가. 취취는 화녀에게, 자네는 정랑에게."

"아무래도 그 방법밖에 없을 것 같아서요. 방법을 알게 되면 본인들 스스로 발전해 나갈 수 있지 않겠습니까?"

루검비는 환희밀공의 함정을 모른다.

경전에는 다른 말이 적혀 있다.

화룡과 수룡은 같은 속도로 성장하지 않는다. 어느 한쪽이 빨리 성장하고, 다른 한쪽은 늦게 큰다.

시간이 갈수록 그 차이는 더욱 크게 벌어지고, 어느 순간에는 영원히 따라잡을 수 없을 만큼 간극이 넓어진다. 그때가 되면 본인들 의지와는 상관없이 자신과 비슷한 수준의 화룡과 수룡을 찾게 된다.

환희교는 생태적으로 환희밀공을 버리던가 일부일처를 버려야 하게끔 되어 있다.

절죽원주와 호리수는 거기까지는 말하지 않았다.

루검비가 한참 희망에 들떠 있는데 절망을 안겨주기는 싫었다.

"교주로 내세울 바에는 소월신투를 택하는 게 어떤가? 곡 소저도 자네를 마음에 두고 있는 듯한데, 어려울 게 없지 않은가. 곡 소저가 교주가 되면 모적방의 지원도 얻을 수 있을 테고…… 도둑놈들의 집단이라고 우습게 보지 말게. 모적방의 힘은 대단해."

절죽원주와 호리수는 소월신투를 적극 권유했다.

결국 그들은 속마음을 말하지 못했다.

'환희교를 포기할 수는 없나?'

절죽원주의 마음이었다.

'많은 사람까지 생각할 게 뭐야. 당신과 당신 마누라만 절곡에 숨어서 살아. 당신들만 신선이 되라고. 그럼 되잖아. 뭣 때문에 세상에 나와서 손가락질받아.'

호리수가 하고 싶은 말이었다.

第三十一章
뒤틀리는 세상

환희밀공

유화는 이유없는 추적과 공격에 화가 났다.

"뭐냐!"

"그냥 죽어주기만 하면 되는데, 꽤나 까다롭군."

그들이 주위를 에워쌌다.

이번에는 열 명이다. 병기는 모두 검이다. 네 명이 동서남북(東西南北) 사방을 점한 사방진(四方陣)을 펼쳤고, 그 뒤에 다섯 명이 오행진(五行陣)으로 덮씌웠다.

마지막 한 명은 진에서 빠져 사태를 관망한다.

진을 통제하는 것 같지는 않다. 지켜보기만 한다. 하나 그 역시 검을 뽑고 있어서 언제 어느 때 싸움에 가담할지 모른다.

 '전문적인 살수! 왜?

이들은 하나같이 고도로 훈련된 살수들이다.

이들이 왜 자신을 노리는지 이유라도 알았으면 좋으련만, 답답하게 말을 하지 않는다.

이런 자들 중에 한 명을 사로잡은 적이 있다.

수룡을 써서 어떻게든 입을 열어보려고 했다. 하나 손을 써 보지도 못했다. 그자는 순식간에 절명해 버렸다. 입으로 검은 피를 쏟아내며 웃으며 죽어갔다.

자신이 치아에 독단(毒丹)까지 박아놓고 다니는 지독한 자들과 싸우고 있다는 사실을 그때 알았다.

스스슷!

사방진이 돌아간다. 천천히 왼쪽으로 원을 그린다.

뒤에 있던 오행진도 돈다. 그들은 사방진과는 반대로 오른쪽으로 돈다.

슈욱!

첫 검이 날아왔다. 뜻밖에도 사방진에서 뻗어낸 검이 아니라 뒤에 있던 오행진에서 날아왔다.

사방진과 오행진이 서로 엇갈려 돌면 서로가 비집고 들어갈 공간이 생긴다. 사실 사방진 뒤에 오행진이라고 하지만 그들의 거리라는 것은 몸 하나 간격에 지나지 않는다.

한데 사람들은 묘한 착각을 한다. 사방진이 앞에 펼쳐져 있으면 오행진에서는 절대로 공격하지 못할 것이라는 선입견을 갖는다.

불행히도 유화는 정통 무인이 아니다. 무공이라고는 파락호를 상대로 간신히 버틸 정도의 권각술밖에 몰랐다. 보통 사람들 중에 싸움 잘하는 사람보다도 못했다.

그녀의 무공은 수룡을 바탕으로 한다.

쒜에엑! 파앗! 쒜에에엑!

철사가 등 뒤로 날았다.

백련(百鍊)된 쇠붙이만이 수룡이나 화룡을 담을 수 있다. 주변에서 쉽게 구할 수 있는 청강장검 같은 것으로는 성신을 담지 못한다.

그래서 보검 대신에 취한 것이 철사다.

철사 역시 쉽게 부서져 나간다. 수룡을 담기만 하면 조각조각 나버린다.

하지만 이게 뜻밖의 효과가 있다.

상대를 향해 철사를 휘두르면서 수룡을 담으면 아주 훌륭한 암기가 된다.

철사가 조각나면서 철편(鐵片)이 되어 날아가기 때문이다.

초식 같은 게 없어도 철사만 많이 준비해 놓으면 수십, 수백 명이라도 감당할 수 있다.

유화는 그런 면에서 탁월한 재능이 있는 것 같다.

그녀는 단단한 철사 대신에 몸 어느 곳에든 쉽게 지니고 다닐 수 있도록 고리로 된 철사를 준비했다.

곧고 단단한 철사나 고리 철사나 그녀들에게는 마찬가지다. 보관이 용이한 쪽으로 선택한 것뿐이다.

"커억!"

검을 쓰던 자가 기름 솥에 던져진 듯 펄쩍 뛰더니 푹 꼬꾸라졌다.

그의 몸에서 시뻘건 선혈이 새어 나왔다. 빨간 피가 몸을 반으로 갈랐을 때처럼 펑펑 쏟아졌다.

그 순간, 유화는 다른 철사를 꺼내 손목에 감았다.

그녀들이 연습한 것은 이것뿐이다.

철사는 한 번 쓰면 망실된다. 하니 재빨리 다른 철사를 꺼내 들어야 한다. 그 간격이 좁으면 좁을수록 생명이 더 안전해진다.

'저자!'

유화는 사방진을 쓰는 자 중에 한 명을 지목했다.

순간, 그녀의 몸이 용수철처럼 튕겨지더니 그녀가 지목했던 자를 향해 쏘아졌다.

쉐엑! 슈웃! 파파팟!

그자는 자신이 공격받는다는 것을 알았다. 당연히 반격해 왔다. 다른 자들도 가만있지 않았다. 유화에게서 틈을 발견하고 동시에 협공을 가했다.

유화가 움직임으로써 사방진이 일제히 발진했다.

쒜엑! 파파파! 쒜엑! 파파팟!

먼저 공격한 자를 향해 철사를 터뜨렸다.

그가 어떻게 됐는지 볼 틈이 없다. 재빨리 두 번째 철사를 꺼내 빙글 원을 그리며 수룡을 집어넣었다.

폭발이 생겼고, 철편이 날아갔다.

"후읍!"

그녀는 재빨리 숨을 가다듬었다.

그녀는 숨에 간여하지 않는다. 절대로 그런 일은 하지 않는다. 그것은 본인 스스로 무공을 쓰는 것과 다를 바 없다. 무공을 모르는 사람이 무공을 쓴다면 결과는 너무나 뻔하다.

그녀는 오직 수룡만 봤다.

수룡을 철저히 믿는다. 수룡의 힘을, 수룡의 재치를, 수룡의 야무진 면을 믿는다.

수룡이 그녀의 몸을 움직인다. 그녀의 반사 신경을 조율한다. 호흡을 유지시켜 준다.

숨을 들이마시고 내쉬고, 공격할 자를 지목하고, 몸을 돌리거나 쏘아내고…… 그녀의 육신은 수룡의 지시를 충실히 쫓기만 하면 된다.

그럼 육신은 수룡의 노예인가?

그렇다. 노예다. 육신이라는 건 아무런 가치도 없다. 그저 고깃덩어리에 불과하다.

육신은 집이다. 나무와 돌로 지어진 집이다. 수룡은 집에서 사는 사람이다. 말해보라. 누가 주인인가. 집인가, 사람인가. 사람은 집을 버리고 다른 곳으로 이사할 수 있다. 하면 집은 어떻게 되는가.

수룡은 이사하지 않는다. 하나의 집에서 영원히 기거한다. 집이 무너지면 수룡도 의리를 다해 목숨을 끊는다.

집과 수룡은 일심동체(一心同體)다. 일심동체라는 말도 필요없다. 원래가 하나다.

육신에 의지하지 말고 수룡을 볼 줄 알기만 하면 된다.

"그만하지. 죽이고 싶지 않아."

그때, 뒤에서 지켜보던 자가 검으로 나무를 쳤다.

탁탁탁!

오행진을 펼쳤던 자들이 썰물처럼 빠져나갔다.

열 명이 진을 펼쳤지만 이 합(二合) 만에 다섯 명이 죽고 네 명만 남았다. 그들은 검권에서 빠져나오자 검을 집어넣더니 신형을 날려 사라졌다.

한 명, 그가 다가왔다.

"처음 보는 낯선 무공. 내력으로 철사를 터뜨려 암기로 쓰다니. 그만한 내력을 지닌 사람이 어떻게 아직까지 알려지지 않았는지 그게 궁금하군."

그가 검을 들어 올렸다.

순간! 유화는 그를 잃었다. 그의 육신을 놓쳤다. 보이는 것이라고는 오직 새파랗게 날이 선 검 한 자루뿐이다.

'위험!'

쒜에엑!

무엇인가 공기를 가른다. 약간 소리가 들리는 듯하기도 하고 환청인 듯싶기도 하다.

"엇! 으음!"

갑자기 수룡이 펄쩍 뛰었다.

유화는 수룡이 움직임과 동시에 몸을 비틀었다. 순간, 옆구리가 화끈했다.

퍼억!

귀에 들릴 듯 말 듯한 작은 소리와 살이 찢어지는 아픔은 몸을 두 번이나 비튼 다음에 찾아왔다.

"뭐야?"

"피해?"

두 사람은 거의 동시에 말했다.

유화는 다시 그를 찾았다.

그는 처음부터 움직이지 않았던 듯 원래 서 있던 그 자리에 그대로 서 있다.

"너…… 뭐 하는 여자야?"

"내가 누군지도 모르고 공격한 거야?"

유화는 아랫입술을 잘근 깨물며 허리띠를 위로 올려 옆구리 상처를 힘껏 동여맸다.

"어디 이번에도 피할 수 있는지 볼까?"

그가 다시 검을 들어 올렸다.

<u>스스스스</u>……!

그가 사라졌다. 먼저처럼 검밖에 보이지 않는다. 아니, 이번은 조금 다르다. 검도 흐릿해지면서 종내에는 아무것도 보이지 않았다.

이 순간, 유화는 자신을 질책하고 있었다.

사내의 기도에 눌렸다.

너무도 자신있게, 당당하게 나서는 사내를 보면서 자신이 질지도 모른다는 생각을 했다.

그녀의 생각은 곧 수룡에게 전달되었다.

수룡은 위축되었고, 활기를 잃었다.

그렇다. 어떤 일이 있어도 수룡만 보면 되는 거였다. 자신이 기적도 창출할 수 있는 사람이라는 걸 믿기만 하면 되는데, 어찌 자꾸 잊어먹는가.

기적의 힘을 놔두고 육신에 집착하는 이유가 뭔가.

습관 때문이다. 육신에 의지해 살아온 나날이 가끔씩 수룡을 잊게 만든다.

그녀가 수룡을 찾자 수룡은 즉시 부름에 응했다.

<u>스스스슷</u>!

공기의 흐름이 정확하게 읽힌다. 어느 쪽에서 얼마만큼 변화가 생겼는지 감지된다.

아래…… 발밑이다. 땅에서 위로…… 검이…… 검이 솟구친다!

그녀는 몸을 틀었다. 무작정 반사적으로 뒤튼 것이 아니다. 정확히 솟구치는 검을 느끼면서 피했다.

'지금!'

손도 휘둘렀다. 폭발이 일었다. 손에 든 철사가 미세한 철편이 되어 쏘아진다.

퍼퍼퍼퍽!

솟구치던 검이 움찔거렸다.

그것으로 끝이다. 그는 더 이상 움직이지 않는다. 당연하지 않은가. 생명을 잃은 검이 움직이는 것을 본 적이 있는가? 그는 화룡을 잃었으니 침묵하는 게 자연의 순리다.

"휴우!"

유화는 거친 숨을 토해냈다.

그녀가 상대의 검을 느끼고 반격하기 걸린 시간은 실로 숨 한 호흡 쉴 동안에 불과했다.

"무공을 모른다고?"

"몰랐어요."

"후후후! 무공을 모르는 여자치곤 너무 잘 싸우는데?"

"비꼬지 마세요. 정말 몰랐어요. 유화가 저런 무공을 숨기고 있을 줄은……."

"정말 몰랐다. 간단한 말이군. 덕분에 우리 혈토방(血吐幫)

은 개털이 됐어.”

“그게…… 무슨 말이죠?”

“손 떼겠다는 말이지, 무슨 말이야.”

“…….”

“더 어떻게 해볼 수도 없어. 싸울 놈이 있어야 말이지. 잠은살귀(潛隱殺鬼)까지 당했다면 끝난 거야. 약속대로 받은 돈은 돌려주지. 청부를 이행하지 못했으니까.”

“돈은 필요없어요. 남아도는 것이 돈이니까.”

“호오! 그런 은혜를. 하면 난 이만.”

“소개해 줄 만한 곳이 없나요?”

등을 돌려 걸어가려던 사내가 멈춰 섰다.

“누가 되었든 우리 혈토방이 손을 뗀 사건이라면 덤벼들 자가 없을 거야. 이 분야에서는 우리가 단연 최고였거든.”

“그러니 묻는 거예요. 남들은 다 혈토방이 최고라고 말하죠. 그래서 물어요. 혈토방주, 당신에게도 껄끄러운 자가 있죠? 싸움을 피하고 싶은 상대. 그가 누구죠?”

“후후! 아예 껍데기까지 벗겨먹는군.”

“말 몇 마디에 땅이 만 평이에요. 적은 대가는 아닐 텐데요?”

그가 여자를 쳐다봤다.

“저 여자와 무슨 관계요?”

“…….”

"말해줄 리 없지. 내 하나만 충고하리다. 저런 여자와는 적이 되지 마시오. 상당히 피곤할 뿐만 아니라 자칫하면…… 당신, 알거지돼. 우리 같은 놈들 쓸 때마다 돈이 한두 푼 드는 것도 아닐 텐데, 그걸 어디서……."

"주제넘은 말."

"그래그래. 좋아, 한마디면 되는데 못해줄 리 없지. 이 세계에서는 더 이상 구하지 마쇼. 아까도 말했지만 우리가 최고였거든. 우리가 죽이지 못한 자를 다른 놈이 죽인다는 건……. 흐흐흐!"

"그럼 어디서 구하죠?"

"무천."

사내는 즉시 대답했다.

"저 여자, 무천에 수배되었더군. 루검비라나 뭐라나 하는 놈과 눈이 맞아서…… 아아! 좌우지간 뭔 짓을 했대."

"……."

"루검비라는 놈도 그렇고, 환희교, 저 여자…… 궁금증이 치밀지 않는 것은 아니지만 찜찜해. 나는 내 본능을 믿거든. 찜찜한 일은 절대 손대지 않아. 죽을 자리이기 때문이야. 당신도 상당히 찜찜했어. 청부금이 워낙 커서 손대기는 했지만 결국 날털이 되었잖아. 후후후! 찜찜한 걸 손대면 이래. 좌우지간 그 땅은 고맙게 받겠소."

그가 사라졌다.

첨화는 더 이상 그를 붙들지 않았다.

실패한 자, 힘이 없는 자…… 잡을 필요가 없다.

"죽일까요?"

허공에서 음침한 음성이 들려왔다.

"놔둬. 그까짓 땅쯤은 얼마든지 줄 수 있어."

첨화는 피투성이가 되어 쓰러진 여섯 명의 시신에서 눈을 떼지 못했다.

환희교의 재산은 입이 쩍 벌어질 정도로 많았다.

그토록 많은 재산은 처음이었다.

절곡에 숨어서 창기도 역겨워할 정사를 벌이던 쓰레기들에게 그만한 돈이 있다는 건 정말 의외였다. 환희교도가 헌납한 재산이라고 해서 기껏 천석지기 정도 되는 줄 알았는데…….

중원 대부호도 어린아이로 보일 정도의 막대한 재산이 그녀의 손에 굴러들었다.

환희교의 뿌리는 깊었다.

재산 목록을 살피다 보니 무려 수백 년 전부터 헌납이 이루어졌다.

헌납 재산의 특징이라면 거의 대부분이 자신의 전 재산을 내놓았다는 것이다.

어떤 미친놈들이 이런 짓을 할까?

이만한 돈이면 첩을 맞아들여도 백은 맞을 텐데, 겨우 이놈

저놈 아무나 잡고 뒹구는 계집들과 몸을 섞겠다고 전 재산을 내놓아? 하기는 교주가 예쁘기는 했지.

그녀는 손에 굴러들어온 떡을 놓치고 싶지 않았다.

돈이란 건 임자가 없는 것이다. 돌고 돈다고 해서 돈이 아닌가. 현재 누구 손에 쥐어졌느냐가 중요할 뿐이다.

환희교? 그게 뭔데?

그녀는 환희교에서 있었던 일을 되새기고 싶지 않았다.

막대한 부를 한 손에 거머쥔 지금은 더더욱 그랬다.

물론 유화나 서화, 그리고 죽은 잔화와는 무척 친했다. 그녀들과는 친자매 이상으로 가까웠다.

하나 그녀들과 다시 가까이 한다는 것은 환희교 시절로 되돌아가는 것과 같다.

그러기 싫다. 여기서 과거의 악연은 끊는다.

"사흔(死痕), 넌 어때? 저 여자…… 죽일 수 있어?"

"안 됩니다."

"너무 쉽게 대답하는 것 아냐?"

"혈토방주의 말은 사실입니다. 잠은살귀가 당했다면 그쪽 세계에서는 나설 자가 없을 겁니다. 솔직히 저도 잠은살귀에게는 적수가 되지 않습니다."

"그렇게 뛰어난 자가 어떻게 혈토방주 밑에 있었지?"

"밑이 아니라 옆입니다."

'남색(男色)!'

첨화는 아미를 찡그렸다.

그녀가 그토록 싫어하는 비정상적인 정사가 혈토방에도 있었다.

"무천으로 가야겠어."

첨화가 중얼거렸다.

"다시 한 번 숙고하시지요. 저들을 쓰는 것과 무천에 가는 것은 상황이 다릅니다."

"……?"

"저들은 일회용입니다. 누구든 쓸 수 있죠. 하지만 무천은 다릅니다. 그들은 먹어도 먹어도 굶주린 자들입니다. 세상을 다 먹어치운 지금도 여전히 굶주려 있습니다. 그들과 만난다는 것은 정식으로 무림에 뛰어드는 것이고, 주인님의 재산은 하루아침에 사라질 겁니다."

"그게 어디 하루아침에……."

"하루아침입니다. 손을 잡는 즉시 아실 겁니다. 유화는 죽일 수 있을지 몰라도 주인님 역시 빈손이 됩니다."

"그때가 되면 너도 떠날 거야?"

"이 몸, 사심이 있었다면……."

"정말 사심없어?"

"……."

대답이 들려오지 않았다.

그녀는 사혼의 마음을 안다. 무엇 때문에 자신 곁에 있는지, 절륜한 무공을 지니고도 아무런 대가도 받지 않고 호법을 수행하고 있는 이유를 안다. 그렇기 때문에 행복하다. 그래서 더더욱 이 행복을 놓칠 수 없다.

"사람을 구해줘."

"혈토방이……."

"그게 아니라 우리를 위해서 목숨을 버릴 수 있는 자를 구해보라고. 딱 한 번이면 돼. 우리를 위해서 기꺼이 목숨을 내놓을 자…… 돈도 좋고 뭐든 좋아. 내가 다 줄 테니까 그런 자를 구해. 할 수 있어?"

"우릴 위해서입니까?"

"그래, 우릴 위해서 무천과 싸울 자. 이기는 것은 바라지 않아. 싸우기만 하면 돼. 찾을 수 있어?"

"우리를 위해서입니까?"

그는 같은 소리를 두 번 물었다.

"그래, 우릴 위해서."

첨화는 푸른 하늘에 눈길을 주었다.

이 사내…… 받아들여야 할 것 같다.

2

그들의 회합은 간결한 곳에서 진행되었다.

집기라고는 오직 탁자와 의자밖에 보이지 않는다. 하다못해 주담자와 물그릇조차 없다.

"내 살아생전에 여길 다 들어와 보는군."

채의마옹이 주위를 두리번거리며 말했다.

유수신투는 팔짱을 낀 채 두 눈을 감고 깊은 생각에 잠겼다.

무거운 분위기가 두 사람을 짓눌렀다.

뭔가 안 좋은 일이 생긴 것 같은데 실체를 알 수 없으니 마음만 답답하다.

이윽고 문이 열리며 한 사람이 들어섰다.

"우리 처음이죠?"

그 사람이 씩 웃으며 말했다.

"이런 버르장머리하고는. 이게 존장을 대하는……."

채의마옹이 발끈해 고함을 지르다가 유수신투가 손짓을 하자 이내 분기를 삭혔다.

"요즘 젊은것들이란…… 에잉!"

"손녀분을 아주 잘 두셨습니다."

그가 유수신투를 향해 싱긋 웃으며 말했다.

"무슨 소린가? 빙빙 돌리지 말고 단도직입적으로 말하게. 그렇지 않을 시에는 내 일장에 자네를 죽여줌세."

유수신투의 눈가에 조용한 불길이 이글거렸다.

순간, 사내의 눈에도 뜨거운 열기가 치솟았다.

"유수신투, 별것 아닌 재주 믿고 날뛰지 마라. 난 하루에도 네놈 같은 놈들을 수십……."

그는 말을 잇지 못했다.

쒜에엑!

언제까지고 화를 꾹꾹 눌러 참으리라 생각했던 유수신투가 번개처럼 뛰어올라 그의 목을 거머쥐었다.

"넌 참 말귀를 못 알아듣는구나. 용건만 말하라고 했지?"

사내는 뒤늦게야 유수신투의 진공(眞功)을 알아봤다.

그가 여태까지 상대해 왔던 자들과는 달랐다. 유수신투는 도둑질만 뛰어난 게 아니라 무공까지 강했다. 그는 결코 허명을 얻은 자가 아니다.

"컥컥! 이것 좀 놓고…… 유, 유수신투…… 여기는 형당……."

"형당이고 나발이고 용건이 뭐야? 손녀를 잘 뒀다고? 그래, 잘 뒀다. 네놈 따위가 감히 내 손녀를 입에 담아? 이런 찢어 죽일 새끼가 어디서 함부로 혓바닥을 놀리고 있어!"

"컥컥!"

"말해! 무슨 일이야!"

"소, 손녀, 손녀분께서 오, 오계(五戒)를 어기고…… 이, 이 연춘을 살해……."

순간 두 사람의 낯빛에 곤혹스러움이 떠올랐다.

"방금 오계라 했느냐!"

"네, 네."

"이연춘이라는 놈을 죽이고 뭘 빼앗았다는 게야!"

"보, 보검의 위치. 보검의 위치를 탐문. 컥!"

사내는 우둑, 소리와 함께 더 이상 숨을 쉬지 않았다.

"미안하게 됐네."

유수신투가 채의마옹을 보며 말했다.

"당치도 않으신 말씀. 그 아이는 제 조카라는 것, 잊으셨습니까? 허허! 그 아이가 오계를 모르고 일을 저지른 건 아닐 터, 그만한 각오를 할 때는 사연이 있겠지요."

"그리 생각해 주니 고맙네."

"일단 이곳을 빠져나가야겠습니다."

"쉽지 않을 것 같군."

"그러게 말입니다."

두 사람은 쓴웃음을 지었다.

모적방도가 가장 무서워하는 것이 오계다. 자신이 지닌 모든 것을 갈취당하기 때문이다. 그래서 하루에도 수천 건씩 도둑질이 일어나지만 도둑이 도둑맞았다는 소리는 들리지 않았다.

이제 오계에 대한 징벌이 가해진다.

그 첫 번째가 소월신투의 혈육인 유수신투를 빼앗는 것이다. 두 번째는 혈육은 아니지만 혈육과 다름없는 채의마옹을 빼앗는다.

소월신투는 이런 점까지는 생각하지 못했다.

자신이 지닌 물건만 도둑질당하면 되는 줄 알았을 것이다. 자신이 가진 재산, 가족이 가진 재산…… 그 속에 사람 목숨까지 포함되어 있다는 사실은 꿈에도 생각하지 못했으리라.

모든 것을 빼앗는다고 했을 때는, 그와 관계된 것은 모두 이 세상에서 말살해 버린다는 뜻이었다.

"이제 그만 튀지."

"그러죠."

두 사람은 형당 문을 밀치고 나섰다. 하나 문을 열기 무섭게 다시 닫아야만 했다.

쐐에엑!

화살이 날아와 문에 꽂혔다.

"백시대(百矢隊)까지 준비했다니…… 아예 끝장낼 심산이군."

두 사람이 모적방에서 차지하는 위치는 컸다.

유수신투의 경우에는 모적방의 신으로 떠받들여지기까지 했다.

도둑질 잘하는 사람이 왕인 세계다. 그 속에서 '신투' 소리를 듣는 사람은 손에 꼽을 정도이니 그에 대한 존경은 미루어 짐작할 수 있으리라.

그 모든 것이 일순간에 무너졌다.

그는 이제 죽여야 할 대상일 뿐이다.

"이놈을 이용합시다."

채의마웅이 죽은 형당 무인을 일으켜 세웠다.

쒜에엑! 쒜에엑!

유수신투는 연신 철골지를 떨쳐 냈다.

날아오는 화살은 형당 고수의 육신을 벌집처럼 꿰뚫어놓았다. 그의 육신으로 감춰지지 않는 부분은 철골지가 막아냈다.

"이놈들아!"

유수신투가 버럭 노성을 지르며 백시대 사이로 파고들었다.

펑! 펑! 펑!

둔탁한 소리가 울리며 활을 쏘던 무인들이 추풍낙엽처럼 떨어져 나갔다.

채의마웅도 절기인 혈파신공을 펼쳤다.

따따따따닥!

한 번에 이십여 회의 타격이 이루어졌다.

그에게 걸린 무인은 얼굴을 알아볼 수 없을 정도로 철저히 짓이겨졌다.

거리가 좁혀져서 활을 쏘지 못하는 백시대는 아무런 힘도 쓰지 못하는 어린 양이나 다름없었다.

하나 모적방은 그리 만만한 문파가 아니다.

모르는 사람들은 도적떼 정도로 치부하지만 그들의 실질

적인 힘을 알게 되면 입도 벙긋하지 못하리라.

쉬익! 쉬이익!

여기저기서 검은 인영들이 번뜩였다.

그들은 백시대를 밀쳐 내는 동시에 유수신투를 향해 폭검(暴劍)을 쏘아냈다.

"후웃! 사자검(獅子劍)!"

유수신투는 감히 경시하지 못하고 사력을 다해 철골지를 떨쳤다.

따앙! 따앙!

그의 뛰어난 안목과 신의 경지에 이른 손은 정확히 검신을 찾아냈고 격타했다.

"안 되겠시다. 살수를 써야겠어요!"

채의마옹이 견디다 못해 말했다.

유수신투도 어쩔 수 없는지 화살 한 대를 주워 들었다. 그리고 유수신투라는 이름을 안겨준 수학(手學)이 제 모습을 드러냈다.

쉬익! 푸욱! 쉬익! 푸욱……!

일수에 한 명이 쓰러진다.

화살이 그들의 심장을 꿰뚫었다가 다시 빠져나왔다. 한데도 그는 자신의 심장이 찔린 줄을 모른다. 유수신투가 가까이 다가오기에 검을 휘두르려다가 몸이 말을 듣지 않을 때에서야 당했음을 알고 당황한다.

　두 사람이 이십여 보밖에 안 되는 작은 마당을 벗어나기까지 걸린 시간은 무려 반 각이다. 두 사람의 발밑에 쌓인 시신은 이백여 구에 이른다.
　"물러서라!"
　묵직한 음성이 울리자 검은 복장을 한 사내들의 공격이 비로소 멈췄다.

　"이만하면 두 사람에 대한 예의는 차렸다고 생각하네. 정확히 이백십육 명의 목숨. 자네가 저승에서 부릴 시종으로 충분할 걸세."
　"보내줄 수 없는가?"
　"자네가 방주라면 보내주겠는가?"
　"안 보내겠지."
　"자네와 이런 끝이 되리라곤 생각지 못했네. 허허! 그놈…… 똘망똘망해서 자주 안아주곤 했는데, 이런 일을 벌이다니. 쯧!"
　"그럼 하나만 부탁함세. 내 선에서 끝내는 건…… 안 되겠나?"
　"이럴 때면 방주가 아니었으면 얼마나 좋았을까 싶네. 방주만 아니었어도 자네 편에 서서 검을 휘둘렀을 걸세. 채의마웅처럼 말일세. 채의마웅, 그런 뜻에서 자네가 부럽네."
　"……"

채의마옹은 고개만 숙여 답했다.

"두 분, 정중히 모셔라."

그의 말이 떨어지자 검은 옷을 입은 사내들이 다시 나섰다.

하나 이전 사내들과는 기도가 사뭇 달랐다. 하나같이 절정 고수의 냄새가 물씬 풍겼다.

"십도창객(十刀滄客)! 이들까지 내주다니…… 고맙네."

"자네의 목숨을 거둘 사람이네. 아무에게나 맡길 수는 없지 않은가. 멀리 배웅하지 않겠네. 잘 가게."

모적방주, 그는 유수신투의 죽음을 확신하는 듯 몸을 돌려 전장을 떠났다.

쒜에엑!

빗살을 능가하는 칼의 물결이다.

십여 개의 파도가 자그마한 바위를 덮친다. 성난 너울이 되어 한꺼번에 휘몰아친다.

퍼퍽! 퍼퍼퍽!

살이 갈라지고 피가 튄다.

"자전마도(紫電魔刀)! 제길! 이건 내가 훔쳐다 준 도법인데……."

채의마옹이 투덜거렸다.

십도창객은 그가 훔쳐 준 공동파(崆峒派)의 절기, 자전마도를 사용하여 그의 몸에 열 개의 도흔을 새겨놓았다.

복부가 쩍 갈라졌다. 팔이 떨어져 나갔고, 척추가 갈라졌다. 다리도 떨어져 나갔다. 썩은 나무 자르듯 아주 간단하게 잘라냈다. 그나마 목을 베어내지 않은 것만도 감사하게 여길 판이다.

하나같이 치명적인 상처다.

회생을 바라는 것은 너무 큰 욕심이다.

십도창객은 일전을 벌인 후, 뒤로 물러섰다.

유수신투가 채의마옹에게 다가가 머리를 받쳐 들었다.

"쿨럭!"

채의마옹이 거센 기침과 함께 피를 토했다.

"그놈…… 잘살 것…… 쿨럭!"

"고맙네. 내 곧 뒤따라감세."

"그놈…… 그놈…… 잘살…….'

채의마옹의 고개가 떨궈졌다.

쒜에엑! 쒜에에엑!

십도창객은 완벽한 도진(刀陣)을 펼쳤다.

빠져나갈 생각은 버려야 한다. 몸을 빼낼 구멍이 없다. 맞부딪치는 것도 불가능하다. 어느 하나와 부딪치는 순간 나머지 칼들이 직격(直擊)한다.

화산파(華山派)의 절기인 십방매화검진(十方梅花劍陳)이다.

모적방은 검진을 도진으로 바꾸는 데 성공했다. 뿐만 아니

라 도의 특성을 살려서 더욱 살기 충만한 진법으로 진일보시
켰다.

무림은 이런 사실을 모른다.

이들이 무림에 나선 적이 없기 때문이다.

쒜에엑!

채의마웅을 갈랐던 일도가 그의 철골지를 베어냈다.

신투로 명성을 떨친 그의 손가락이 무참하게 잘려져 나갔
다.

유수신투는 아픔을 오래 느끼지 못했다.

쒜에엑!

뒤에서 날아온 일도가 머리 위에 떨어졌다.

*　　*　　*

루검비는 무천으로 향했다.

무천에도 그가 남긴 것이 있다.

아무런 의미도 없을 줄 알고 무심히 그려준 것들인데, 무인
에게는 주석까지 달아져 있는 비급이나 다름없었다.

무인은 하나를 보면 열을 창출해 낸다.

새가 날아가는 모습만 보고도 신법을 찾아내는 사람들이
다.

그들에게 루검비가 그려준 지법 석화 백팔십 가지의 체위

는 상당한 영감을 안겨주리라.

상관세가 가주가 그랬듯이 다른 무공과 접목시킬 수도 있고, 그 자체에서 다른 무공을 얻어냈을 수도 있다.

어떤 무공이든 정도는 아니다.

참 희한한 일이다.

사람은 나이가 차면 거의 대부분 정사를 한다. 한 가지 체위만 쓰는 것도 아니다. 누가 가르쳐 주지 않아도 네다섯 가지 정도는 본인 스스로 찾아내 사용한다. 굳이 찾을 필요도 없다. 정사를 하다 보면 이미 사용하고 있는 것을 알게 된다.

정사는 나쁜 것이 아니다.

일상생활에 활력을 불어넣는 요소다.

한데 체위나 음양교합에서 나온 무공은 한결같이 사공, 마공뿐이다. 정공이라고 해도 좋게 생각하지 않는다. 반드시 어딘가는 나쁜 점이 있을 것이라고 생각하며 기피한다.

정사는 남에게 보이는 것이 아니다. 남녀가 은폐된 공간에서 은밀히 치른다.

이러한 은폐성이 마공을 낳는다.

정사와 연관된 어떤 것도 밖으로 나와서는 안 되는 것이다.

"기어이 찾아서 없애야 하는가? 그냥 내버려 둬도 상관없는데. 솔직히 그런 춘화야 찾으려고 마음만 먹으면 얼마든지 찾을 수 있지 않은가. 내 방에도 몇 개 있었…… 읍!"

노동거사가 염려스러워서 무천행을 말렸다.

그는 누구보다도 무천을 잘 안다. 루검비도 안다. 그의 곁에 있는 두 여인도 안다.

양쪽의 힘을 저울질할 수 있는 유일한 사람이다.

그런 그가 무천행을 말렸다는 건 깊게 숙고할 문제다.

"석화 그림만 제거하면 됩니다. 다른 뜻은 없습니다."

"허어! 그게 마음대로 안 되는 거라니까. 그 그림을 가지고 있는 사람은 총통령 광전신군 장해파인데, 그놈을 치려면 몇 백 명을 죽여야 할지 몰라."

"결전을 벌이자는 게 아닙니다. 은밀히 들어갔다 나오겠습니다."

"허어! 몰라도 너무 모르는 소리. 무천이 그리 호락호락한 곳인 줄 아는가? 개미 한 마리가 들어와도 아는 곳이야. 자네가 화룡을 이용해서 잠입하려는 건 알지만…… 내 말을 듣게. 어림없어."

"해보고 안 되면 물러나지요. 약속합니다. 조금이라도 위험하다 싶으면 즉시 빠지겠습니다."

"그러니까 그럴 걸 뭐 하러 하냐고. 지금 이 선에서 관두자고."

두 사람은 길을 걷는 내내 같은 소리를 주고받고 또 주고받았다.

다른 사람들은 귀에 못이 박혀 아예 듣지 않았다.

처음에는 걱정도 했지만 두 사람의 의견이 평행선을 달리자 관심을 돌려 버렸다.

무천으로 가고 있다.

노동거사가 아무리 말려도 루검비의 생각은 변하지 않는
다.

“……”

재잘재잘재잘…… 참새처럼 입을 놀리던 노동거사가 뚝
입을 다물었다.

그들을 기다리고 있는 사람이 있다.

아니, 아직은 모른다. 짐작일 뿐이다. 단순히 길가에 앉아
있는 사람을 너무 의식했는지도 모른다. 아니다. 그는 확실히
루검비 일행을 기다렸다.

소월신투가 깜짝 놀라며 말했다.

“방주님!”

“유수신투, 채의마옹의 머리다.”

모적방주가 목함 두 개를 내밀었다.

“어쩌다 오계를 범했니. 오계를 범하기 전에 이런 결과가
생길 것이란 걸 몰랐단 말이냐? 조금이라도 생각이 있다면 뒷
일을 충분히 살폈어야지.”

소월신투는 눈물을 뚝뚝 떨궜다.

그녀는 목함을 열었다.

소금에 절여진 유수신투와 채의마옹의 머리가 나타났다.

거짓이 아니다. 밀랍으로 만든 머리가 아니다. 혹시나 했는데, 정말 돌아가셨다.

"알았어. 이럴 줄 알았어. 이럴 줄 알았지만…… 방주…… 방주를 믿었어. 방주라면 두 분 목숨만은 어떻게든 구해줄 줄 알았어. 모든 화살은 내게 쏘아질 거라고 생각했는데…… 흑!"

눈물만 하염없이 흘렀다.

그녀가 왜 오계를 모를까. 모적방에서 '신투'라는 말을 듣기까지 온갖 비기를 연마했다. 그런 그녀가 기본 중의 기본인 오계를 모른다면 말이 되지 않는다.

오계에 사람 목숨이 포함된다?

진작 알았다. 한 사람의 모든 것을 빼앗는 데는 재물에만 국한된 게 아니다. 그 사람의 목숨까지도 포함된다.

그녀는 자신의 목숨을 생각했고, 감당할 생각이었다.

할아버지와 채의마옹도 추궁은 받겠지만 모적방에서 그들이 차지하는 위치를 생각하면 큰 위험은 없을 줄 알았다.

잠깐의 착각이 두 분의 목숨을 앗아갔다.

"용서하면 안 되겠지?"

"그만한 능력이 된다면 용서하면 안 되겠지. 하지만 지금은 네 목숨부터 생각해야 될 것 같구나."

"방주, 보기 싫어. 돌아가."

소월신투의 음성에 한기가 스며들었다.

모적방주가 몸을 일으켰다.

"네게는 할아버지였지만 내게는 둘도 없는 지우(知友)였다. 넌 내 몸 반쪽을 죽인 거야."

"방주, 우리 다음에 꼭 볼 거야."

"……"

"단단히 일러둬. 앞으로 도둑놈들…… 내 눈에 띄면 모조리 요절날 거야. 그 누구를 막론하고. 그래서 모적방이 사라지는 날, 방주…… 방주도 할아버지를 만나게 해줄게."

모적방주는 흠칫했다.

한낱 여인의 한풀이에 불과한 말이 어쩌면 이토록 실감나게 들린단 말인가.

그는 고개를 휘휘 내두르며 걸어갔다.

3

절죽원주와 호리수는 맥이 빠져 버렸다.

환희교를 일으키는 데 그나마 온전해 보였던 소월신투마저 모적방과 적대 관계에 놓였다.

이보다 더 안 좋은 일도 없을 것 같다.

"어찌하면 좋겠나? 나는 답이 안 보이네."

"낸들 어쩌겠소. 죽어라 죽어라 하는데."

"여기서 그만 손 털까?"

“손 털면 뭐 할 일은 있소?”

“없지. 그러니 고민일세. 남아 있자니 머리에 쥐날 것 같고, 떨어지자니 죽는 일밖에 없을 것 같고.”

“후후! 간단하게 생각합시다.”

“어떻게?”

“죽는 게 낫소, 머리 아픈 게 낫소?”

“허허허! 정말 무식하게 간단한 방법이구먼.”

“그럼 있는 것으로 하고…… 끄응! 저 늙은이한테는 누가 말하는 게 낫겠소?”

호리수가 노동거사를 보며 말했다.

그는 나무 그늘에 가부좌를 틀고 앉아 운공조식 중이었다.

아니다. 그는 화룡을 알고 난 후부터는 운공조식을 취하지 않았다. 기껏 키운 진기가 겨우 화룡의 일부에 지나지 않는다는 것을 알았으니 화룡을 보는 수련에 박차를 가하는 것은 당연하다.

그는 모든 것을 다 알았던 무공 대선배에서 이제 갓 무공에 입문한 초심자가 되어버렸다.

하루하루가 그에게는 활력이었다.

“자네가 말하게. 난 코앞에 닥친 일부터 해결해야 할 것 같으이.”

“그럼 그럽시다.”

호리수가 몸을 일으켰다.

그는 노동거사 옆에 풀썩 주저앉으며 다짜고짜 말했다.

"화룡이 좋소?"

"좋지. 네놈도 익혀봐. 힘든 것도 아니고 그냥 보기만 하면 되는 걸 왜 안 해! 쯧! 천성이 게으른 놈은 주는 밥도 못 먹는다니까."

"이 밥이고 저 밥이고 간에… 그거, 하지 마쇼."

"뭐! 이놈이 뭐라는 거야? 하기 싫으면 저나 하지 말지, 왜 엄한 사람 붙들고 난리야?"

"저 여자들…… 류취취나 소월신투와 관계를 가질 수 있소?"

"뭐야? 이놈아, 그걸 말이라고!"

"그럼 하지 마쇼."

"이놈이 점점……."

노동거사는 어이없다는 듯 호리수를 쳐다봤다.

진지하다. 장난기도 사라졌다. 원래가 독사처럼 날카로운 눈빛을 가진 놈이었지만 오늘은 더욱 차가워 보인다.

"너 뭐 좀 알고 있구나?"

"귀 좀 빌립시다."

"뭔 말인데 이리 심각해?"

그는 귀를 댔다.

화룡이나 수룡은 혼자서 살아갈 수 없다. 시간이 지나 기운이 극성해지면 반드시 음양의 이치를 좇아 상대를 구한다.

여기서 문제가 발생한다.

인간이란 무조건 주기만 하는 동물이 아니다. 주는 것이 있으면 반드시 받는 것도 있어야 한다. 주고받는 것이 공평하면 불만이 없고, 어느 한쪽이 기울면 관계가 깨진다.

수룡과 화룡이 만났을 때, 어느 한쪽이 기울면 성한 쪽에서 기운 쪽에게 기운을 나눠 줘야 한다.

노동거사처럼 화룡을 알고 있는 사내와 수룡을 모르는 여자가 만났을 때는 일방적으로 주기만 해야 한다.

여자는 원하는데, 정사를 갖기 위해서는 대가를 지불해야 하는 것이다. 그것도 원정지기나 다름없는 화룡을 나눠 주는 것이니 그야말로 눈물이 쏟아진다.

진기를 나눠 주는 것도 인색한 판에 화룡을 주는 일이야 어떻겠는가.

모든 사람이 루검비처럼 생각해서는 안 된다.

루검비는 그릇이 크다. 그의 그릇은 채워도 채워도 채워지지 않는다. 때문에 늘 채우는 일을 한다. 먹고, 자고, 숨 쉬는 모든 일이 화룡을 살찌게 한다.

그가 화룡전이를 하는 것은 큰 바다에서 한 사발 퍼내는 정도에 불과하다.

그는 지금도 계속 불어나고 있다.

그는 자연의 기를 받아들일 줄 안다. 날 선 기를 다듬어서 자신의 화룡에 덧붙일 줄 안다.

바다와 연결된 강들이 끊임없이 물을 대주는 격이다.

류취취와 유화와 정사를 가지면서 계속 화룡을 펴줄 수 있었던 것도 화룡이 넘칠 만큼 충만해 있기 때문이다.

그는 수룡에게 줄 것을 실컷 준다. 또한 들어온 수룡을 이용하여 자신의 화룡을 가다듬기도 한다.

노동거사는 다르다.

그에게는 그릇이라는 개념이 없다. 아직은 키우기보다는 있는 것을 지켜보는 경우다. 사발에 담긴 물을 애지중지하고 있다. 그런 상태에서는 한 모금이 나가도 줄어든 티가 팍 난다.

방법은 오직 하나, 수룡을 알고 있는 여자와 관계를 가져야 한다.

누구겠는가.

노동거사는 호리수의 말을 단번에 깨달았다.

그는 침묵했다.

"나 말릴 거예요?"

"……."

"말릴 거면 먼저 가세요."

"복수는 복수를 낳을 뿐이야."

"할아버지 목, 받아봤어요?"

"……."

"가세요."

"휴우! 지켜볼게."

루검비는 긴 한숨을 내쉬었다.

모적방은 큰 실수를 했다.

유수신투를 죽인 것이 첫 번째 실수다.

혈육의 죽음은 수룡을 들끓게 한다. 평화와 즐거움을 추구
해야 수룡이 커진다. 복수나 증오를 심어도 수룡은 커진다.
단, 성질이 변해 악룡이 된다.

소월신투는 악룡이 되어가고 있다.

이런 경우에는 루검비도 손을 쓰지 못한다. 성신의 성질을
바꿀 수 있는 사람은 사람의 세계와 신의 세계를 통틀어 오직
한 사람, 그 자신 스스로뿐이다.

두 번째로, 모적방은 유수신투의 머리를 보내오는 짓 따
위는 하지 말았어야 한다. 화난 수룡을 어찌 감당하려고 그
런 짓을 했을까? 소월신투를 나약한 도둑으로밖에 보지 않
은 것인가. 그녀보다 무공이 강한 유수신투를 죽였으니 소
월신투쯤은 언제든 마음만 먹으면 죽일 수 있다는 생각이었
나?

셋째로, 그들은 소월신투 앞에 나타나면 안 되는 거였다.

그녀의 분노가 극에 달해 있다. 누구든 보기만 하면 죽일 태세다. 모적방이 그녀를 그렇게 만들어놨다. 그리고 그녀 앞에 검을 들고 나타났다.

싸움이 안 일어난다면 그게 더 이상하다.

저벅! 저벅!

그녀가 또박또박 걸어나갔다.

"후후후! 할애비와 인사는 했냐?"

모적방도, 그는 소월신투의 두 눈에서 흘러내리는 눈물밖에 보지 못했다. 두 눈에서 심장을 얼려 버릴 듯 차가운 기운이 줄기줄기 뻗어 나오는 줄은 진정 몰랐다.

쒜에엑! 파앗!

철사가 허공을 베다 말고 팍 터져 나갔다.

"아아아!"

모적방도는 두 손으로 얼굴을 감싸며 풀썩 주저앉았다.

열 손가락 사이로 붉은 핏물이 용솟음친다. 두 손목 밑으로 빨간 물감이 주르륵 쏟아진다.

그는 더 이상 소리를 지르지 않았다. 움직이지도 않았다. 엄청난 충격을 받고 주저앉은 채 절명해 버렸다.

"한 놈도 살려두지 않아!"

소월신투의 신형이 양 떼들 사이를 파고들었다.

싸움이 시작되었다.

"소월…… 저 아이의 무공이 저 정도였나?"

"방주님, 벌써 서른두 명째입니다. 저희가 나가겠습니다."

유수신투를 간단히 제거한 십도창객이 시퍼런 광망을 발산하며 말했다.

"저 암기는 뭐야? 허공에서 폭발을 일으키는 것 같은데."

"기껏해야 두세 명입니다. 우리 중 두세 명밖에 치지 못합니다. 그동안 손 놓고 있을 동료들이 아닙니다."

"좋아, 가봐. 조심하고."

"존명!"

십도창객이 한달음에 달려나갔다.

"우리가 유수신투를 베었다."

십도창객은 뭇 모적방도들처럼 무례하지 않았다. 그들은 정중하게 자신들을 밝혔다.

"이 칼이 유수신투의 철골지를 잘랐다. 열 손가락."

그들 중 한 명이 도를 들어 보였다.

"이도(二刀)였다. 천지양단(天地兩斷)으로 머리에 타격을 가해 혼을 빼냈다."

다른 사내가 자신의 도를 보여주었다.

"삼도(三刀). 유수신투는 내 도를 보지 못했다. 이도에서 혼을 잃었으니까. 하나 이 도는 그의 허리를 두 동강 냈다."

세 번째 사내가 도를 들어 햇볕에 반사시켰다.

눈부신 광채가 일직선으로 쏘아져 소월신투의 두 눈에 꽂혔다.

이 순간, 소월신투는 굉장히 침착해져 있었다. 너무 마음을 가라앉힌 탓인지 그녀의 전신에 살얼음이 끼어 있는 환상까지 일어났다.

"유수신투는 존경스런 분이셨다. 그런 분을 베는 우리 마음도 좋지는 않았다는 것을 알아주기 바란다. 네게 이런 말을 해주는 것도 모두 그분에 대한 배려……."

"개소리."

소월신투가 십도창객의 말을 끊었다.

"모두 너네들 잘났다는 이야기잖아. 배려? 지랄 마. 사람 죽이는 배려도 있어? 너희는 어떻게 배려해 줄까?"

"더 귀가 더럽혀지기 전에 빨리 끝내는 게 좋겠군."

"정말 지랄도 가지가지 한다. 목이 떨어질 판인데 귀 좀 더 럽혀지는 게 어때서?"

"출(出)!"

허공을 울린 건 단 한마디였다. 그러나 움직임은 열 군데서 일어났다.

쏴아아아……!

파도가 몰아친다. 물결이 고요해서 돛단배를 타고 바다 한

가운데로 나갔는데 갑자기 날씨가 변하면서 바다가 들썩인
다. 사방에서 집채만 한 파도가 덮쳐 온다.

'파랑(波浪)…… 회륜(回輪)!'

십방에서 쏘아져 오는 도를 한번에 처리하려면 몸을 회전
시키는 수밖에 없다.

회륜이다.

파랑은 큰 파도를 말한다. 막을 수도 없고, 뚫고 나갈 수도
없으며, 물러선다고 해도 피하지 못할 엄청난 파도다.

될지 안 될지 모르지만 허리를 자른다.

쒜에엑!

그녀의 신형이 빙글 돌았다. 동시에 그녀의 양손에 들린 철
사가 폭죽처럼 터져 나갔다.

파파파파팟!

반 바퀴쯤 돌았을 때, 그녀의 손에는 다른 철사가 쥐어져
있었다. 그리고 또 한 번 폭발을 일으켰다.

파파파파팟!

그녀는 완전히 한 바퀴 돌았다.

세 번째 철사가 일도를 마주쳐 갔다.

"열 손가락을 베었다고!"

파파파팟!

수룡의 주입 시기를 조금 늦췄다. 철사가 그의 머리에 닿을
즈음에서야 밀어 넣었다.

폭발은 머릿속에서 생겼다.

휘청! 휘청!

머리 잃은 몸뚱이가 계속 도법을 전개한다. 소월신투가 이미 자신의 등 뒤로 돌아간 줄도 모르고 허우적거리며 앞으로 나간다.

파팍! 파파팟!

그의 몸에 아홉 개의 도가 작렬했다.

"하악! 하악!"

"후욱!"

십도창객은 낭패한 표정으로 소월신투를 쳐다봤다.

소월신투는 상당히 빨랐다. 그들의 자전도법은 번개를 벨 정도로 빠른데, 그런 도법으로도 그녀를 잡지 못했다.

그뿐만이 아니다. 언제 어떻게 암기를 터뜨렸는지 어떤 사람은 하체 부분이, 어떤 사람은 허벅지에서 복부에 걸쳐, 또 어떤 사람은 복부에서부터 가슴까지 무수히 많은 철편이 박혀 있었다.

철편에 맞는 아픔은 컸다.

웬만한 고통쯤은 인상 한 번 찡그리지 않고 참아 넘기는 그들이지만 이번에 찾아온 고통만은 아무 생각하지 않고 주저앉고 싶을 만큼 지독했다.

그 아픔이 적아를 구분하지 못하게 만들었고, 머리 잃은 동료의 육신을 저며 버렸다.

"우욱! 후우! 좋은 무공…… 우리가 졌다."

십도창객이 패배를 시인했다.

모적방도의 패배 시인은 중원 무인들의 패배 시인과는 의미가 조금 다르다.

앞으로 절대로, 육신이 땅에 묻히는 그날까지 당신 근처에는 얼씬하지 않겠습니다. 또한 당신과 연관된 물건이라면 길에 떨어진 비녀조차도 줍지 않겠습니다.

일종의 맹세다.

소월신투가 고개를 가로저었다.

"잘난 척했잖아. 이도, 천지양단? 무슨 뜻으로 그런 말을 한 거야? 상황 설명이야, 네 자랑이야? 네까짓 것들이 떼를 지어 덤비지 않으면 무슨 수로 할아버지를 베어!"

쩌렁! 일갈이 터짐과 동시에 철사가 하늘에서 떨어져 내렸다.

퍼억! 후두둑!

이도 천지양단을 전개했다는 자의 머리가 꽈리처럼 터져 버렸다.

십도창객은 저항하지 못했다. 저항은커녕 움직이지도 못했다.

철편을 맞고서도 사력을 다해 일도를 쳐냈다. 그것은 무인의 마지막 투혼이었다.

일격이 실패하자 현실이 찾아왔다.

그들의 몸은 재기불능일 정도로 망가졌다. 이 자리를 벗어난다고 해도 두 번 다시 도를 잡을 수 있을지 미지수다. 아니, 지금 당장 치료를 시작한다고 해도 목숨을 건질 수 있을지 의문이다.

소월신투가 터뜨린 철편은 그들의 장기에 박혀 끊임없이 출혈을 요구했다.

"후후! 다음은 내 차례겠군."

삼도를 전개했다고 말한 자가 도를 고쳐 잡고 힘껏 배를 베어갔다. 자진, 하나 그는 그의 뜻을 이루지 못했다.

촤르르륵!

철사와 날아와 그의 도를 칭칭 동여맸다.

"왜?"

"죽여도 내가 죽여!"

파앗! 파파팟!

도를 감쌌던 철사가 툭 끊어지면서 수백 조각으로 갈라졌다. 그리고 흔적없이 사라졌다.

철편이 아니다. 철사(鐵砂)다.

쇠가 모래가 되어 사람 몸을 파고들었다.

"지……독……."

그는 풀썩 쓰러졌다.

그의 허리는 뼈 없는 문어처럼 흐물흐물 녹아버렸다. 틀어박힌 철사가 가루로 만들어 버린 것이다.

"크윽!"

"아아악!"

십도창객은 한 사람씩 죽어갔다.

그들의 비명 소리에 먼 산에 있는 새들까지 놀라서 푸드득 날았다.

"마……녀(魔女)를 건드렸구나."

방주의 얼굴색이 하얗게 질렸다.

모적방에는 십도창객만 있는 게 아니다. 많은 무인들이 있다. 하나 십도창객을 능가할 만한 고수는 없다.

최고 중의 최고.

모적방에서 난다 긴다 하는 사람들을 제거하기 위해 특별히 양성된 절정무인들.

그들이 단 일 초에 무너졌다.

소월신투가 이토록 강했나? 이 정도의 무공이라면 무천에 발탁되고도 남지 않은가. 통령이라며 어깨에 힘을 주고 다니는 자들조차도 일초에 무너뜨릴 만한 무공이 아닌가.

아니다. 그럴 리 없다. 소월신투는 이렇게 강한 애가 아니었다.

'저놈…… 저놈이 무슨 수작을 부린 거야. 저놈이 아니었다면.'

방주의 눈길이 루검비를 향했다.

여자가 싸우고 있는데 사내란 자들이 멀리서 구경만 한다.

승리를 확신하지 않고서야 저런 일이 생길 수 없다. 십도창객의 기도가 하늘을 찌르는데, 저들은 감히 승리를 확신했다.

방주는 소월신투의 한풀이가 단순한 헛소리가 아님을 절감했다.

이제부터 본격적으로 모적방도의 사냥이 시작될 것이다. 다른 사람이라면 몰라도 그녀라면 어느 마을에 숨은 누구라도 찾을 수 있다. 그녀가 알지 못하는 밀마(密碼)는 없으니까.

밀마를 변경하기도 늦었다.

중원 전역에 퍼져 있는 문도들에게 통일된 밀마를 전하기 위해서는 적어도 삼사 년이라는 시간이 필요하다.

사냥을 당하느냐, 도주하느냐의 선택이 남았을 뿐이다.

어쩔 수 없다.

유수신투를 죽인 건 잘못되지 않았다.

소월신투의 무공을 진작 알았더라도 똑같은 상황이 되면 같은 선택을 했을 것이다.

유수신투를 살려주면 모적방의 방규가 깨진다. 하면 도둑이 도둑의 물건을 훔칠 것이고, 훔치는 데 따른 살육도 일어날 것이며, 방도들을 통제하지 못하는 모적방은 존재 가치를 잃는다.

할 수 없는 거였다.

두 번, 세 번 반복되어도 어쩔 수 없는 선택이다.

‘무천…… 무천에 도움을 청해야겠군.’

떼어놓는 그의 발걸음이 무거웠다.

第三十二章

이면(裏面)

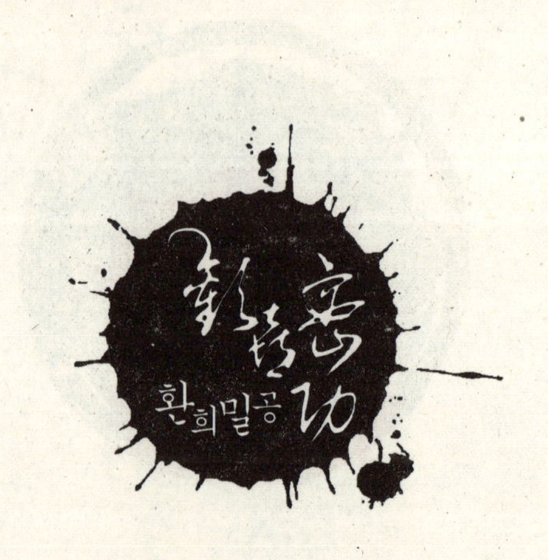

歡喜密功
환희밀공

1

"난 환희교가 맞지 않는 것 같아. 이런 건 젊은 사람들이나 해야지. 솔직히 내 자네가 마음에 들어서 같이 있었네만 시간이 지날수록 점점 환희교에 물드는 것 같아. 그래서 떠나기로 했네. 이해하는가?"

"이해합니다."

루검비는 웃음을 지어 보였다.

화룡을 수련하는 사람은 절대 화룡을 벗어나지 못한다.

달콤한 과자를 먹어봤는데, 그 맛을 어찌 잊겠나.

환희교라는 교(敎)가 마음에 들지 않아 떠나더라도 화룡만은 꾸준히 수련할 것이다.

그럼 된 것이다. 한 사람이라도 성신을 깨우치면 만족한
다.

'이것이 수문장이야.'

루검비는 비로소 자신이 할 일을 알았다.

꼭 환희교라는 종교 집단을 세울 필요가 없다. 노동거사처
럼 성신을 아는 사람이 늘어가면 이 세상은 그만큼 밝아진다.
환희교라는 울타리를 치고 안으로 잡아당길 것이 아니라 성
신이라는 큰 울타리 속으로 사람들을 끌어들이면 되는 것이
다.

성전(聖殿)은 필요없다. 이 세상이 모두 성전이다. 사람이
있는 곳, 그곳이 바로 성전이다.

"잘 가십시오. 어디서든 무고하시고요."

"그래, 그러지."

노동거사가 먼저 길을 떠났다.

"왜 아무 소리 안 해요?"

"무슨 소리?"

"잔인하게 죽였잖아요."

"지난 일이잖아. 십 년 전의 일이든, 어제 일이든, 한 시진
전의 일이든 흘러간 것은 모두 과거야. 과거가 쌓여 오늘이
되지만 잘못된 부분에 연연할 필요는 없어."

"잘못됐다고 생각하지 않으면요? 전 이제부터 모적방도를

찾아 죽일 거예요. 눈에 띄는 대로 모조리 쓸어버릴 거예요.
괜찮겠어요?"

"곡 소저!"

"호호호! 안 되겠죠? 그럼 어쩔 수 없네요. 저도 제 갈 길을
가겠어요. 당신이란 남자…… 참 좋아했는데."

루검비가 일어서려는 그녀의 팔목을 잡았다.

"오늘 밤! 우리…… 동침하자."

"네? 호호호! 그건 뭐예요? 동정? 아님 떠난다니까 한번 건
드려 보기라도 하겠다는 거예요?"

"사투(死鬪)를 벌여보자."

"……?"

"탐욕도 뭣도 아니야. 넌 내 부인이 될 각오가 되었던 여
자. 탐욕까지 일으키지 않아도 품에 안을 수 있었다고 본다."

"그랬죠. 그걸 거절한 건 당신이에요."

"난 너의 마음을 닦아볼 생각이다. 깨끗하게."

"호호호!"

그녀는 루검비의 말뜻을 안다. 자신의 화룡으로 수룡을 정
화시키겠다는 뜻이다.

왜화창부에게서 세상에 대한 미움과 증오를 제거하여 류
취취란 여인으로 재탄생시켰듯이 자신의 몸에서 모적방에 대
한 증오를 제거할 셈이다.

가능성이 있는 이야기다.

하나 받아들이기 싫다. 그런 일이 가능하다고 해도 서슬 퍼런 칼날에 돌아가신 할아버지를 위해 도둑놈이란 도둑놈은 죄다 쓸어버릴 결심이다.

"싫어요. 거절하겠어요."

"곡 소저!"

"당신은 이미 기회를 잃었어요. 이래서 여자는 취할 수 있을 때 취하는 거예요. 호호호! 당신…… 요색천에서는 참 미웠는데……."

"오늘 밤, 한 번만. 내일 아침에도 생각에 변함이 없다면…… 내가 함께해 주겠다. 모적방도를 쓸어버리는 악마가 되어주겠어."

소월신투는 고개를 살래살래 흔들었다.

"당신은 그럴 사람이 못 돼요. 참 좋은 사람이거든요. 화룡 때문인가? 호호호!"

소월신투는 일부로 짤랑짤랑 교소를 터뜨렸다.

모적방도를 죽인다는 것은 평생을 사람 죽이는 일에 바쳐야 한다는 뜻이다. 드넓은 중원에 도둑이 어디 한둘이랴. 도둑 없는 땅이 어디 있으랴.

죽이고, 죽이고, 또 죽여도 사라지지 않는 게 도둑이다.

모적방은 결코 사라질 수 없는 문파다.

이름은 달라질 수 있다. 모적방을 운용하는 주요 인물들을 제거하면 현재의 모적방은 사라진다. 하나 며칠 걸리지도 않아서 새로운 모적방이 생긴다.

어쩔 수 없는 현실이다.

소월신투는 자신의 운명을 복수에 걸었다. 그렇다고 루검비까지 같은 길을 걸으라고는 할 수 없다. 그는 결코 사라져서는 안 되는 환희밀공을 전파해야 한다.

"우리 다음에 만나면 차 한잔해요. 이거 알아요? 우리들, 만난 지 꽤 오래되었는데 차나 술 같은 것 한 번도 마셔보지 않았어요. 그렇죠? 다도(茶道)도 좀 배우고, 술도 배우고 그래요."

"그러지."

루검비는 말릴 수 없음을 알았다.

그녀는 생긋 웃더니 바람 소리도 내지 않고 사라졌다.

"이제 둘만 남았네. 그래도 끝까지 할 거야?"

호리수가 물어왔다.

환희밀공을 아는 사람은 루검비와 류취취뿐이다.

다른 두 사람은 떠나갔고, 한 사람은 실종 상태다. 상관세가의 사건이며 모적방의 일이 있으니 귀만 열면 찾아올 수는 있을 텐데, 아직까지 소식이 없다.

루검비는 고민했다.

"결정하기 힘들면 잠시 쉬자고. 낚시나 하면서 쉬는 것도 괜찮아. 워낙 번잡한 세상이라 제때 쉬어주지 않으면 머리가 돌아버린다고. 하하하!"

"그러죠. 쉬어야겠습니다."

루검비의 대답은 의외였다.

당장에라도 무천으로 달려갈 줄 알았는데, 쉬어 가겠다고
한다. 두 사람이 떠난 것 때문에 심적 부담이 예상외로 컸던
것 같다.

절죽원주는 뭐라고 말하려다가 말고 류취취에게 눈짓을
보냈다.

—

"취취, 취취가 지닌 힘으로 세상을 전복시키려 한다면 어
느 선까지 나갈 수 있을까?"

"네?"

"천 내지 이천. 그렇지? 그 정도는 죽일 수 있을 거야."

"……."

류취취는 대답하지 못했다.

자신이 생각해도 그 정도는 죽일 수 있을 것 같다. 절대강
자가 나타나 살행을 멈춰주기까지 참 많은 사람이 죽어나갈
것이다.

"수룡을 보게 해주었는데, 심성이 변하면 어쩌지?"

"아!"

류취취는 비로소 루검비의 고민을 알았다.

소월신투를 말릴 수 없었던 것이 큰 난관이 되어 돌아왔다.

"정을 주지 않으면……."

죽일 수도 있다는 말을 하려고 했다.

너무 잔인하며 도리에 맞지도 않는다.

세상 사람들은 환희교를 모른다. 알게 된다면 포교해 나가기 때문이리라. 알고 싶지도 않은 사람에게 억지로 알게 해준다. 그래 놓고 소월신투처럼 가문의 복수 같은 피치 못한 일이 생겨 떠나는 사람이 생기면 죽인다?

말도 안 된다.

하나 방치할 수도 없다. 성신이 지닌 힘은 무척 크기 때문이다. 그 힘이 살상에 이용될 경우, 무림은 막대한 피해를 입는다.

방치를 안 한다면 무얼 할 수 있을까?

할 게 없다. 성신은 진기와는 달라서 제압이 불가능하다. 죽이거나 놔두거나 둘 중에 하나다. 굳이 억압하려면 가둬두는 방법도 있지만, 이것 역시 말이 안 된다.

떠나가는 사람은 놔두는 수밖에 없다.

자칫하면 환희교가 세상을 피로 물들이는 악귀들의 수련소 역할을 할지도 모른다.

대단히 심각한 문제다.

"환희교를 포기해야 하나."

루검비의 입에서 극단의 말이 새어 나왔다.

＊　　　＊　　　＊

"유화라…… 들어본 적이 있지. 무류 왕신파의 제자가 아닌가? 무공과는 거리가 먼 여자였는데, 루검비와 만나면서부터 눈부시게 성장했다더군."

"죽여줄 수 있나요?"

"천천히…… 천천히 합시다. 우선 차부터 한잔."

광전신군 장해파는 찻잔을 들어 올렸다.

첨화는 마시지 않았다.

"차를 안 좋아합니까?"

"배우지 못해서 마실 줄 모릅니다."

"허허허! 중원인이 아닌 것처럼 말하는구려. 차를 마실 줄 모르는 중원인도 있다니."

"조건이 뭐죠?"

"호오! 죽인다 아니다 대답도 안 했는데 조건이라…….”

"전 성격이 급해서 기다 아니다밖에 모릅니다. 이리저리 머리 굴리는 것과는 거리가 멀어서요."

순간 광전신군의 눈꺼풀이 꿈틀거렸다.

"전 죽일 사람을 찾아야 합니다. 안 되신다면 일어서죠."

그녀는 일어섰다. 그리고 조금도 망설이지 않고 걸어났다.

광전신군은 그런 그녀를 쳐다볼 뿐, 잡지 않았다. 이윽고, 그녀가 나가고 나자 그의 입꼬리가 살짝 틀어올려졌다.

"드디어 잡았군. 지하 금맥의 대녀(代女). 후후후! 후후후후! 우하하하하!"

그는 마구 웃었다. 생각 같아서는 무천이 떠나가라 앙천광소를 터뜨리고 싶었다.

무천 총통령에게 백지어음을 던질 수 있는 통 큰 여자가 소문으로만 들리던 지하 금맥의 대녀 외에 또 누가 있겠는가.

"백면을 불러라. 저 여자를 정중히 모시라고 해. 그리고…… 그 친구들이 좋겠군. 초진량, 서자묵, 서채하. 셋이면 되겠지? 아무리 날고 긴다고 해도 셋이면 될 거야. 가서 유화의 목을 취해오라고 해."

명령이 떨어졌다.

한데 명을 내리고 숨도 돌리기 전 또 다른 배첩(拜帖)이 전해졌다.

"모적방주?"

"심하게 당한 것 같습니다."

"모적방을 건드리는 간 큰 놈도 있던가? 누구야?"

"소월신투입니다."

광전신군은 머리가 아픈 듯 손을 들어 이마를 짚었다.

"어떻게 그놈과 엮이는 여자들은 하나같이 살성(煞星)이 되나. 소월신투는 몇 명이나 죽였대?"

"십도창객이 일 초에 날아갔습니다."

"……!"

차를 마시던 광전신군의 눈이 부릅떠졌다.

"십도……창객을…… 일 초에?"

"역시 환희밀공입니다."

"모적방에 쓸 만한 게 뭐 있지?"

"천신갑(天神甲)이면 될 겁니다."

"천신갑이 모적방에 있던가?"

"네."

"후후후! 역시 모적방이야. 천신갑까지 가지고 있다니."

광전신군은 정말 기뻤다.

천신갑은 도검에 뚫리거나 베이지 않는다. 또한 매미 날개처럼 가벼워서 무복 속에 받쳐 입을 수 있다. 밖으로 드러난 손발과 머리만 공격당하지 않으면 모든 위험으로부터 해방되는 절세의 보물이다.

여자 두 명 죽이는 대가로 천신갑과 지하 금맥의 재산이라면 남아도 훨씬 남는 장사다. 그만한 돈과 안전이면 무천을 버리고 새로운 배로 갈아타도 된다.

"모적방주를 모셔라, 정중히."

주고받을 게 많은 날은 활력이 넘쳐서 좋다.

*   *   *

유화는 무천으로 돌아왔다.

이유없이 죽이겠다고 달려드는 자들과 싸우는 중에 낯선 기운을 감지했다.

이상하게도 정겨웠다.

그런 느낌은 처음이었다.

남자들에게서 화룡을 느끼고, 여인을 보면 수룡을 본다.

거기에 어떤 감정 같은 것은 녹아들지 못했다. 루검비와 그의 여인인 두 여자를 제외하면 어떤 사람을 봐도 무덤덤하기만 했다.

그녀의 천성이 워낙 차가웠던 탓이다.

지인에게는 더없이 친절하지만 낯선 사람을 보면 찬바람이 쌩쌩 불었다. 그런 쌀쌀맞은 성격이 수룡을 알게 된 후에도 좀처럼 변하지 않는다.

한데 낯선 곳에서 풍기는 여인의 향기가 유달리 정겹게 느껴지니 웬일일까?

그녀는 일부러 크게 원을 그리며 돌았다.

여인의 시야에서 완전히 멀어졌다가 빙 에둘러 뒤를 밟았다. 그리고 첨화를 봤다.

'첨화……'

그녀였기에 정겨웠던 거다.

의지할 곳 없던 곳에서 서로 흉금을 터놓고 지냈던 사이였기에 수룡 속에 따뜻한 감정이 녹아 있었던 것이다.

유화는 큰 배신감과 더불어 억제하기 힘든 살기를 느꼈다.

왜? 왜? 왜?

그러다 문득 자신이 루검비에게 했던 행동을 떠올렸다.

무류 왕신파의 곁을 떠나기 싫었다. 그가 나타나 환희교를 떠올리게 한 것이 못마땅했다. 교주도 죽고 없다. 환희교도는 모두 살해되었다. 그만 사라지면 남에게 존경받는 의원이 되어 한평생 즐거운 삶을 누릴 수 있는데, 그 지옥으로 다시 들어가자고!

루검비를 해할 수밖에 없었다.

첨화도 같은 심정이리라.

그녀에게는 많은 재산이 있다. 환희교도들이 헌납한 재산이라니 기껏해야 절곡에다가 전각 한두 채 세울 정도에 불과하겠지만 아무것도 없던 그녀에게는 큰돈이리라.

첨화의 본심을 알고 나자 건드리고 싶은 생각이 없어졌다.

그녀는 살수까지 동원하여 자신을 죽이려 했다. 물론 괘씸하다. 하나 역지사지(易地思之)로 반대 입장이 되어보니 자신도 충분히 그럴 수 있을 것 같았다.

그래서 물러나려고 했다.

가진 돈으로 행복하게 잘살기를 바랐다.

한데, 한 가지 걸리는 점이 있다.

그녀의 뒤를 상당히 강한 자가 암암리에 따라붙고 있지 않은가.

그자가 누구이며 첨화를 노리는 목적이 무엇인지 알지 못한 채 물러설 수는 없었다.

그자가 손을 쓰면 첨화는 비명도 지르지 못한 채 죽는다.

뒤를 밟았다. 첨화 뒤에 사내가, 사내 뒤에 자신이 있었다.

이윽고 무천에 도착했을 때, 첨화는 사내를 불렀다. 무천 근처 야산에서 뜨거운 욕정을 불태웠다. 긴긴밤, 첨화는 사내와 정겨운 이야기를 주고받았고, 아침이 되자 무천으로 들어갔다.

그녀는 당당히 배첩을 내놓았다.

무천에 배첩을 통보하고 들어갈 만한 신분이 된다는 뜻이다.

그제야 유화는 첨화의 내력이 심상치 않다는 것을 깨달았다.

예전 같았으면 꿈도 못 꿀 정도로 강한 사내와 동침을 하고, 무천 정문을 당당히 들어서고…….

'첨화…….'

유화의 눈길이 가늘게 좁혀졌다.

"누구냐!"

그는 걸음을 옮기다 말고 우뚝 멈춰 섰다.

언제부터 따라온 것일까? 커다란 나무가 울창한 숲으로 들어서자 낯선 기척이 감지되었다.

"용건이 있어서 찾아왔다면 그만 나오는 게 어때?"

그 말이 끝나기 무섭게 전면에서 한 여인이 모습을 드러냈
다.

"유화!"

그는 단번에 유화를 알아봤다.

'역시!'

이제야 알겠다. 이자는 첨화의 정부다.

"첨화에 대해서 말해줘."

차앙!

대답은 호수구(護手鉤)로 돌아왔다.

그는 한 손에 한 자루씩 두 자루의 호수구를 들고 즉각 기
수식을 취했다.

"날 보아왔으면 상대가 안 된다는 걸 알 텐데?"

"보내주시오."

뜻밖에도 그의 음성에는 절박함이 묻어 나왔다.

"너흰 날 암살하려고 했는데, 내가 왜 보내줘?"

"제발…… 후일 꼭 목숨을 드리겠소. 시간과 날짜를 정해
도 좋소. 오늘만…… 오늘만은 보내주시오."

"그러니까 왜 보내줘야 하냐고?"

"……"

사내는 말을 하지 못했다.

"말로 해서 안 될 줄 알았어. 우선 한판 붙어보고……"

그녀의 말이 끝나기도 전, 그가 번개처럼 신형을 날려 숲

안쪽으로 뛰쳐 들어갔다.

"풋! 정말 말 안 듣는다니까."

그녀는 움직이지 않았다. 꼼짝도 하지 않았다. 한데!

"악!"

숲에서 짤막한 신음이 터지더니 이내 잠잠해졌다.

휘이잉……!

미풍이 숲을 할퀴고 지나갔다.

"그만 나와. 알고 있으니까."

"호호호! 들킬 줄 알았어요. 이놈의 수룡이 좋을 때도 있지만 나쁠 때도 있다니까."

맑은 교소와 함께 안쪽에서 걸어나오는 사람은 소월신투였다.

그녀의 허리에 방금 전에 도주했던 사내가 축 늘어져 있었다.

동병상련(同病相憐)이란 이를 두고 하는 말인가.

두 사람 모두 지인에게 배신당했고, 지인들은 한결같이 무천으로 도움을 청하러 갔다.

기가 막힐 노릇이다.

"모적방에는 어느 무인이나 탐낼 보물이 있어요. 천신갑이라고 하는데, 그걸 착용하면 무적이라고 자부해도 돼요. 도검에 상하지 않거든요."

“그것으로 널 죽인다고? 너, 유명인사가 되었구나.”

“푸훗! 그러게요. 모적방의 밑천이나 다름없는 걸 내놓는 것으로 보면 급하긴 급했나 봐요.”

“후회 안 해?”

“이 길 택한 거요? 안 해요.”

“아니, 그 애 곁을 떠난 것.”

“어멋! 신랑보고 애라뇨? 언니는 말투도 문제지만 그 생각부터 바꿔야 해요. 언제까지 코흘리개 어린애로 볼 거예요? 이제는 어엿한 대장부라고요.”

“말 돌리지 말고.”

“쪼금요. 쪼금 후회해요. 밤이 되어 오솔오솔 한기가 들 때 더 생각나곤 해요. 호호호! 언니는요? 첨화라는 그 여자, 뭘 내줬대요?”

“몰라. 지금부터 알아봐야지.”

유화는 혼절해 있는 사내를 쳐다봤다.

그는 자신을 내려다보고 있는 여인이 형당에서 수많은 사람들을 혼돈으로 밀어 넣던 여인이란 걸 꿈에도 모를 것이다. 수많은 사람들이 제발 살려달라며 아우성쳤던 사실은 더더욱 모르리라.

거기에 한 가지 장점이 더해졌다.

무류 왕신파에게 의원 수련을 거치면서 인체의 신비에 대해 더욱 해박해졌다.

"우리 내기할까? 듣고 싶은 말을 듣는 데 반 각. 어때?"
그녀가 품에서 침합(針盒)을 꺼내며 말했다.

2

누가 공격해 올 줄 안다. 상대해야 하는 사람이 누구인지
안다.
이제 조건은 공평해졌다.
사내는 유화가 손을 쓴 지 일다경 만에 뱃속에 있는 비밀을
술술 불어냈다. 첨화가 왜 무천에 갔으며, 그녀의 신분이 무
엇이며, 재산은 얼마나 되며…….
유화가 손을 털고 일어섰다.
"제, 제발……."
"목숨은 살려주잖아."
"주, 죽여주시오."
사내가 간절히 원했다.
유화는 고개를 끄덕인 후, 그의 천령혈에 세침(細針)을 깊
이 박았다.
"끄으윽!"
그가 절명했다.
"정말 지독해요. 어쩜 그럴 수 있어요?"
지켜보던 소월신투가 하얗게 질린 낯으로 말했다.

이면(裏面) 175

사내의 관절이란 관절은 모두 부러뜨렸다. 일말의 망설임도 없이 우두둑 꺾어버렸다.

그다음은 갈비뼈를 하나하나 부러뜨려 나갔다.

인정사정도 없었고, 시간을 지체하지도 않았다. 뼈마디를 빨리 부러뜨릴수록 말하는 시기가 빨라진다고 확신하는 사람처럼 연신 손만 놀려댔다.

사내가 극심한 충격 속에서 횡설수설, 알고 있는 사실을 모두 말했을 때는 이미 회생불능의 상태였다.

그는 자신이 토설했다는 사실도 뒤늦게야 깨달았다.

아픔이란 이런 것이다.

"분근착골(分筋錯骨)이란 것인데, 검비는 오래전에 겪었어. 이자는 토설했지만 검비는 한마디도 하지 않았어."

"정말요?"

"아니. 날 사랑한다고 하더라."

"푸훗!"

소월신투는 유화의 바람대로 밝게 웃어주었다.

성신을 운용하는 사람은 본능적으로 밝음과 즐거움을 찾는다. 어두움에 물들었다가도 금방 밝음으로 돌아온다. 나쁜 짓을 했을 때, 죄책감을 느끼고 바른 사람으로 돌아오는 주기가 보통 사람들보다 훨씬 빠르다.

고문은 나쁘다. 알면서도 행한다. 수룡은 잔뜩 움츠러든다. 싫은 것을 보지 않으려고 외면한다. 고문이 끝난 후에는 불현듯 치민 죄책감에 몸을 떤다.

마치 수룡이 '거봐!' 하며 질책하는 듯하다.

그녀들이 사람을 고문하거나 죽일 때는 보통 사람들보다 훨씬 심한 번뇌와 갈등을 느낀다. 그런 고통을 참아가며 사람에게 철사를 휘두르는 것이다.

슬픈 일, 괴로운 일을 겪고 나면 웃어주는 게 제일 좋다.

이건 그녀가 겪어봤기에 안다. 모적방도를 죽이면서 애꿎은 사람을 죽인다는 죄책감에 손끝이 한두 번 떨려본 게 아니다. 그래도 눈 찔끔 감고 철사를 휘둘렀다.

돌아가신 할아버지가 말씀하신다. 악귀로 살지 말고 사람으로 살라고 하신다.

그래서 요즘은 할아버지 얼굴도 떠올리지 않는다. 부지불식간 머릿속을 차지하면 도에 깨끗하게 베어진 머리 밑 부분만 생각한다. 얼굴은 보지 않는다. 그래야 증오심이 조금이라도 더 생긴다.

"통령이 오겠지?"

"이미 소문날 대로 났으니 한두 명 선에서 그치진 않을 거예요. 칠통령 중 몇 명은 올 거고……"

"누가 이길까?"

"서로 장담하지 못하죠."

"좋아, 따라와."

"어디로 가게요?"

"우리나 무천 무인들이나 죽어도 억울하지 않은 곳으로 가
자고. 이런 데는 너무 삭막하잖아."

그녀가 소월신투의 손을 잡아끌었다.

"이거 더러워서 원…… 돈 없고 줄 없는 놈 어디 서러워서
살겠나. 하고많은 사람들 중에 우리만 쏙 가려내는 건 뭐
야?"

서자묵이 투덜거렸다.

"이겨도 개망신, 져도 개망신인 싸움이에요. 자기 수족을
이런 데 보내겠어요?"

박빙 서채하도 입을 삐죽 내밀었다.

초진량은 의견이 달랐다.

"내 느낌은 달라. 이건 뭐랄까…… 아주 더러워."

"그럼 더럽지, 깨끗해? 무공도 몰랐던 여자를 죽이러 가는
건데."

"음음…… 그런 게 아니라 기분이 묘하다니까. 뭐랄까, 상
대하기 벅찬 괴물을 죽이러 가는 기분이야."

"뭐? 하하하! 초진량도 다 됐구나."

"나도 그러길 바라는데…… 내 직감 알잖아?"

"싸우기도 전에 미리 초치지 마요."

"흐음! 그러길 바라자고."

세 사람은 말을 주거니 받거니 하면서 길을 재촉했다.

유화가 섬폭(蟾瀑)에 있다는 소리를 들었다. 폭포 아래에 두꺼비 바위가 있어서 그런 이름이 붙었는데, 인근에서는 경치가 빼어나기로 유명한 곳이다.

그녀가 사라지기 전에 끝장내야 한다.

원래 이런 일은 끝낼 때 끝내야지, 그러지 않으면 아주 긴 싸움이 된다.

쉬이익!

그들은 경공까지 펼쳤다.

"넌!"

"어!"

소월신투와 서채하는 서로를 보고 놀랐다.

"네가 여길 어떻게……?"

"무천에서…… 왔구나, 날 죽이러."

"네가 아냐. 저 여자야."

"인사해. 내가 언니로 모시고 있어. 이름은 유화. 저기는……."

"알고 있다. 박빙 서채하. 십삼단백지가 일절이지."

모두 할 말을 잃었다.

유화뿐이라면 간단히 제거할 수 있는데, 소월신투까지 가세해 있으니 참으로 난감하다.

그녀는 박빙의 유일한 벗이다. 박빙은 소월신투를 위해서 왜화창부 류취취를 빼돌린 적까지 있다. 무천을 위해서는 목숨도 아끼지 않고 내놓는다는 칠통령 중에 한 명이 그런 일을 했다.

그녀가 소월신투를 얼마나 끔찍이 아끼는지 알 수 있는 대목이다.

이제 정말로 선택의 기로에 섰다.

무천을 위해서 벗을 죽일 것이냐, 벗을 위해서 무천의 명을 거역할 것인가.

"저 여자와 같이 싸울 거야?"

그녀가 유화를 가리켰다.

"미안해. 이분, 내겐 친언니나 마찬가지야."

소월신투의 눈에 눈물이 그렁거렸다.

"나와 싸우는 일이 있어도?"

"미안해. 그런 일이 없었으면 좋겠어."

"이리 와. 내 곁에 있어."

소월신투는 고개를 가로저었다.

"정말 미안해, 정말 미안해."

서자묵과 초진량은 이러지도 못하고 저러지도 못했다.

그들이 손을 쓰기 전에 서채하가 먼저 결정을 내려줘야 한다.

"조하, 할아버님 이야기 들었어. 그래서 이러는지 알겠는데, 이건 아냐. 이리 와, 내 곁으로. 좋아! 너와 나, 우리 둘이 싸움에서 빠지자. 그럼 공평하잖아."

서채하는 자신이 할 수 있는 최대한의 배려를 했다.

그러나 소월신투는 움직일 수 없었다. 유화 혼자서 칠통령 중 두 명을 상대한다는 건 너무도 어렵다.

"까짓것, 인심 쓴 김에 하나 더 쓰자고. 일대일로 해. 그럼 오고 자시고 할 것도 없지. 단, 싸움이 붙으면 누가 지고 이기든 절대 개입해서는 안 되는 걸로."

서자묵이 제안을 했다.

"좋아요."

소월신투는 그제야 웃었다.

사람들은 서자묵이 어떤 병기를 쓰는지 잘 모른다.

평소에도 손을 쓰지 않는 것으로 유명한 사람이라서 그의 병기를 구경하는 건 하늘의 별따기나 다름없었다. 간혹 싸움을 벌일 때가 있는데, 그때는 검을 썼다. 허리에 검도 차고 있다. 그래서 검법을 쓰는가보다 하고 생각한다.

검이 아니다. 그가 위급할 때만 쓰는 병기가 따로 있다. 초진량이나 서채하를 비롯해서 몇몇 사람만 아는 극비 중의 극비다.

그는 항상 말해왔다.

"내가 판관필을 꺼내 들면 내 생사를 장담할 수 없다는 거겠지.

그러니 절기를 숨기는 거야. 자주 쓰다 보면 본의 아니게 드러나잖아. 난 그게 싫어."

이번에 서자묵이 꺼내 든 것은 묵직한 판관필(判官筆) 한 쌍이다. 그의 몸 어느 구석에 판관필이 숨어 있었는지 불가사의하다.

"시작부터 이걸 꺼내 든 건 처음이네."

"그래서 어쩌라고?"

"허! 그렇다는 말이지 뭘 어째. 자! 한 수 구경합시다."

서자묵은 말이 끝나기 무섭게 신형을 띄웠다.

쉬이익! 파파파팟!

그는 벌새처럼 날았다. 작은 덩치가 용수철에 튕겨진 것처럼 탄력있게 쏘아졌다. 양손은 이미 십여 초나 쏟아내고 있었다. 머리, 몸통, 어깨, 머리!

노리는 부위가 각기 달랐다.

유화의 행동을 쫓아서, 그때그때 최적합한 곳을 새로 선정하기 때문이다.

스스스슷!

유화는 유령처럼 움직였다.

발이 움직이지도 않았는데, 몸은 옆으로 빙글 돈다.

서자묵은 당황하지 않았다. 자신의 판관필보다 유화의 신법이 한 수 빠르지만 싸움이란 빠름만 가지고는 치를 수 없다.

"난화점점(蘭花點點)!"

호통이 쩌렁 울리는 순간, 판관필이 수십 자루로 불어났다.

유화가 피할 만한 곳은 판관필이 먼저 가 있다. 격중당하지 않을 방법이 없다.

"아!"

박빙이 경탄했다.

고수들끼리의 싸움은 지켜보는 사람에게도 짜릿한 전율을 안겨다 준다. 매 초식이 전개될 때마다 내가 저 초식을 받았다면 어떻게 대응했을까 하는 생각을 하게 된다.

박빙은 물러서면서 십삼단백지를 던졌을 것이다.

어떤 방법으로든 이 시점에서는 싸울 수 없다. 일단은 물러섰다가 다시 짓쳐 가야 한다. 서자묵의 판관필이 무서운 파괴력을 담고 쏘아오는 관계로 일단은 피해야 한다.

유화는 정반대의 방법을 선택했다.

쉬잇!

그녀의 신형이 안으로 스며들었다.

"자진인가!"

"천만에!"

유화는 철사를 휘둘러 판관필을 잡아채 갔다.

꾸르르룽!

서자묵은 내버려 두었다. 철사 따위에 묶일 판관필이 아니다. 묶인다 해도 그대로 밀치고 들어간다. 두 자루의 판관필에는 자신의 전 공력이 투입되어 있다. 한데!

좌르륵! 파파팟!

철사가 판관필을 감는다 싶었는데, 느닷없이 무서운 폭발이 일었다.

타탁! 타타탁!

두 사람은 누가 먼저랄 것도 없이 반대쪽으로 신형을 튕겨 냈다.

"비열하게 암기를!"

"힘이 약한 사람에게 검을 쓰는 것도 비열한 짓이란 걸 모르나? 지금 우릴 이렇게 핍박하는 것도 지하 금맥의 대녀가 막대한 은자를 내놓았기 때문 아닌가! 그런 사람이 비열함을 논하다니, 얼굴에 철판을 깔았군."

"뭐, 뭣!"

"명을 받았다는 것 말고 다른 이유를 댈 수 있나? 왜 우릴 죽이러 왔는지."

"우린 이유를 알 필요가 없지."

"그렇겠지. 눈과 귀가 막힌 무천의 개니까."

"후후후! 무천의 개…… 그런 소리는 많이 들어봤어. 죽을 때는 늘 하는 말이 그런 거더군."

서자묵이 다시 판관필을 들어 올렸다.

유화는 다른 철사를 꺼내 들었다.

하나 승패는 이미 갈린 것이나 마찬가지다. 유화의 패배다. 그녀가 철사를 터뜨렸는데 서자묵은 피해냈다. 유일하다고 할 수 있는 공격이 실패한 것이다.

남은 수가 있다면 빠른 신법을 이용해 허점을 파고들어 가서 철사를 터뜨리는 것이다.

성공하면 다행이지만 실패하면 정말 방법이 없다.

쉐에엑!

판관필이 허공을 갈랐다.

항우장사가 거목을 뽑아 힘껏 내던진다. 한 그루도 아니고 두 그루나 던져진다.

서자묵의 판관필은 기둥을 뽑아 던지는 위력이 담겨 있다.

검이 되었든 도가 되었든 맞받을 수 없다. 하물며 철사처럼 가느다란 병기는 병아리 눈물로밖에 보이지 않는다.

쉐엑!

철사가 최후의 발악을 했다.

가느다란 철사 한줄기는 거대한 고목 앞에 서자 너무도 빈약해 보였다.

전형적인 중병(重兵) 대 암기의 대결이다.

흔히 거대한 힘 앞에는 빠름도 소용없다고 한다.

중(重)을 중시하는 무인들이 종종 쓰는 말이다.

그 말이 맞다. 유화의 빠름은 서자묵의 판관필을 이기지 못한다. 기세에 압도되어 움직일 기력조차 없어 보인다.

'안 돼!'

소월신투는 철사를 바싹 움켜잡았다.

유화가 위험하다. 뛰쳐들어 가 같이 싸워야 한다.

그러나 자신을 예의주시하는 박빙의 눈길이 걸린다. 지금 뛰어들면 결투 약조가 깨지게 된다. 초진량도 가세할 것이고, 박빙도 서슴없이 뛰어들 것이다.

그래도 어쩔 수 없다. 유화를 죽게 내버려 둘 수 없다.

그때다! 무기력하게 보이던 유화의 신형이 바람처럼 휘돌았다.

패앵! 패애애앵! 휘르르르륵!

철사도 맹렬하게 휘둘러졌다. 지금까지와는 기세가 사뭇 다르다. 무기력하게 휘청이던 가느다란 줄이 날카로운 삭도(削刀)가 되어 거목을 베어간다.

파앙! 퍼엉! 파파파팟!

철사가 거목을 갈라내는가 싶더니 중간 어림에서 강렬한 폭발을 일으켰다.

“크윽!”

흙먼지가 가득 피어올라 싸움의 결과가 한눈에 들어오지 않는다. 하나 답답한 비명 소리가 사내의 음성이라는 것만은 확실했다.

서자묵이 상처를 입었다. 하면 유화는?

흙먼지가 가라앉자 두 사람의 모습이 확연히 드러났다.

서자묵의 판관필은 산산조각 났다.

그는 가부좌를 틀고 앉아서 운공조식을 취하고 있다. 싸우는 도중에 적 앞에서 운공조식이라니.

그만큼 그는 위중했다. 내상을 심하게 입어서 서 있을 힘조차 남아 있지 않았다. 적 앞이지만 앉을 수밖에 없었다. 그리고 눈을 뜨고 있기가 비참해서 차라리 눈을 감아버린 것이다.

유화는 멀쩡한 모습으로 서 있다. 오른손을 들어 올려 머리칼을 뒤로 넘기는 모습이 상당히 여유롭다.

완벽한 승리다.

초진량과 박빙은 입을 열지 못했다.

승패는 결정났다. 하나 싸움은 아직 끝나지 않았다. 두 사람이 모두 살아 있기 때문이다. 이 싸움은 승패를 논하지 않는다. 어느 한쪽이 죽는 것을 전제로 한다.

휘릭!

유화의 철사가 서자묵의 목에 감겼다.

"비겁하지 않아요? 눈을 떠요."

서자묵이 눈을 뜨고 담담한 시선으로 그녀를 쳐다봤다.

"제가 잘못한 점이 뭐죠?"

"루검비에게 생사침을 놓지 않았다. 손에 사정을 남겼어. 넌 환희교의 간세다."

"호호호! 당신…… 죽으면 꽤 억울하겠다."

좌르륵!

철사가 다시 풀렸다.

"가. 가서 내가 죽을 이유가 뭔지 똑바로 알아와. 이유만 분명하면 얌전히 죽어줄게. 광전신군의 개로서 오지 말고 서자묵으로 와."

서자묵이 다시 눈을 감았다. 그의 눈꺼풀이 파르르 떨리고 있었다.

"자, 다음!"

그녀가 초진량을 쳐다봤다.

초진량은 그녀를 보지 않았다. 눈을 좌우로 빨리 굴리며 사방을 쏘아봤다.

"어느 방면의 고인이시오?"

그의 음성은 미미하게 떨리고 있었다.

유화는 서자묵의 약점을 정확하게 파악했다.

그의 판관필을 피하려고 해서는 안 된다. 피할 곳도, 방법도 없다. 오로지 정면으로 부딪쳐야 한다. 서자묵보다 더 강한 내공으로 판관필을 잘라내는 것만이 유일한 방법이다.

내공만 강하다고 해서 되는 것도 아니고, 초식에 정통하다고 되지도 않는다.

둘 다 알고 있어야 한다.

유화는 상당히 내공이 강했지만 서자묵의 초식을 전혀 알아보지 못했다. 한데 어느 한순간 모든 걸 꿰뚫어 봤다. 누군가 조언해 주지 않았다면 불가능한 일이다.

"이놈들! 하는 짓거리하고는. 쯧쯧! 이놈들아, 밥 먹고 그리 할 일이 없더냐?"

큰 거목 뒤에서 자그마한 사람이 머리를 쏙 내밀었다. 노동 거사다.

"너희 무천을 떠날 때가 안 됐냐?"

"떠나봐야 갈 곳도 없고, 안 떠나니 이렇게 뒤통수나 까고."

"이놈이! 너희, 암말 말고 나와 같이 한 석 달만 어디서 쉬었다가 오자. 어때?"

초진량의 눈에서 빛이 번쩍였다.

"석 달이요?"

"그래, 석 달이다."

"후후후!"

"왜 웃어, 이놈아!"

"그 석 달이 내 인생에서 가장 흥미진진할 것 같소. 하니 난 무천으로 돌아가렵니다. 대신 손발 묶고 구경이나 하지요."

"야! 그것 좋겠다. 아주 재미있겠는데?"

서자묵도 동조했다.

박빙은 아무 소리도 하지 않았다. 그녀와 소월신투는 서로만 쳐다본 채 한마디도 못하고 있었다.

절죽원주는 경전 번역본을 품속 깊이 간직했다.

범어의 번역 작업은 끝났다. 이제 위대한 환희교의 재림만 남은 상태다. 하나 이것이 사회로 흘러나가면 이로 인해 벌어질 파장이 상상을 초월한다.

일순간에 도덕과 윤리가 무너진다.

루검비는 현재의 인간 범주 안에서 환희교를 접목시키려고 하지만 절죽원주가 봤을 때는 어림도 없다.

성신을 본 사람은 다시 돌아오지 못한다.

그들과 인간은 전혀 다른 세상에서 산다.

환희교는 자신들의 세계로 들어올 것인가, 인간 세상에 남을 것인가만 선택하게 만든다.

다른 선택은 없다.

환희교는 분명히 인간을 이롭게 한다.

눈에 가려진 안대를 풀어 밝은 세상, 광명으로 가득한 세상을 보여준다. 인간의 능력을 벗어나 인간이 곧 신인 세계에서 살게 해준다. 밥 먹고, 옷 입고, 잠자는 인간의 가장 기본 사항인 의식주(衣食住)를 아무것도 아닌 것으로 만들어 버린다.

가진 것이 없어도 세상이 즐거워지는 것이다.

두말할 필요도 없다. 굉장히 이롭다.

그런데 한편으로는 주저된다.

현재의 인간 궤범이 산산이 부서져도 좋은 것일까? 윤리가 깨져도 괜찮을까?

신은 개인 소유물이 없다. 무소유(無所有)다.

천지자연이 내 것이니 따로 챙길 것이 무엇인가.

아내도 마찬가지다. 남편도 같은 의미가 된다. 나에게 맞는 것이 내 것이 된다. 거기에는 인간들이 정사를 나누며 느끼는 쾌락이나 욕념이 존재하지 않는다. 오로지 서로의 성신을 북돋아주고 발전시키는 역할만 한다.

이래도 좋은가?

안대를 꼭 벗겨야 하나? 때로는 아무것도 모른 채 살아가는 것도 괜찮지 않을까?

절죽원주는 신의 세계라는 게 너무 삭막해 보였다.

그들에게는 '나'와 '세계'는 있지만 '가족'이 없다. 세계가 가족이라고 하지만 절죽원주는 밥상을 앞에 놓고 오순도순 정겨운 이야기를 주고받는 가족이 더 아늑해 보였다.

환희교는 교리는 잘못 해석되어 아무하고나 정사를 가져도 좋은 것으로 알려졌다. 지나가는 거지라도 정사를 원하면 내줘야 한다는 것으로 인식했다.

그래서 과거의 환희교가 생겼고, 밤만 되면 마음에도 없는 상대와 동침하는 사태에 이르렀다.

경전을 조금만 잘못 해석하면 그런 사태가 벌어진다.

환희교는 고도의 정신을 요구한다.

그런 상태에 이르지 못할 때는 너와 나의 구분이 명확하다. 소유욕도 여전히 존재한다. '내 여자, 내 남자'의 경계가 확실하다. 아무하고나 관계를 갖는 일은 본인 스스로도 상상을 하지 못한다.

루검비는 삼단계까지 올라섰다.

한데도 아직까지 인륜을 말하며 고민한다.

그만큼 환희교에서 말하는 '세계가 하나'라는 경지는 도달하기 어렵다. 그렇다고 불가능하지도 않다. 성신을 보는 과정이 계속되면 늦고 빠름의 차이가 있을 뿐, 반드시 이뤄진다.

그때는 싫고 좋고의 감정보다는 깊은 박애(博愛)가 드러난다. 그리고 그때서야 옛날의 환희교와 같은 난잡한 모양새가 된다. '정사'라는 말이 지닌 의미조차 전혀 다르지만 표면적으로 드러나는 모습이 그런 것이니 어쩔 수 없다.

절죽원주는 어느 쪽이 옳은지 확신이 서지 않았다.

그런 점은 호리수도 마찬가지다.

이 시대 최고의 박사, 이 시대 최고의 잡사라는 그들이 인간과 신이라는 화두를 잡아버린 것이다.

"이 사람들에게 절곡이란 건 존재하지 않아. 심심산골에 틀어박혔다고 해도 언젠가는 세상에 나올 거야. 그럴 수밖에 없지. 무지몽매한 인간들을 도와줘야 되니까."

호리수가 풀잎을 뜯어 질겅질겅 씹으며 말했다.

“그거, 맛있나?”

“사람이 진지하게 이야기하면 진지하게 받아주쇼.”

“그럼 그러지. 그럼 자네는 어쩌면 좋다고 생각하나?”

“……”

여기서 대답이 막힌다.

화룡전이는 성신을 널리 알리는 방법으로 사용된다.

수룡을 펄쩍 뛰게 하고, 화룡을 으르렁거리게 만든다. 모든 시작은 그렇게 된다.

그걸 못하게 해야 하나?

“왜…… 시간이 약이라는 말도 있지 않은가? 그냥 흘러가는 대로 내버려 두세. 어찌 되겠지. 나도 화룡이나 볼까? 후후후! 그럼 다시는 이 세상으로 돌아오지 못하겠지? 성신이란 것, 그러고 보면 참으로 무서운 것이야.”

“번역본은 언제 줄 거요?”

“달라고 할 때 줘야지.”

“주나 안 주나 마찬가지인데 뭘.”

“알고 가는 길과 모르고 가는 길은 조금 다르지 않나?”

절죽원주는 그렇게 말하면서도 피식 웃어버렸다.

먼 길을 가는 데 반드시 자세한 지도가 있을 필요는 없다.

남경(南京)에서 북경(北京)까지 가는 길을 세세하게 알아야 할 필요는 없는 것이다. 북경이란 이정표를 보고 출발하면 된다. 가다 보면 또 다른 이정표가 나오니 방향을 잡게 된다. 그렇게 중간 중간 이정표가 가리키는 대로 따라서 가다 보면 북경이 나온다.

경전은 남경에서 북경까지 가는 전체 지도다.

모르는 사람에게는 큰 도움이 되지만 이미 길을 떠난 사람에게는 도움은 되겠지만 반드시 필요한 것은 아니다. 전체 지도가 있든 없든 그들은 북경에 도착할 것이다. 전체를 알든 알지 못하든 도착하는 시간에 차이도 별로 나지 않을 것이다.

출발하는 것이 중요하지, 전체를 아는 것은 별로 중요치 않다.

단, 이런 것은 말할 수 있다. 길을 가는 도중에 어떤 사람이 다가와서 '당신 어디 가쇼?' 하고 물으면 '여기로 갑니다' 하고 상세히 말해줄 수는 있다. 막연히 북경에 갑니다라고 말하는 것이 아니라 이 길로 해서 이 길을 거쳐 며칠 만에 북경에 갈 겁니다, 하고 상세히 말해줄 수 있다.

경전은 그런 역할만 한다.

"아무래도 난 인간 세상이 좋은 것 같소."

"후후후!"

지금도 인간은 신의 경계에 들어가기 위해 부단히 노력한다. 참선을 하고, 묵상을 하고, 도를 닦는다. 한데 막상 가장 빠른 길을 제시하니 주저한다.

하나 이것이 인간들에게 알려지면…… 자신들이 번역한 번역본이 유출되는 날에는 일대 광풍이 불 게다. 지금까지 발생했던 그 어떤 종교혁명보다도 더 큰 폭풍이 불어닥칠 게다.

"학자로 살면서 이만한 고민을 해보기도 쉽지 않지?"

"후후! 난 잡놈일 뿐이오."

호리수가 투덜거렸다.

루검비는 닷새 동안이나 침묵했다.

고민이 있을 때는 뭘 해야 할까? 그는 화룡을 들여다본다.

고민이나 번뇌는 어디서 생기는 것인가? 마음이다. 마음은 어디에 있는가. 화룡이 관장한다. 화룡을 들여다보면 고민, 번뇌의 근원이 보인다.

"훗!"

그가 갑자기 실성한 사람처럼 헛웃음을 터뜨렸다.

성신을 인간 상살 도구로 사용할 경우 어떻게 할 것인가가 그를 괴롭게 했다.

아무것도 할 필요가 없다.

아니다. 할 것은 있다. 구금이다. 가둬두기만 하면 된다.

지금 당장은 모진 욕을 먹을 것이다. 이 새끼, 저 새끼 소리도 들을 것이고 애비 에미도 없냐는 소리도 듣게 될 게다. 그보다 더한 욕도 들을 수 있다.

하나 성신을 본 사람은 반드시 밝음으로 돌아온다.

사랑과 자애로 충만한 삶을 영위하게 된다.

소월신투는 내버려 둬도 자신과 같은 길을 간다. 지금은 복

수의 화신이 되어 있지만 끊임없이 일어나는 죄책감이 결국
은 그녀를 올바른 길로 돌려세울 것이다.

단지, 그동안 죽어나가는 사람이 많으니 구금하는 게 좋지
않나 싶다.

루검비는 홀가분해졌다.

역시 성신을 일깨워야 한다. 많은 사람이 자신의 내면에 막
강한 힘이 숨겨져 있다는 것을 알아야 한다. 인간은 자유와
풍요를 누릴 자격이 있다.

"갈까?"

"응?"

느닷없는 물음에 류취취는 당혹해했다. 닷새 만에 처음 한
말치고는 너무 뜬금없다.

"무천에."

"가도 되겠어?"

그녀는 배시시 웃었다.

그녀의 수룡이 편안한 화룡을 만났다. 그 어느 때보다도 편
해 보인다. 소월신투에 대한 해결책이 마련되었다는 뜻이다.
또한 그것은 죽음 같은 것과는 거리가 먼 것이다. 화룡이 괴
로워하지 않는 것만 봐도 알 수 있다.

"무천 일부터 해결하고, 세상을 떠도는 겁니다. 성전 같은
곳은 필요없어요. 환희교는 그 어디에나 있습니다. 사람이 있
는 곳이 바로 성전이에요. 많은 사람이 성신을 보게끔 도와줄

생각입니다."

"고민이 말끔히 해소됐나 봐?"

"말끔히."

루검비가 활짝 웃으며 일어섰다.

＊　　　＊　　　＊

"저 두 놈은 뭐야?"

"절죽원주와 호리수."

"뭐? 그런 놈들이 왜 저런 놈하고 붙어 다녀?"

"지금 뭘 보는 거야?"

"저 계집…… 죽여주지 않아?"

"왜화창부야. 한번 찝쩍거려 보고 싶어?"

"후후! 힘들게 그럴 필요가 뭐 있나. 환희교에 들어가기만 하면 내 계집이 되는걸."

"넌 아무래도 계집 손에 죽을 것 같다."

"손이 아니라 배 위에서 죽을 것 같지는 않아?"

"쉿! 저기 온다."

흑화녀와 면도는 멀리서 걸어오는 두 사람을 맞이했다.

한 사람은 반듯한 용모에 이목구비가 단정한 칠절신군이었고, 또 한 사람은 길쭉한 얼굴에 대머리인 혈우광도다.

옛날 환희교를 주물렀던 정랑들이 한자리에 모인 것이다.

"저놈이 그때 그 꼬마인가? 많이 컸군."

"저 계집은 뭐야?"

"호호호! 혈우광도께서는 역시 여자부터 관심있네요. 왜…
들어보셨을 거예요, 왜화창부라고."

"왜화창부? 흐흐흐! 손만 대면 안기겠구먼."

"하지만 조심해야 할걸요? 지금은 저 꼬마 차지이니까."

"저런 꼬마쯤이야 한칼에……."

"그런 말을 하기 전에 하나만 말해드릴까요? 저 꼬마는 환
희밀공을 수련했어요. 우리가 그토록 바라던 비공이 저놈에
게 들어갔죠. 그 결과가 어떤지 알아요?"

"흑화녀는 그동안 뜸 들이는 데 선수가 됐군."

칠절신군이 빙긋 웃었다.

흑화녀는 그의 웃음을 무시했다. 면도가 옆에서 시퍼런 눈
길로 쏘아봤기 때문이다.

"저놈에게 한 수 가르침을 받은 계집이 있는데, 십도창객
을 일 초에 죽였어요."

"……."

순간, 조용한 침묵이 흘렀다.

이 자리에 있는 사람들 중 그 누구도 십도창객과 싸울 수
있는 사람은 없다. 그들과 부딪치는 순간 죽음을 생각해야 한
다. 모적방이 한낱 도둑 집단이면서 사람들로부터 무시당하
지 않는 이유에 십도창객도 한몫을 하고 있다.

한데 일 초에?

"혈우광도님, 아직도 저 꼬마를 한칼에 베어 넘길 수 있다고 생각해요?"

"……."

"자, 이제 모두 주제는 알았을 테니 앞으로 빼앗는다 어쩐다 하는 말은 하지 마세요."

"허허허! 이거, 개망신당하러 온 것 같군."

칠절신군이 의미심장한 눈길로 흑화녀의 전신을 훑어 내렸다.

흑화녀는 그의 눈길에 맞춰 몸을 살짝 꼬았다.

"다 생각이 있어서 두 분을 모셨지, 그냥 모셨겠어요? 망신을 주려고 한 건 아니지만 현실을 알 필요는 있죠. 저 꼬마…… 우리가 예전에 봤던 꼬마가 아녜요."

"이년이 춘약까지 썼는데 실패했지."

면도가 툭 면박을 주었다.

흑화녀는 개의치 않았다. 그녀의 눈길은 칠절신군을 더듬고 있었다. 면도가 뭐라고 웅알대지만 지나가는 개가 짖는 것만 못했다.

"지금부터 한 사람씩 저놈과 부딪쳐요. 옛 인연을 빌미 삼아 저놈 곁에 붙어 있어야 해요."

"그런다고 환희밀공을 가르쳐 줄 놈은 아닌 것 같은데?"

"아뇨. 가르쳐 줘요. 가르쳐 주지 못해서 안달난 놈 같던데요?"

"그렇게 쉬우면 직접 하지 왜 우리를 부른 거요?"

"호호호! 우리도 물론 할 거예요. 어떻게든 저놈에게 달라붙어서 환희밀공을 전수받아야죠. 그건 문제가 안 되는데, 그 다음이 문제예요. 받을 걸 받았으면……."

"제거가 문제였군."

"독은 제가 써요."

흑화녀가 품에서 검은 환단 한 알을 꺼냈다.

"염사독(閻死毒)!"

"이, 이런 걸!"

칠절신군과 혈우광도는 깜짝 놀라 흑화녀를 쳐다봤다.

"걸려들지 않을 수 없죠? 빠져나갈 길도 없어요. 이런 거에 당하고도 산 사람을 봤어요?"

"당신…… 정말 무서운 여자군."

칠절신군이 목을 움츠렸다.

"이 사람은 저를 무서워하지 않던데요? 몇 번 맞기까지 했죠. 호호호! 이 사람이 이거 하나는 좋아서."

흑화녀가 면도의 하물을 움켜잡았다.

면도는 입꼬리를 틀며 웃었다. 칠절신군과 혈우광도도 웃음으로 응대했다.

옛날 환희교에서 지냈던 환락이 새삼 그리워졌다.

새로운 화녀라도 들어오는 날에는 서로 차지하려고 난리

를 피우곤 했는데.

"세 분은 마지막을 장식해 주세요. 저놈 숨통을 확실히 끊어놔야 해요. 난도분시(亂刀分屍). 목을 떼어내고, 사지를 끊은 다음 화장까지 해줘요. 그래야 안심이 돼요."

"저놈에게 단단히 질렸군."

혈우광도가 피식 웃었다.

"그런 일은 한 분이면 되고…… 그동안 다른 두 분은 왜화창부를 막아야 될 거예요. 저년 마음을 돌릴 수 있으면 그것보다 좋은 게 없는데, 자신있나요?"

두 사람은 이제야 흑화녀가 자신들을 부른 이유를 알았다.

절대강자가 두 명이다.

그 두 명을 함께 중독시킬 수 있다. 하나 두 명이 협조하면 한 명쯤 빠져나갈 구멍을 만드는 건 일도 아니다.

그래서는 발을 뻗고 잠들지 못한다.

한 명을 죽이는 동안 다른 한 명을 붙잡고 있을 사람이 필요하다.

칠절신군과 혈우광도다. 두 사람이 왜화창부를 물고 늘어지는 동안, 면도는 루검비를 조각낼 것이다.

다른 방법도 있다.

칠절신군이나 혈우광도 중 한 사람이 왜화창부와 정을 통하면 된다. 칠절신군의 다변(多辯)에 능해 달콤하고, 혈우광도는 폭풍처럼 몰아치는 힘이 좋다.

두 사람 다 여자들이 좋아할 구석을 가지고 있다.

왜화창부가 어떤 유형을 좋아하는지 알 수 없으니 두 사람이 선의의 경쟁을 벌이면 된다.

"걱정 말게. 이게 있지 않은가."

칠절신군이 가슴을 툭툭 치며 말했다.

흑화녀가 기분이 좋은지 코를 벌름거렸다.

칠절신군은 춘약을 능수능란하게 사용한다. 언제 중독됐는지도 모른 채 뜨거운 밤을 보내게 된다. 그에게 당해 밤새도록 뒹굴다가 아침에서야 알몸임을 자각한 게 한두 번이 아니다.

"이것들이 내 앞에서! 아예 지랄들을 해라! 잠자리까지 펴주랴!"

면도가 얇은 칼을 빼내 혀로 핥았다.

그들은 흑화녀가 준비한 세부 계획을 들었다.

접근에서부터 하독, 살인까지 일련의 과정이 한 줄로 이어졌다.

"우리에게 주어진 마지막 기회예요. 인생을 이따위로 살 건지, 세상을 호령하며 살 건지. 자, 다시 점검해 봐요. 조그만 허점이 있어도 안 돼요."

"괜찮은 것 같은데? 그냥 밀어붙이지?"

혈우광도는 원래 머리 쓰는 것을 싫어했다. 그는 겨우 몇 번 반복해 들은 것만도 지겨운지 머리를 긁적였다.

"마음이 개운치 않아서 그래요. 뭔가 빠진 것 같은데……."

"너무 들여다보면 오히려 수가 안 보이는 법이오. 내가 보기에도 괜찮은 것 같소."

칠절신군이 심각하게 생각하며 말했다.

그는 정랑들 중에 가장 유식하다. 학문을 체계적으로 배운 유일한 사람이다. 지략도 뛰어나다. 잔수를 쓰는 데는 면도나 흑화녀가 낫지만 큰 흐름을 보는 데는 단연 그가 앞선다.

그가 괜찮다고 했다.

"그럼 이대로 해요."

흑화녀도 결정을 내렸다.

한데도 계속 마음에 걸리는 게 있다. 그날, 이름없는 야산에서 그를 유혹할 때 보았던 그의 눈빛…… 춘약에 당했으면서도 한 점 흐트러짐이 없던 눈빛…… 더러운 육신을 어디에 대냐며 질색팔색을 하는 듯한 눈빛…….

루검비의 눈빛…….

'뭐야, 이 기분은.'

흑화녀는 찝찝함을 떨쳐 버리려고 세 남자를 쳐다봤다.

며칠 동안이라도 상당히 즐거울 것 같지 않은가.

第三十三章

실타래

환희밀공
功

1

　백면 구욱동은 사람을 아낌없이 풀어서 환희교에 대한 자료를 모두 모았다.

　많은 자료가 수집되었다.

　그중에서 단연 으뜸은 상관세가 용검대주인 상관외의 육신이다.

　그는 환희밀공의 사악함을 낱낱이 증언해 줄 최대의 대어(大魚)다.

　상관외만 한 대어가 하나 더 있다.

　서화라는 여인이다. 상관외가 환희밀공에 대해서 말한다면, 그녀는 환희교의 실상을 낱낱이 말해줄 것이다. 간음, 간통이 능사로 이루어진다는 사실을 만천하에 공표하리라.

　모든 자료가 모아지자 그는 희미한 미소를 배어 물었다.

　드디어 기다리던 때가 왔다.

　그는 보검을 바꿨다.

　검은색 일색에 가로로 흰색 줄이 두 줄 들어가 있는 검집이 한눈에 들어온다.

　"검이 참 좋습니다."

　"귀한 걸 얻었습니다."

　"축하드립니다."

　통령들 중 상당수가 인사를 해왔다.

　"검이 참 좋군."

　광전신군도 흐뭇한 웃음을 지어주었다.

　"검명(劍名)이 뭔가?"

　"흑일(黑日)입니다."

　"흑일…… 캄캄한 날이라……. 고아한 검명이군."

　"감사합니다."

　광전신군이 어깨를 스치며 지나갔다.

　그날 밤, 술시(戌時).

　광전신군은 침상에 눕다 말고 벌떡 일어섰다.

　이상한 기분이 든다. 머리끝부터 발끝까지 짜릿한 전율이 느껴진다. 가슴도 두근거리고 혈액순환도 빠르다.

그는 침상 위에 걸린 보검을 집었다. 그때!

똑똑!

방문을 두들기는 소리가 야밤의 정적을 일깨웠다.

"누구냐!"

"접니다."

광전신군은 낯익은 음성을 듣고서야 긴 한숨을 내쉬었다.

요즘 즐거운 일이 연달이 일어나더니, 기가 쇠약했나? 늙어가면 지나가는 바람 소리에도 깜짝 놀란다더니.

"무슨 일이냐!"

"잠시 드릴 말씀이 있습니다. 들어가도 되겠습니까?"

그 순간, 광전신군은 눈빛을 번뜩였다.

사방에 불나방이 날아다닌다. 지붕 위에는 들쥐가 득실거리고, 방문 밖에는 개떼가 모여 있다.

'이놈이!'

그는 비로소 사태를 짐작했다.

모반이다. 반란이다. 하극상이다. 그 한가운데 백면 구욱동이 있다. 가장 믿었던 오른팔이 검을 거꾸로 잡았다.

검을 쥔 손이 부르르 떨렸다. 하나 곧 냉정을 회복하며 침착하게 말했다.

"밤이 늦었구나. 피곤해서 좀 쉬어야겠다."

드륵!

말이 끝나기 무섭게 방문이 열렸다. 그리고 구욱동을 필두로 낯익은 얼굴들이 들이닥쳤다.

광전신군이 살짝 웃으며 말했다.

"흑일이라… 좋은 검이야. 그 검이 신호였던가?"

"맞습니다."

"자네가 세운 계획이니 치밀하겠지?"

"그렇다고 생각합니다."

"천주(天主)님의 동의도 얻었을 테고."

"……"

"천주님을 만나려면 삼관의 관문을 통과해야 하는데……
궁금하군. 삼관에게는 뭐라고 말했나?"

"썩은 가지를 잘라내겠다고 했습니다."

"그러니 뭐라던가?"

"하극상에서는 가지를 친다는 말을 쓰지 않는다. 오로지
머리를 칠 뿐이다. 못된 뱀이라고 해서 머리를 잘라내면 몸통
도 죽는다."

"그 말을 듣고도 시행했다?"

"과연 그런지 알아보고 싶습니다."

광전신군이 허리를 쭉 펴며 기지개를 켰다. 그리고는 검을
집은 채 침상에서 빠져나왔다.

"우선 그만한 실력이 되는지 보겠네."

차앙!

보검이 밝은 빛을 토해냈다.

쳐다보는 것만으로도 줄줄이 뻗어 나오는 검기에 잘릴 것 같다.

"신군의 절학은 이 몸 안에 모두 있소이다."

스룽!

흑일이 모습을 드러냈다.

거무튀튀하며 날도 서지 않은 묵검(墨劍)이다. 화려한 검집에 비하면 너무도 초라한 검이다.

"후후후! 흑일이 알고 보니 한상검(恨喪劍)이었군. 검날만 빼고 모두 바꾼 바람에 알아보지 못했어. 하면…… 대력검선도 이 나를 제거하는 데 적극 동조했단 뜻이겠군."

"그렇습니다."

구욱동은 흑일을 흔들었다.

우우우우웅!

지옥의 울부짖음 같은 검명(劍鳴)이 터져 나왔다.

한상검은 보검 중의 보검으로, 대력검선의 무지막지한 내공을 고스란히 받쳐 주었다.

이제 그 검이 백면 구욱동에게 전해졌다.

"검을 쓰지 않으시면 총통령으로서 존장의 대우를 받으며 물러날 수 있을 것이나, 일단 검을 쓰시게 되면 오직 승자와 패자만 남게 됩니다. 좋습니까?"

"그렇게 자신있나?"

"방금 말씀드렸잖습니까? 신군의 모든 건 이 몸 안에 있다고."

광전신군이 고개를 좌우로 흔들었다.

"내가 너에게 준 건 열 개 중에 다섯밖에 안 되는데, 어찌 다 있다고 하느냐? 후후후! 어디 그토록 자신하니 한번 보기나 하자."

철컥!

광전신군이 손목을 이용해 검날을 고쳐 세웠다.

"타앗!"

백면은 안색이 하얗게 탈색된 채 검식을 펼쳐 냈다.

한상검에서 서릿발 같은 예기가 흘러나왔다. 천지를 압도하는 기상으로 천천히 짓누른다.

스스스슷!

검이 분화(分化)한다. 분신을 열 개나 만들어낸다. 하지만 열 개의 분신에 담긴 내공은 처음과 똑같다. 한 사람이 동시에 열 개의 검을 쳐낼 만큼 심후한 내공을 소유하기란 무척 어렵다. 다른 아홉 개는 허상(虛想)이라는 뜻이다.

하나 어느 것이 실체인지 구분이 되지 않는다. 열 개 모두 실체인 것처럼 느껴진다.

서릿발 같은 예기가 흘러나온 것은 한수절혼공으로 운용했기 때문이고, 열 개로 분화한 것은 대력검법(大力劍法)의 특징이다.

대력검선은 이 대력검법 하나로 삼관의 위치에 올랐다.

대력검법의 가장 중요한 특징이라면 단연 열 개의 환영을 이뤄낸다는 것인데, 그것만 가지고는 삼관이 되지 못한다. 환검(幻劍)을 논한다면 열 개의 분화는 초보적인 수준이다.

대력검법의 가장 큰 특징은 분화가 아니라 집중이다.

시전자는 열 개의 분화된 검 중 진기를 싣고 싶은 검에 진기를 실을 수 있다. 처음부터 진기를 싣고 오는 것이 아니라 타격 지점에서 시전자의 뜻에 따라 자유자재로 실려진다.

상대가 첫 번째 검을 상대하면 시전자는 아홉 번째나 열 번째 검에 진기를 보내 타격할 수 있다. 물론 '즉시'는 필수다. 반격해 오는 것을 보고 즉시 마음을 정해 검을 쳐낼 수 있다.

결국 열 개의 검을 모두 상대하지 않으면 안 된다.

광전신군은 검을 양손으로 움켜잡았다. 그리고 왼쪽 하단에서 오른쪽 상단으로 힘껏 그어 올렸다.

빠빠빠빠빡……!

검이 검을 때리는데 뼈와 뼈가 부딪치는 소리가 울린다.

대력검법 이초식이다.

분화된 열 개의 검에 약간의 진기를 주입시키면 상대는 매 검마다 전력을 다하지 않을 수 없다. 그렇게 검 열 개를 상대하면 호흡이 무척 가빠지게 되어 있다.

일곱, 여덟, 아홉, 마지막 열 번째 검.

광전신군은 열 개의 검을 모두 그어냈다.

제대로 대력검법 이초식에 걸려들었다. 그가 마지막 열 번째 검을 벨 때, 구욱동은 허상만 남긴 채 진기를 거뒀다.

아무것도 없는 빈 허공을 사력을 다해 베게 되니, 광전신군의 균형이 무너질 수밖에 없다.

그 순간, 삼초식을 쓴다.

한상검이 둥근 반원을 그리며 그의 다리를 자를 것이다.

여기서 발생할 수 있는 모든 변수가 머릿속에 담겨 있다. 수백, 수천 번에 걸친 수련을 통해 일어날 수 있는 모든 상황을 경험했고, 대응책이 준비되어 있다.

구욱동은 예정된 수순으로 검을 뽑으려고 했다. 한데,

"헛!"

그는 깜짝 놀랐다.

검이 뽑히지 않는다. 앞에서 강력한 흡인력이 일어나 검을 빨아 당긴다.

'뭐야! 이건!'

음양전도(陰陽傳導)!

한상검은 양의 성질을 띤다. 한수절혼공은 음의 성질을 지녔다. 음양이 한자리로 모이며 강력한 인력(引力)을 형성한다. 그의 손에서 검을 빼내려면 태산을 밀어낼 정도의 거력이 필요하다.

광전신군은 마지막 검을 베거나 치지 않았다. 자신의 검에 음기만을 담고 살며시 눌렀다.

하면 한상검의 기운은 두 군데로 인력이 나뉜다. 한수절혼공과 광전신군의 보검으로.

초식의 싸움에서 한수절혼공이 강하냐, 광전신군의 내공이 강하냐 하는 내공 싸움으로 바뀌는 것이다.

더욱 기가 막힌 사실이 있다.

원래 이런 경우, 서로 간의 내공은 팽팽하게 부딪쳐야 한다. 밀쳐 내기 시합을 할 때처럼 서로가 양손을 맞대고 힘을 겨루는 상황이 되어야 한다.

광전신군은 음과 양의 기운을 번갈아 때려낸다.

음의 기운이 돌자 한수절혼공은 맞부딪치려 맹렬히 달려들었다. 한데 갑자기 양의 기운으로 변모한다. 당연히 한수절혼공은 광전신군의 진기에 끌어당겨져서 수렁에 빠지듯 푹 빠져 버렸다. 그러자 또 음으로 변환하여 진기를 유도한다.

음양전도라는 운용 심법을 흡정대법에 이용하고 있다.

'이, 이럴 수가!'

지법 석화에서 아무것도 얻은 게 없다고 여겼거늘, 이런 걸 얻고 있었나?

"크윽!"

백면 구욱동의 입가에 선혈이 흘러내렸다.

내공을 겨룬 지 얼마 되지도 않았는데 벌써 내상을 입고 말았다. 장기가 뒤엉키며 창자가 꼬인다.

“거봐. 내 뭐랬어. 반박에 안 췄다고 했잖아. 다 주긴 뭘 다 줘. 안 그래?”

백면의 눈에서도 피가 흘렀다. 눈꼬리가 찢어져 버렸다.

절체절명, 누가 도와주지 않는다면 일다경도 버틸 수 없다.

“이러면 안 되지!”

“총통령, 흡정대법은 반칙이야!”

같이 들어온 통령들이 검을 노갈을 터뜨리며 검을 뽑았다. 그러자,

쉬익! 쒜에에엑!

느닷없이 파공음이 터지며 통령들을 향해 수리검이 날아갔다.

“헛! 뭐야? 뭐가 숨어 있었어?”

통령들은 앞으로 달려나가는 대신 황급히 물러서야만 했다.

더 이상 수리검은 날아오지 않았다. 방 안은 바늘 떨어지는 소리도 들릴 정도로 조용했다.

“천……수……다라……비검(千手多羅飛劍)!”

구욱동이 이를 악물며 말했다.

천수다라비검은 멸문했다고 말해도 좋을 상관세가의 독문 비검술이다. 수리검을 사용하여 일수에 스무 자루까지 던질 수 있는 것으로 유명하다.

현재 살아남은 상관세가의 식솔 중에 천수다라비검을 펼

칠 수 있는 자는 딱 한 명뿐이다.

상관외!

"후후후! 알아보는군."

광전신군은 여유있게 말했다.

시간이 갈수록 우열은 뚜렷해졌다. 구욱동은 계속 진기를 잃어갔고, 광전신군은 얻기만 했다.

우열이 갈릴 수밖에 없다.

"어……떻게…… 상관외가 어떻게 무공을?"

그는 자신이 찾아낸 상관외가 어떻게 해서 광전신군의 편에 서서 수리검을 날리는가 보다 그가 어떻게 무공을 다시 펼칠 수 있느냐가 더 궁금했다.

"왜? 경맥이 파괴되면 무공을 못 쓴다고?"

"하아!"

구욱동은 무척 힘든 듯 거친 숨을 토해냈다. 이마에서는 구슬처럼 굵은 땀이 방울방울 떨어져 내렸다.

"파괴된 경맥을 통하지 않고 비켜가는 비법이 있지. 경맥우회술(經脈迂?術)이라고 들어봤나?"

"와, 왕신파……."

"그래, 무류 왕신파가 주창한 내용인데 무인에게는 그야말로 보배 같은 내용이지. 모르는 자들이 황당무계하다고 내쳤지만 그래서는 안 돼. 후후후! 상관외는 승장혈과 수분혈이 파괴되었지만 두 혈만 비켜가면 얼마든지 진기를 일으킬 수 있어."

"그를 얻은 게…… 엊그제인데……."

"자네가 하는 모든 일, 늦어도 한 시진이면 내 귀에 들어온다는 것, 몰랐나? 자넨 모르는 게 너무 많았어."

"끄으윽!"

백면 구욱동이 마침내 한쪽 무릎을 꿇었다.

내공 싸움은 이미 끝났다.

칼자루는 광전신군이 쥐었다.

내공을 밀어 넣어 장기를 박살 낼 수도 있고, 맞대고 있는 검을 밀어서 머리나 가슴을 벨 수도 있다.

어떤 공격이든 백면은 당할 수밖에 없다. 그는 저항할 힘이 없다. 그럼에도 광전신군은 여전히 대치 상태를 유지했다. 굳강한 백면의 진기를 마지막 한 올까지 빨아들이기 위해서.

"대력검선, 대력검선님께 빨리 연락해! 실패, 실패했다고 전해!"

"너희는 포위를 풀지 마! 어떤 일이 있어도 이 안에서 끝내야 돼! 저 늙은이가 탈출하면 우린 다 죽은 목숨이야!"

밖에 있는 생쥐들이 발등에 불이 떨어졌는지 안달복달했다.

"조금만…… 조금만 더 참았다면. 내게 진솔했다면. 그랬다면 내 너를 진작 내 옆자리에 두었을 게다. 지금까지 널 통령으로 둔 이유를 진정 모른단 말인가. 후후후!"

“이제 그만⋯⋯.”

“그래, 잘 가거라. 수고했다.”

쉬익!

푸른빛이 번쩍였다.

한상검은 예기를 잃은 지 오래였다. 날이 서지 않아서인지 거무튀튀한 모습이 유별나게 부각되었다.

백면 구욱동의 머리가 반듯하게 잘려져 방 안에 나뒹굴었다.

통령들은 그를 저지하지 못했다.

“검을 버려라.”

광전신군은 크게 말하지도 않았다. 어린아이 타이르듯이 조용조용 말했다.

철컹!

통령들은 검을 내려놓았다.

하극상은 끝났다. 썩은 가지를 베어내겠다며 검을 들었던 통령들은 넓은 마당에 무릎 꿇고 앉아서 처분만 기다리는 신세가 되었다.

“몇이나 되지?”

“마흔일곱입니다.”

“죽여.”

“전부 다요?”

"검을 뽑았으면 썩은 무라도 잘라야지, 버리란다고 버려!
내 휘하에 그런 놈은 없다. 본 무천에서 하극상은 즉살(即殺)!
규정대로 시행해!"

그날, 새벽이 오기 전에 마흔아홉 구의 시신이 새로 생겼
다.

통령들 중 절반에 이르는 쉰 명이 밤사이에 목숨을 잃은 것
이다.

인화대협과 대력검선은 야트막한 야산에서 감회에 젖은
눈으로 무천을 내려다보았다.

"서른여섯에 이곳에 왔으니까 쉰. 꼭 오십 년 동안 머물렀
군."

"그래요? 인화대협이 나보다 꼭 십 년 더 있었소이다그려.
허허허! 나도 그럭저럭 한 사십 년은 되오이다."

"저 안에서 죽을 생각은 아니었지?"

"이만하면 됐다 싶었죠. 그동안 마음은 있어도 가보지 못
한 곳이 한두 군데가 아녜요. 이제 마음 놓고 구경이나 다녀
볼랍니다."

"그럼 내가 덜 미안하고."

"그런 말씀 마시오. 우리 사이에 미안하고 자시고 할 것이
뭐 있소. 한세상 잘살았으니 마무리만 깨끗이 하면 되는데,
이리저리 세상을 떠돌다가 가는 것도 괜찮다 싶소이다."

인화대협이 고개를 끄덕였다.

삼관이 되려면 중원에서 열 손가락 안에 드는 강자라고 인정받아야 한다. 그만한 무공이 없다면 중원 전역을 관장할 수 없다. 또한 삼관은 판관(判官)이나 다름없는 일을 하기 때문에 누구보다도 현명해야 한다.

한마디로 문무쌍전(文武雙全)이라고 인정받은 셈이다.

인화대협은 그런 영예를 오십 년이나 누려왔다. 대력검선도 그에 못지않은 사십 년 세월을 지냈다.

그들은 강호 영웅이다.

그런 그들의 눈에 광전신군의 모습이 보이지 않을 리 없다.. 광전신군을 따르는 자들이 세를 형성하여 무천의 주요 보직을 좌지우지한다는 사실도 일찍부터 알았다.

그들이 나서서 일을 시정하고자 했다면 유혈이 낭자했을망정 정리는 했을 것이다.

그들은 잔뜩 곪은 상처를 밖으로 드러내는 선에서 자신들의 역할을 끝냈다.

백면 구욱동을 지지하여 광전신군을 치게 하면 누가 이기든 광전신군의 세력은 절반으로 축소된다. 더불어서 무천에서 행해진 살육이 세상에 알려진다.

나머지는 세상 몫이다.

새로운 영웅이 탄생하여 광전신군을 제거하고 무천을 올바른 길로 인도하길 바란다.

광전신군의 시대가 지속될 수도 있다.

현재 무천에서 그를 견제할 만한 고수는 무천주뿐이나 그는 세상일에 간여하지 않은 지 오래되었다.

세상은 통제하는 것이 아니다. 흘러가는 대로 내버려 두고, 잘못 흘러갈 경우 살짝 방향만 틀어주면 된다. 그게 강자가 할 수 있는 최선의 행동이다.

인화대협과 대력검선은 무천주의 지론에 공감한다. 그래서 그의 뜻을 좇아서 통제하려고 하지 않고 문제점만 들춰냈다.

세상이 어떻게 흘러갈 것인가.

크게 염려하지 않아도 잘 흘러갈 것이다.

"자네부터 가. 난 무조건 자네와 반대 방향으로 갈 거야. 사십 년 동안 붙어 있었으면 됐지. 이구, 그것도 지겨워."

"허허! 그럽시다. 난 이쪽으로 갈 테니…… 허허허! 그럼 이제 저승에서나 볼 수 있겠구려."

"저승에서도 자넨 안 볼라네. 너무 지겨웠어. 재미있었고."

두 사람은 미소를 교환한 후, 서로 등을 돌려 반대 방향으로 걸어갔다.

2

첨화에게 지필묵이 주어졌다.

지하 금맥의 실체를 낱낱이 적으라는 간단한 글과 핏물이 흠뻑 배인 종이 한 장도 함께 전해졌다.

적지 않으면 죽이겠다는 협박이나 다름없었다.

그녀는 협조하지 않았다.

협박의 강도로 보아 아직은 버텨도 좋다는 판단이 선다.

그녀가 누군가. 형당에서 온갖 고문을 가했던 고문 전문가다. 상대의 말투나 협박하는 내용을 살피면 현재 자신이 어떤 상황에 처했는지 판단할 수 있다.

절박한 상대는 이런 식으로 피 묻은 종이를 보내오진 않는다.

지하 금맥의 돈을 갖고 싶기는 하지만 절박하지는 않다는 뜻이다.

그건 첨화에게 나쁜 면으로 작용한다.

웬만큼 구슬렸다가 말을 듣지 않으면 쥐도 새도 모르게 죽이기 십상이다.

그전에 타협해야 한다.

그녀는 사내를 기다렸다.

자신과 그를 위해서 죽어줄 사람만 오면 이 난관을 뚫고 나갈 수 있다.

죽기 위해 오는 사람은 첨화의 남편으로 분할 것이다. 지하 금맥의 대부(代父)가 되는 것이다.

첨화는 그를 죽여달라는 조건으로 지하 금맥의 절반을 제시할 것이다. 더불어서 자신 역시 광전신군의 품에 안길 생각이다.

남편을 죽인 여자에 품에 안긴 계집이 더해진다.

이 조합은 사내의 방심을 최대한 이끌어낸다. 한발 더 나아가면 사내를 조종할 수도 있다. 미색에 따라서는 무천까지 좌지우지할 수도 있지만, 자신은 유화를 죽이는 선에서 그치려고 한다.

그다음은 사라지면 끝이다.

지하 금맥의 대부, 그가 찾아와야 한다.

'늦어도 내일쯤에는 올 거야.'

사내는 오지 않았다.

'늦어도' 라고 못 박았던 날이 지나고 이틀이 더 지났건만 지하 금맥의 대부가 왔다는 소리는 들리지 않았다.

사내의 무공으로는 무천 담장을 넘지 못한다. 소식을 주고받을 길도 없고, 빠져나갈 길도 없다.

첨화는 조금씩 애간장이 타들어갔다.

그런 그녀에게 한 여인이 찾아왔다.

"박빙 서채하라고 해요. 유화를 죽이고 싶다고요?"

탈출로가 생겼다.

지금 아니면 두 번 다시 잡지 못할 기회다. 하나, 이 줄을 잡으면 지하 금맥의 전 재산을 내놓아야 한다. 그리고 자신은 썩는 냄새가 진동하는 환희교로 다시 돌아가야 한다.

그녀는 망설였다.

'광전신군은 약탈자야. 그에게 의지하면 모든 걸 빼앗기고…… 목숨까지 잃겠지.'

무천에 그런 사람이 있으리라고는 생각도 못했다.

무림의 정의를 실현하는 집단에서 어찌 그리 탐욕스러운 자가 존재할 수 있단 말인가.

무천에 의지하면 안 된다던 사내의 말을 들었어야 하는데…….

'유화!'

그녀는 헛웃음을 흘렸다.

그녀를 죽이려고 한 건 자신이다. 자신이 먼저 시비를 걸었다. 가만히 있는 여자에게 다가가 뺨을 후려친 것과 같다. 그녀는 당연히 반격해 왔다. 부지런히 자신을 뒤쫓다가 자신이 애지중지하던 꽃을 짓밟았다.

화가 난다.

화를 내야 하는가, 말아야 하는가.

사내의 죽음이 너무 안타깝다. 오랜만에 믿음직한 사내를 만났다. 그는 똑똑하지도 않고, 무공이 지극히 뛰어난 것도 아니다. 잘생기지도 않았다.

어느 모로 보나 평범하다.

하지만 그는 진정을 준다. 그의 말에는 거짓이 없다. 사랑한다는 말을 아무 의심 없이 들어도 된다. 어루만지는 손길 뒤에 무슨 속셈이 숨어 있을까 하고 머리를 쓰지 않아도 된다.

유화는 그런 사람을 죽였다. 꼭 죽일 필요가 있었을까? 새삼 그녀가 원망스럽다.

'유화에게 가면 전 재산을 내놓아야 해. 그리고…… 목숨을 잃지는 않겠지만 더러운 사내들과 몸을 섞어야 돼.'

결국 지하 금맥의 재산은 자신의 것이 아니었다. 그리고 자신에게 남은 선택권은 죽는 것과 몸을 더럽히며 사는 것이다.

환희교에 남는 것만 아니었어도 선택이 쉬웠으리라.

'무림을 몰라도 너무 몰랐어.'

그녀는 모든 걸 내놓을 결심을 했다. 단지 누구에게 내놓느냐가 문제였다.

"구욱동이 죽어?!"

초진량이 있을 수 없는 일을 들었다는 듯 눈을 동그랗게 떴다.

"구욱동이 죽다니, 무슨 말이야. 자초지종을 자세히 말해봐."

서자묵도 안색이 변해서 달려왔다.

"총통령에게 당했대요. 하극상을 했다가 실패한 모양이에
요. 들리는 소문에는 대력검선께서도 동조하신 듯하고, 무천
주께 승낙도 받았다는데."

서채하가 무천 사람들이라면 모두 알고 있는 이야기를 해
줬다.

초진량과 서자묵은 유화를 제거하라는 명을 받았기 때문
에 무천에 들어가지 않았다. 박빙만 가져갈 것이 있다면서 잠
시 들렀다가 해괴한 소문을 듣고 만 것이다.

"정말 죽은 것 맞아?"

"맞아요. 그 외에도 통령이 마흔아홉 명이나 참수당했어
요."

사람이 그렇게 많이 죽었다면 사실이다.

"통령이 총통령에게 죽는 법은 없다. 이런 일은 마도의 세
계에서나 가능한 거야. 마를 제압하고 정의 기치를 높이 세운
다는 무천이 마인이나 하는 짓을 따라 하다니! 있을 수 없다!"

서자묵이 분노를 억누르지 못하고 울분을 쏟아냈다.

"더군다나 삼관…… 인화대협과 대력검선께서 행방불명이
에요. 하극상이 있던 그날 밤부터 보이시지 않더래요."

"그 사람들은 걱정할 것 없어."

노동거사가 불쑥 끼어들었다.

"그 사람들은 무공이 신의 경지에 이르렀어. 광전신군이
날고 긴다고 해도 그 둘을 하룻밤 사이에 요리할 수는 없지.

암! 똥이 무서워서 피하는 게 아냐, 더러워서 피하지.”

　“광전신군을 내려앉혀야겠습니다.”

　“마음대로 해.”

　“노동거사께서 도와주셔야…….”

　“그런 건 젊은이들이나 하는 거야. 나같이 늙은 것들은 강 건너 불구경하는 것도 벅차.”

　“광전신군이 겁나십니까?”

　“햐! 요놈 봐라? 아무리 그래도 안 돼. 내가 끼어들면 인화대협과 대력검선이 욕먹어. 그 사람들은 대가리에 든 것이 없어서 피했간? 그 깊은 뜻을 한번 새겨봐라. 쯧쯧!”

　“깊은 뜻이고 뭐고 할 거요, 말 거요?”

　“뭐? 광전신군을 내려앉히는 것? 난 안 해. 난 이놈들 뒤치다꺼리만도 벅차.”

　노동거사가 두 여인을 가리켰다.

　그는 두 여인을 감시했다.

　원래는 소월신투만 감시하려고 왔다가 유화까지 보게 되었다.

　잘됐다. 몸이 하나라 두 여자가 각기 떨어져 있으면 하나밖에 감시하지 못한다. 한데 운 좋게도 둘이 같이 붙어 있으니 함께 감시할 수 있다.

　“이리 와봐. 잠깐이면 돼.”

“또?”

“잠깐만 느껴봐. 내가 미친 것 같아? 아니잖아. 진기라고 생각해. 처음 진기를 느낄 때처럼 이것도 그런 식으로 느끼면 돼. 정사를 갖는다거나 하는 게 아냐. 이거 느낀다고 색녀가 되는 것도 아니고. 봐. 내가 남자 찾아서 헤매는 여자처럼 보여?”

또 틈이 생겼다.

소월신투가 박빙을 불러 앉혔다. 그녀에게 수룡을 느끼게 하여 진기보다 한 차원 높은 세계가 있음을 알려주고 싶은 게다.

친구이기에 이런 행동을 하는 게 아니다. 수룡이나 화룡을 본 사람이라면 누구나 그럴 것이다. 지나가는 사람이라도 붙잡아 앉혀서 성신을 보여주고 싶을 것이다.

내공심법은 혼자서 수련한다. 비인부전(非人不傳)이라고 하여 관계없는 사람에게는 절대 알려주지 않는다.

화룡은 다르다. 아는 사람이 많으면 많을수록 좋다. 그 속에서 서로 자극받고 서로 성장한다.

이대로는 안 된다. 감시에도 한계가 있다.

“어이, 거기!”

“어이가 아니라니까 자꾸만 그렇게 부르시네. 제 이름은 조하예요, 곡조하.”

“조하고 좋아고 간에 이리 와봐. 어이! 거기도 이리 와봐.”

노동거사는 한쪽에서 운공조식을 취하는 것처럼 가부좌를 틀고 앉아 있는 유화도 불렀다.

"그 말이……."
"세상에!"
소월신투와 유화는 서로를 쳐다봤다.
우연찮게 이야기를 함께 들은 박빙은 안색이 하얗게 질려 소월신투의 손을 잡았다.
"어떻게 해!"
박빙이 할 수 있는 말은 그것이 전부였다.
본인이 의도하지 않아도 낯선 사내와 관계를 갖게 된다니.
수룡의 경우 더 큰 화룡을 찾게 된다. 하면 루검비다.
유화의 경우에는 아무런 상관이 없다. 정말? 과연 그럴까? 아무 상관이 없을까?
향후, 환희교에 들어오는 모든 여인은 그를 탐하게 될 것이다. 바다처럼 넓고 큰 화룡이 있으니 달려들지 않고는 견딜 수 없게 된다.
그때쯤이면 소유에 대한 개념이 사라질 것이라고 하지만…… 어쩐지 기분이 이상해진다.
소월신투도 결국은 루검비를 찾을 것이고, 박빙에게 수룡을 보여주면 박빙 역시 루검비와 인연을 맺게 되리라.
몰랐다면 모를까, 알고는 가르쳐 주지 못하겠다.

한데 이게 또 문제다. 수룡이 주는 환희가 너무도 지극해서 자신도 모르게 입이 벙긋거려진다. 박빙의 몸에서 수룡을 느끼면 키워주지 못하는 게 안타깝다.

"그 사람…… 환희교를 세운대요?"

"아직 이런 사실을 몰라."

"그럼요? 왜 알려주지 않았어요?"

"절죽원주와 호리수가 나만 부르더라고. 그리고…… 흠! 다음 말은 남세스러워서 차마 못하겠다. 좌우지간 그래서 떠나긴 했는데, 너희가 걸리는 거야. 저 아이는 어디 있는지 모르겠고, 넌 찾을 수 있겠고. 해서 네 뒤를 쫓아왔는데 둘이 같이 있었던 거지."

"지금도 화룡을 보세요?"

"안 보려고 애쓰는데 보이네. 그게 일단 보기 시작하면 의지로 끊을 수 있는 게 아니더라고. 지금까지 내가 한 말에 질문있는 사람? 없어? 없으면 난 간다."

노동거사가 일어나 휘적휘적 걸어갔다.

그는 정말 갔다. 아주 갔다.

앞으로는 영원히 만나지 못할 것이다.

유화와 소월신투는 노동거사가 남세스러워서 하지 못한 말이 무엇인지 짐작한다.

바로 자신들과 정사를 갖는 것이 아니겠는가.

그는 그 일을 감당하지 못하겠기에 루검비를 떠났다. 자신들 곁도 떠난다.

그는 지금도 화룡을 본다고 한다. 앞으로도 계속 볼 것이다. 죽는 날까지 화룡을 보며 지내리라.

그는 거기서 그치려고 한다.

화룡을 봐도 알려주지 않고, 수룡을 봐도 탐하지 않으며, 오직 자신만의 세계에서 살다가 가려고 한다. 그러기 위해서는 깊은 산속에 은거하거나 사람 없는 무인도에 가서 사는 수밖에 없다.

노동거사는 그럴 생각이다.

외롭지는 않다. 삶의 즐거움도 한껏 만끽한다. 화룡을 모르는 사람이라면 무슨 낙으로 사느냐고 말할 게다. 하나 성신이 무엇인지 아는 사람은 오히려 조용해서 좋겠다고 말할 것이다.

가는 그를 잡을 수 없다.

"언니, 우리 어떻게 해?"

"글쎄…… 아무 생각도 안 나네."

유화와 소월신투는 멍하니 하늘만 쳐다봤다.

"환희교와 환희밀공을 다시 평가해야겠군."

서자묵이 나직이 중얼거렸다.

"절죽원주가 번역했다는 번역서부터 봐야겠지. 노동거사님의 말이 사실이라면…… 사실이겠지만…… 휴우! 이를 어쩐다? 정말 저런 게 있기는 한 거야? 아홉 단계에 걸쳐서 올라가다가 결국은 신이 된다니, 이 무슨 황당무계한 소리야? 어휴! 노동거사님이 말한 게 아니라면 허풍 떨지 말라고 한 대 쥐어박기라도 하겠는데.”

초진량도 답답해했다.

노동거사는 일부러 약간 큰 목소리로 말했다. 덕분에 초진량과 서자묵은 별 힘 들이지 않고 대화 내용을 자세히 들었다.

노동거사의 뜻을 짐작한다.

환희밀공은 사악하지 않으니 적대시하지 말라 한다. 환희교는 세상이 아는 것처럼 색마색녀들의 집합처가 아니니 할 수 있으면 도와주라고 한다.

어차피 지금 같아서는 그들도 갈 곳이 없다.

초진량, 서자묵, 서채하는 공공연하게 광전신군을 비방해 왔다. 특히 박빙의 경우에는 사사건건 감시를 했다.

지금 돌아가면 숙청 대상이 된다.

“근데 그 말이 사실이라면 넌 어떡할 거야? 화룡인가 하는 것, 볼 거야?”

“설마 사실이겠어? 그냥 하는 말이겠지. 아니지, 노동거사님이 말했지. 이런 제길!”

“사실이라 치고 어쩌겠냐고?”

“보고 싶은데.”

"나도 그래. 그런 거라면 나중에 어찌 되든 간에 일단은 봐야겠지. 그러고 보면 절죽원주와 호리수는 대단해. 환희밀공이 무엇인지 알면서도 배우지 않고 있으니."

"무인과 학자의 차이."

"휴우!"

두 사람은 좀처럼 판단을 내릴 수 없었다.

첨화는 결정을 내렸다.

'환희교로는 돌아갈 수 없어.'

그녀는 붓에 먹을 잔뜩 묻힌 후, 종이에 지하 금맥의 모든 것을 적어나갔다.

먼저 지하 금맥의 형성 유래가 나와야 한다. 지하 금맥이 어떻게 해서 그토록 막강한 재산을 가질 수 있었는가. 그러자면 수백 년 전으로 거슬러 올라가야 한다.

첨화는 간단히 적었다.

수백 년 동안 쌓인 환희교도의 헌납 재산.

이 한 줄이면 모든 것이 설명될 것이다.

두 번째로 중요한 것은 지하 금맥의 부를 거머쥘 열쇠다.

지하 금맥은 환희교를 지켜보고 있다. 그들의 충성심은 대단해서 수백 년을 거쳐 오는 동안에도 배신이란 걸 하지 않왔다.

자신이 그들 앞에 서서 한 말이라고는 단 한마디뿐이다.

"교주님이 가면 알 거라고 하시더군요."

그 한마디에 그들은 자신이 가진 모든 것을 내줬다.

엄청난 재산, 성 하나쯤은 번쩍 들어 올리고도 남을 재산이 너무 쉽게 건네졌다.

교주가 죽고 환희교가 몰락하자 그들은 약간이 재산만 챙겨서 뿔뿔이 흩어졌다.

그들은 어떻게 그럴 수 있을까?

재물은 사람을 현혹시킨다. 살인도 하게 만든다. 친형제 간에도 돈 몇 푼 때문에 멱살잡이를 한다.

한데 그들은 아무 미련도 없다는 듯 훌훌 털고 나갔다.

현재는 무주공산(無主空山)이다.

재산의 소유권을 주장할 수 있는 문서만 남았다. 그것도 먼 저 줍는 사람이 임자다.

첨화는 문서가 들어 있는 철궤를 황산(黃山)에 숨겨놨다.

자신이 죽으면…… 자신이 죽으면…….

그렇다. 자신이 죽으면 끝이다. 지하 금맥의 엄청난 재산 은 임자가 없어진다. 후일, 조금씩 조금씩 운 좋은 사람들이 찾아서 나눠 갖게 되리라.

첨화는 또 한 번 갈림길에 섰다.

'그냥 자진해 버려?

지하 금맥의 재산을 아무도 못 갖게 만드는 거다. 아니면 유화를 죽이는 조건으로 광전신군에게 준다. 유화는 잘살고 있는 자신을 이런 지경에 몰아넣은 장본인이니까.

추하다. 너무 추하다. 한때는 친자매처럼 지냈는데, 그깟 돈 때문에 이 무슨 꼴인가.

첨화는 기껏 써 내려갔던 종이에 불을 붙였다.

습자지가 매캐한 연기를 내며 활활 타들어간다.

그녀는 한 줌 재가 되어버린 종이를 보면서 피식 웃었다.

이래도 죽고 저래도 죽고… 죽지 않는 길은 몸뚱이를 욕망에 전 돼지들에게 던져 주는 길뿐이고……

그녀는 허리띠를 풀어 대들보에 걸었다.

"죽으려고?"

벗의 음성이 들려왔다.

"응. 미안. 미안했어."

허리띠를 매듭짓고 목을 걸었다.

"안 죽어도 돼. 너 용서했어. 네 심정도 알고. 나도 환희교로 돌아가기 싫었으니까."

또 벗의 음성이 들려왔다.

그녀는 급히 뒤를 돌아봤다.

그곳에 그녀, 유화가 서 있었다.

3

혹화녀가 루검비 앞에 다시 나타났다. 그녀는 혼자가 아니었다. 면도의 손을 잡고 있었으며, 매우 다정해 보였다.

"호호호! 이 사람과 나, 원래 이런 사이였는데…… 나 너무 환희교에 길들여져서 옛 버릇이 나왔지 뭐야?"

루검비는 그녀의 수룡이 진탕하는 것을 감지했다.

아주 크게 흥분하고 있으며, 애써 침착해지려고 한다. 수룡은 자꾸 밑으로만 처지고, 독기는 무럭무럭 피어난다.

역시 위험한 여자다. 좋지 못한 의도로 찾아왔다.

"그때 그 일, 나한테는 충격이었어. 잊고 살았는데 휜희교도 다시 떠올랐고. 환희교 만들 거면 우리도 받아줘. 만들지 않을 거라면 우리가 만들려고 해. 네가 수문장이니까 네 허락을 받아야겠지? 우리가 만들어도 괜찮을까?"

"환희교는 만든다고 만들어지는 것이 아닙니다."

"……?"

흑화녀와 면도가 모르겠다는 표정이 되었다.

"이미 만들어져 있는 것을 어떻게 더 만들겠습니까. 이 세상이 환희교입니다. 환희가 넘치는 곳에 환희교가 있습니다."

"거, 무슨 말인지 모르겠고. 받아주든지 말든지 가부간 결정만 해. 사실 우리가 환희교를 만들겠다는데 네가 왈가왈부할 건 없잖아? 누구나 종교는 만들 수 있는 거니까.”

면도가 신경질적으로 말했다.

면도의 화룡은 상당히 미약하다.

화룡이 변질되어 독룡으로 변해가는 중이다.

세상에는 말로 되지 않는 사람이 있다.

죽는 순간까지 악행만 저지르고, 그러면서도 죄책감이라고는 손톱만큼도 느끼지 않는다. 강도나 살인을 하면서 희열을 느끼기 때문에 중단도 하지 않는다.

이런 사람을 두고 선천적으로 악의 기운을 타고났다고 한다.

아니다. 태어나면서부터 악의 기운을 받고 탄생하는 아기는 없다. 모두 순수한 열정과 사랑 속에서 탄생한다. 하나 살아가면서 악행이 화룡을 짓누르면 면도처럼 독룡으로 변하는데, 이 상태에서는 악을 저질러야만 살아 있다는 희열을 느끼게 된다.

독룡이 다시 화룡이 되려면 죽었다가 다시 태어나는 아픔이 필요하다. 실제로도 독룡을 죽이고 새로운 화룡을 탄생시켜야 한다. 그만큼 큰 충격이 아니고서는 절대 선인이 되지 못한다.

이는 육신이 죽고 아기로 재탄생한다는 말과도 상통하며, 불가에서 말하는 ‘업보(業報)’라는 말의 근원이 되기도 한다.

'환희교가 뿌린 씨앗, 내가 거둬야 하지 않을까.'

루검비는 이들을 내보낼 수 없었다.

"당분간 저와 함께 있으면서 진정한 환희교에 대해서 알아가 보죠. 그러시겠다면 함께 있어도 좋습니다."

흑화녀가 씩 웃었다.

"다른 사람도 올 거야. 연락되는 사람들에게는 기별을 보냈는데…… 오든 안 오든 그 사람들 자유고. 그때 그 지옥에서 빠져나온 사람들에게는 모두 기별을 넣었어."

루검비는 알았다는 듯 웃음을 지었다.

뜻밖의 일이 생겼다.

"칠절신군이라고 하네. 자네가 그때 그 꼬마…… 많이 컸군. 의젓해졌고. 후후후! 환희교를 혈겁에서 지켜주지 못해 미안하네. 상관세가 무인들이 워낙 거셌어야지. 이제 환희교를 부활시킨다니 옛날의 즐거움을 다시 만끽해 보세나. 하하하!"

칠절신군은 노골적으로 류취취를 쳐다보았다.

루검비는 미간을 살짝 찌푸렸다.

이들은 하나같이 독룡을 키우고 있다.

어떻게 사람이 이럴 수 있나. 독룡이 이 정도로 커졌다면 얼마나 많은 사람이 죽어갔겠나.

루검비는 통제의 필요성을 느꼈다.

“제가 수문장으로 있는 한 그 누구도 환희교를 침범하지 못합니다. 옛날과 같은 일은 다시는 없을 겁니다.”

순간 칠절신군의 눈가에 살기가 번뜩였다가 사라졌다. 순식간에 일어난 살기였지만 루검비는 그의 독룡을 지켜보고 있었기에 일어나는 즉시 알아볼 수 있었다.

“허허허! 다행이네. 자네가 그만한 무공을 수련했다니, 이처럼 다행스러운 게 또 있겠나.”

“더불어서 환희교의 계율도 엄격하게 지켜질 겁니다. 지키실 수 있겠지요?”

“여부가 있나. 걱정 말게. 환희교의 계율이라면 환히 꿰고 있다네. 하하하!”

칠절신군은 흑화녀, 면도와 눈인사를 주고받았다. 그리고 즉시 류취취에게 걸어가 말을 걸었다.

“소저같이 예쁜 분은 처음이오.”

류취취의 안색은 곱지 않았다.

그녀는 흑화녀와 면도도 마음에 들지 않았다. 그들을 받아들인 이유가 뭐냐고 묻기까지 했다.

그녀 역시 독룡을 볼 줄 안다.

면도나 칠절신군처럼 새까맣게 변한 독룡이라면 냄새가 너무 지독해서 단번에 포착된다.

“왜화창부라고 들어보셨어요?”

“아! 그 희대의 창부…….”

"제가 바로 왜화창부예요."

"아! 그렇소?!"

칠절신군은 오히려 반색했다.

"이렇게 만나니 영광이외다. 하하하! 소저, 소저 이야기 좀 들어봅시다. 소저는 소저가 신화의 주인공이라는 사실을 아시오? 하하하! 소저는 전설이오, 전설. 자자, 여기에 앉아서 이야기 좀 들읍시다."

그가 류취취의 손목을 잡아끌었다.

시서화기(詩書畵棋) 사절(四絶), 검권신(劍拳身) 삼절(三絶).

가히 문무쌍전(文武雙全)의 기재이나 류취취의 눈에서 시궁창의 쥐로밖에 보이지 않았다.

그녀는 그의 손을 뿌리쳤다.

"같은 행가(行家:전문가)끼리 수 쓰지 말아요. 난 당신이 어떤 사람인지 꿰뚫어 봤는데, 당신은요? 절 봤어요?"

"허허허! 맞소. 나도 행가요. 한데 소저 같은 분은 정말 처음이오. 아무것도 읽히지 않습디다. 내가 졌소, 졌어. 하하하!"

"절 읽고 난 다음에 감당할 수 있겠거든 와요."

류취취는 이 부문에서 이 시대 최고의 행가라고 말할 수 있는 여자다. 그렇기에 칠절신군 같은 사람을 어떻게 다뤄야 하는지 안다. 그가 무엇을 원하며, 어떻게 거절해야 하는지도 안다.

그녀는 자신이 알고 있는 방법을 썼다.

'이런 건 정말 싫어.'

그날 밤에는 혈우광도가 찾아왔다.

그는 혼자 온 게 아니다. 무려 삼십여 명에 이르는 도적 떼를 이끌고 왔다.

"내 애들이야. 인사해. 야! 나이 어리다고 무시하지 말고 앞으로 깍듯이 모셔! 알았어!"

"아휴! 비린내. 내 손자뻘밖에 안 되겠구먼 이런 풋내기를……"

"이 새끼가 말하면 들어야지, 뭔 말이 많아!"

휘익! 퍽! 빠악! 퍼억!

"아악! 아이구! 안, 안 그럴게요. 아이구!"

혈우광도는 말에 토를 달았다는 이유로 부하 한 명을 피떡이 되도록 두들겨 팼다.

루검비에 대한 일종의 시위다.

자신의 힘과 폭력성을 알려주고, 일정 부분 자신의 영역을 얻어가겠다는 뜻이다.

이들은 옛날 환희교를 재현하고 있다.

이들 머릿속에는 그때의 모습만 남아 있다.

"오늘 밤, 환희교도의 서약식이 있습니다."

루검비는 간단히 말을 끝냈다.

“먹혔어?”

“먹힌 것 같은데? 안 먹혔으면 어쩌겠어.”

그들은 속삭임조차 숨기지 않았다.

오랜만에 교주를 떠올렸다.

그녀가 그립다. 보고 싶다. 이런 꼴을 보며 한세상을 살았다니, 너무 안쓰럽다.

“어떻게 할 건가?”

절죽원주가 옆에 다가와 앉으며 말했다.

“내가 지옥에 가지 않으면 누가 가겠는가.”

“교화를 생각하나?”

“……”

“힘든 결정을 내렸군. 내가 보기에는 철저히 악에 물든 자들 같은데, 조만간 어떤 결정을 내리는 게 좋지 않겠나. 길게 놔두면 안 될 것 같으이.”

루검비는 고개를 끄덕였다.

어떻게 해야 하나, 저들에게 무엇을 해야 하나.

부처의 경지라면 저들의 독룡을 꺼내 죽이고 새 화룡을 넣어줬을 것이다.

루검비에게는 그런 능력이 없다.

그가 할 수 있는 최선의 행동은 화룡전이뿐이다. 조금씩, 조금씩…… 본인의 화룡에 지장을 주지 않을 정도의 미량만

투입하여 본인 스스로 화룡을 정화해 나가게 하는 방법이다.

한데 이런 방법으로는 사기 정도는 씻을 수 있지만 찌든 때처럼 눌어붙은 독기는 떨어뜨려 내지 못한다.

저들에게 화룡이나 수룡을 일깨워 주는 것도 망설여진다.

온전한 성신이 있어야 일깨우고 말고 할 것이 아닌가. 지금 저들을 자각시킨다는 것은 지옥에서 악마를 불러와 인간 세상에 풀어놓는 결과밖에 안 된다.

저들을 어찌할 것인가.

'일단…… 강력한 통제부터.'

루검비는 모두를 한자리에 불러 모았다.

"뭐야? 훈계라도 하겠다는 거야?"

"수문장이라잖아. 한마디 하겠다는 거지 뭐."

노골적으로 비웃는 소리가 들려왔다.

이들이 입을 열기 전에 혈우광도의 독룡이 꿈틀대는 것을 느꼈다. 그리고 이어서 바로 그의 수하들이 조롱을 던졌다. 사전에 미리 입을 맞춘 의도된 조롱이다.

스르릉!

루검비는 봉황검을 꺼냈다.

봉황검은 여인의 검이다. 여인의 체형에 맞춰서 제작된 검이기에 삼 척 장검보다는 조금 작다. 봉황의 문양도 아기자기하며 검격(劍格)도 예쁘다.

사내가 들면 위엄보다는 소꿉장난이 떠오른다.

"후후후! 저 검 좀 봐."

"자식이 생긴 건 멀쩡한데, 아직 엄마 젖을 덜 뗐군."

이상한 것은 흑화녀의 태도다.

조롱은 혈우광도의 부하들이 하고 있는데, 웃는 건 그녀다.

어쩐지 이 모든 일의 중심에 그녀가 있을 거라는 예감을 떨칠 수 없다.

자신의 생각이 맞을 것이다.

예감은 화룡이 추측한 일을 미리 알려주는 것이다. 주변의 상황을 정리하여 명확하게 인지하지 못했던 새로운 사실이 발견되면 예감이라는 형태로 알려준다.

흑화녀가 오늘의 일을 주도하고 있다.

무엇 때문에…… 왜?

이유야 분명하지 않은가. 환희교라고 해봐야 절죽원주와 호리수까지 합쳐서 달랑 네 명뿐인데, 거기에 뭐 얻어먹을 게 있다고 달라붙겠나.

환희밀공이다. 이들이 원하는 것은 그것뿐이다.

"환희교가 개교하기에 앞서…… 여러분이 궁금해하는 환희밀공의 진수를 보여 드릴까 합니다."

순간, 숨 막히는 정적이 흘렀다.

환희밀공의 무위(武威)는 모든 사람의 관심사다.

"타앗!"

루검비는 봉황검을 들어 일검을 쏟아 냈다.

상관세가의 천수검법이다.

루검비의 팔이 열 개, 스무 개로 불어났다. 그가 떨쳐 낸 검이 집채만 한 바위를 날름 삼켜 버렸다.

갈라진다. 쪼개진다. 부서진다.

화라라라락! 후두두두둑!

“아……!”

“흑!”

구경하던 사람들은 경악을 금치 못했다.

천수검법이란 명칭은 천수관음(千手觀音)에서 비롯되었다.

천수관음은 양쪽에 각각 이십수(二十手)가 있는데, 손바닥에는 눈이 한 개씩 붙어 있다.

천수검법은 천수관음의 대자대비(大慈大悲)와는 아무런 관계가 없다. 단지 검을 극성으로 펼쳐 냈을 때, 천수관음상(千手觀音像)과 똑같다고 하여 천수검법이라 불리게 되었다.

루검비의 모습이 바로 그랬다.

천수관음이 재림했고, 커다란 바위를 녹여 버렸다.

“상관세가의 천수검법인데, 제법 쓸 만하죠?”

“……”

더 이상 조롱은 없었다. 이번에도 혈우광도의 악룡이 꿈틀댔지만 부하들은 꽁꽁 얼어붙어 꼼짝도 하지 않았다.

“예전의 환희교처럼 외세에 멸절당하는 일, 절대 없습니다. 내가 두 번 다시 용납 안 합니다."

그의 선언은 현실처럼 느껴졌다.

"둘째, 환희교의 계율을 어기는 자도 용서 안 합니다. 하니 제 검에 맞서서 싸울 자신이 있거나, 계율을 확실히 지키겠다는 뜻이 없는 사람은 이 자리에서 물러나기 바랍니다."

"허허허! 잘 알고 있다니까. 그렇게 공포감을 조성하지 않아도 우리 모두 잘 알고 있어요. 그렇지 않소, 여러분?"

칠절신군이 어색한 웃음을 흘리며 중인들을 다독거렸다. 하나 이번에도 동조는 일어나지 않았다. 그의 말보다는 루검비가 내뿜는 화룡의 위세가 훨씬 강했다.

"그럼 지금부터 환희교 계율을 말하겠습니다. 지키지 못하겠다 싶은 분은 언제든 자리를 박차고 일어서십시오."

"계율은 다 알고 있다니까. 허허허!"

"첫째! 살인하지 말라."

조용한 침묵이 흘렀다.

"둘째, 거짓말하지 말라."

살인과 거짓말은 화룡을 위축시키는 결정적인 요인이다. 성신을 보겠다면서 성신을 모욕하는 행위를 하면 안 된다.

루검비는 예전의 계율을 말하고 있지 않았다. 그것은 그도 모른다. 그가 말하고 있는 것은 환희밀공을 수련하며 자신이 느끼고 체험한 것 중에서 환희교도라면 당연히 지켜야 할 일이다.

“허허! 거짓말을 누가 한다고.”

순간 루검비의 눈매가 날카로워졌다.

“칠절신군, 성신을 믿습니까?”

“믿는다니까 그러네. 믿으니까 환희교에 들어왔지. 안 그런가?”

“환희교도가 된 후에 전 지금과 똑같은 물음을 던질 겁니다. 그때도 지금과 같이 말씀하시면…… 칠절신군은 제게 죽습니다. 전 성신을 봅니다. 거짓말을 하면 성신이 움츠러듭니다. 아시겠습니까? 제 앞에서 거짓말은 통하지 않습니다.”

“뭐야! 보자 보자 하니까, 젊은 사람이!”

루검비는 봉황검을 들어 올렸다.

“제 검에 맞서 싸울 자신이 있거나!”

“…….”

“계율을 지킬 수 있는 자! 그 외에는 물러나시오!”

루검비의 두 눈에 뜨거운 화염이 이글이글 타올랐다.

그의 진심이 느껴진다. 그의 검이 춤을 춘다. 살인을 하거나 거짓말을 하는 자, 그의 검에 베이리라.

“꿀꺽!”

누군가 침을 삼켰다.

그들은 거짓말을 밥 먹듯이 한다. 살인도 심심하면 저지른다. 지금에 와서는 그것이 특별히 잘못된 것이라고 생각하지도 않는다.

"나, 나는 아무래도……."

혈우광도의 부하 중에 한 명이 슬그머니 일어나더니 뒤로 꽁무니를 뺐다.

"앉지 못해!"

"두목…… 저는……."

"이 새끼가!"

뒤로 물러서려던 자가 다시 주저앉았다.

루검비는 자신의 판단이 틀렸음을 인정해야 했다.

이들에게는 협박이 통하지 않는다. 오랜 세월 악에 물들어 살아왔기에 목숨을 너무 가볍게 여긴다.

이들은 물러서는 것보다 환희밀공을 얻는 쪽을 택했다. 목숨에 위협이 되는 줄 빤히 알면서도 그 길을 택하고 있다.

결국 멀지 않은 날에 피바람이 불 게다.

'회개도 안 되고 통제도 안 되고…….'

루검비는 검을 꽂았다.

계율도 더 이상 말하지 않았다. 원래는 몇 개를 더 말할 생각이었다. 한데 협박이 통하지 않았다. 통제가 되지 않는다. 다 부질없다. 성신 자체가 악에 물들어 버린 사람은 구제할 방도가 없다.

감히 이들을 교화시키겠다고 생각한 자신감은 어디서 나왔던고.

"자자, 이야기가 끝난 듯하니 이제 가서 쉽시다. 먼 길도 오시지 않았소. 자네도 그렇지. 환희교도가 되겠다고 온 사람들을 첫날부터 이리 대하면 쓰나. 오늘 같은 날은 잔치라도 베풀어야지. 어디 술이 없나? 소저, 술…… 허허! 없겠지.”

칠절신군이 혈우광도의 수하들을 일으켜 세웠다.

혈우광도와 면도의 입가에 웃음기가 번졌다.

혈우광도가 류취취의 손목을 억세게 잡았다.

“너, 오늘 나랑 자자.”

류취취는 한 호흡을 쉬었다. 그리고 말했다.

“성신을 먼저 보세요.”

“네가 보여줘. 옷만 벗으면 보여줄 수 있잖아.”

류취취는 다시 한 호흡을 쉬었다.

이런 자는 칠절신군 같은 자와는 또 다르다. 한 번 목적한 일은 호된 일을 당하기 전에는 절대 포기하지 않는다. 지금까지 하려고 해서 하지 못한 일이 없었기 때문에 생긴 버릇이다.

이번에는 자신을 탐한다.

옷을 벗고 그와 잠자리를 같이 해야만 실랑이가 끝난다.

계속 말로 버티지도 못한다. 앞으로 두어 번 말을 섞다가 안 되겠다 싶으면 무력을 사용할 위인이다.

“여기 들어오기 전에 우리에 대해서 조사했죠?”

“응? 흐흐흐! 알고 있었네.”

"그런데도 자신있었나 보죠?"

"참 말 많네. 오늘 이 어르신과…….."

쒜엑! 퍼억!

류취취의 주먹이 혈우광도의 복부에 틀어박혔다.

"커……억!"

혈우광도의 상체가 반쯤 꺾였다.

"명심해 둬. 난 가가와 달라. 가가처럼 정에 연연하지 않아. 너희 같은 새끼들…… 지겹게 겪어봤거든. 이제부터 너흰 내 먹이야. 어떻게 요리해 줄까?"

퍼억!

"꺼……어억!"

혈우광도의 몸이 다시 한 번 휘청거렸다.

"말만 해. 죽여달라면 죽여줄게, 쥐도 새도 모르게. 그 정도 아량은 베풀어줄 수 있어. 원하기만 하면 언제든지. 지금 죽여줄까?"

투웅!

그녀는 자신도 모르게 수룡을 쳐내 혈우광도의 독룡을 쳤다.

이 순간, 그녀의 몸에 깃든 것은 수룡이 아니라 독룡이었다.

옛날 일을 떠올려 나쁜 기억을 회상하자 몸의 기운이 완전히 바뀌었다. 사랑과 평화가 깃들어야 할 육신에 살기와 미움이 가득 차니 수룡의 성질이 바뀐 것이다.

"흐윽!"

혈우광도의 낯빛이 잿빛으로 변했다.

류취취의 독룡이 혈우광도의 독룡을 제압해 버렸다.

그녀가 사기를 버리고 수룡을 키우기 시작한 것은 일 년도 채 안 된다. 그 짧은 시간 동안 키운 수룡이 악으로 점철된 혈우광도의 오십 년 세월을 눌러 버린 것이다.

"내 말 꼭 전해. 쥐 죽은 듯이…… 쥐 죽은 듯이 있어."

퍼억!

"끄윽!"

그녀의 주먹이 다시 한 번 작렬했다.

펑! 투웅! 펑! 투웅!

루검비는 류취취의 몸에 화룡을 전이시켰다.

이는 무인들이 행하는 내공 주입과 다를 바 없었다. 단지 진기가 아니라 성신끼리 어울린다는 점이 다를 뿐이다.

"휴우!"

류취취가 긴 한숨을 내쉬었다.

"됐어?"

"응."

"그러게 뭐 하러 그래."

"가가라는 사람이 물러 터졌으니까 나라도 나서야지."

“그러지 마.”

“다시는 안 그럴 거야. 나 무서워. 오늘 안아줄 수 없어?”

류취취가 그의 품을 찾았다.

그녀는 비 맞은 참새처럼 오돌오돌 떨고 있었다.

아무것도 모르고 악을 저지르던 옛날의 그녀가 아니었다. 지금은 자신이 무엇을 하는지 똑똑히 본다.

그녀는 수룡이 독룡으로 변하는 모습을 봤다.

자신의 내면에 혈우광도 같은 사람조차 꿈쩍하지 못하는 독룡이 살고 있다니.

“다시는 쓰지 않을 거야. 기분 나쁜 그거⋯⋯.”

그녀는 정말 무서웠다.

第三十四章
나타나는 흡정대법

歡喜密功
환희밀공

1

운공조식(運功調息)이나 면벽참선(面壁參禪)은 육체적, 정신적으로 공통된 상태를 요구한다.

육신의 힘이 완전히 빠져나간 이완 상태여야 한다.

자신을 생각을 올곧이 꿰뚫어 보고 통제할 수 있어야 한다.

그 순간만큼은 세상에서 벗어나 오로지 자신의 내면에만 충실해야 한다.

당연히 몸 밖에서 일어난 일에는 신경을 쓰지 못한다.

이런 연유로 무공의 고하를 막론하고 수련을 행할 때는 호법이 필요하다. 다람쥐가 기어오르고, 고양이가 할퀴어도 저항하지 못하는 상태가 되기 때문이다.

루검비는 이틀 동안이나 앉은 자리에서 꼼짝하지 않았다.

그 곁을 류취취가 지켰다.

그녀 역시 먹지도 자지도 않았다. 흉흉한 늑대 무리들이 호시탐탐 기회만 엿보고 있다는 것을 알기 때문에 소변조차 누지 못한 채 자리를 지켰다.

"후우!"

루검비가 긴 잠에서 깨어나며 신선한 공기를 들이켰다.

"고생했어."

그 한마디, 류취취는 이틀간의 피로가 봄 눈 녹듯 사라지는 것을 느꼈다.

정사란 필요한 것이다.

반려자가 있는 상태에서는 치솟는 욕구를 억지로 누를 필요가 없다. 마음껏 발산하는 게 오히려 좋다.

화룡을 키우기 위해서는 더더욱 정사가 필요하다. 아니, 수룡의 도움을 받아야 한다. 화룡만 분투하면 하나만 얻을 것을 수룡과 함께하면 같은 시간, 같은 노력에 열을 얻는다.

음양의 조화란 이토록 신비롭다.

독룡들을 어떻게 할 것인가?

이들을 교화시키겠다는 자신감은 어디서 나온 것인가?

루검비는 이 두 가지 물음에 대한 해답을 찾기 위해 내면으로 들어갔다.

화룡과 무수히 많은 대화를 나누었다.

죽여야 한다. 그 방법밖에 없다. 독룡을 제거하고 새로운 화룡을 넣어줄 수도 없지 않은가. 그만한 능력이 안 되는 것을 어찌하는가. 그렇다고 방치할 수도 없다. 이런 자들은 세상에 해악만 끼친다. 하니…… 죽이자.

화룡도 살인을 한다.

류취취가 보았던 화룡의 이면이다.

불가에서 오계(五戒)는 모든 계(戒)의 근본으로 여긴다.

살생하지 않고[不殺生], 도둑질하지 않고[不偸盜], 사음하지 않고[不邪淫], 거짓말하지 않고[不妄語], 술 마시지 않는 것[不飮酒]이 오계다.

하나 이 오계는 엄밀히 말하면 일계를 빼야 한다.

마지막 술 마시지 말라는 불음주(不飮酒)는 술을 마심으로써 다른 계를 범할 가능성이 높다는 경계의 의미로 넣어진 것이다.

살생(殺生), 투도(偸盜), 사음(邪淫), 망어(妄語).

이 네 가지만이 성신과 밀접한 관계를 가진다.

환희교의 교리나 불교의 교리나 자신을 가다듬는 부분에서는 맥을 같이한다.

불가는 계를 어기면 어찌한다 했는가. 수많은 번뇌와 고통이 따를 것이라고 했다.

파계(破戒)를 한 자에게 인간이 주는 형벌은 수많은 고통

중 하나에 지나지 않는다. 그에게는 더 많은 번뇌와 고통이
스며들 것이다. 차라리 알지 못했다면 일어나지 않았을 번뇌
가 부처님을 알게 됨으로 해서 일어나게 된다.

소월신투가 같은 경우다.

그녀는 살인을 한다. 그리고 사람을 죽일 때마다 죄책감을
느끼며 괴로워한다.

그녀의 살인은 과한 감이 없지 않아 있으나 할아버지의 복
수라는 당당한 명분이 있다. 할아버지의 죽음도 근본 원인은
그녀에게 있지만, 모적방주를 죽이겠다는 생각에는 별다른
하자가 없어 보인다.

이것이 일반인의 생각이다.

수룡을 알게 되면 이야기가 달라진다. 살인을 할 때마다,
거짓말을 하고 음란한 행위를 할 때마다 수룡이 움츠러드는
것을 본인 스스로 느끼게 된다.

수룡을 보지 못했다면 알지 못했을 것을 봄으로써 알게 된
다.

그런데도 살인을 할 때가 있다.

살인을 함으로써 밀려올 수많은 번뇌와 고통을 감수하고
칼을 휘두른다.

만인을 위해 자신을 희생할 경우다. 한 사람의 마인을 살려
둠으로써 수백 명이 고통을 받는다면 기꺼이 그를 죽여 만인
을 고통에서 벗어나게 하고 자신은 살인의 대가인 번뇌와 고

통에 시달린다.

바로 화룡의 이면이다.

이들을 모두 죽여 세상을 정화시키고, 자신은 이들을 죽였다는 죄책감을 간직한 채 평생을 산다.

이러한 고통은 결코 죽는 것에 뒤지지 않는다. 차라리 속 편하게 죽는 것이 나을지도 모른다.

루검비는 살인의 유혹을 뿌리쳤다.

이들을 교화시키겠다는 자신감은 자신, 즉 화룡이 선언한 것이다.

어렵지만 할 수 있으니 이들을 받아들였다. 이제 와서 그 길이 힘들다고 살인이라는 간단한 방법을 선택한다면 그의 화룡은 여기서 성장을 멈추리라.

그는 결심했다.

독룡이 어떻게 변할지 모르지만 화룡전이를 해야 한다. 이들도 자신의 내면에 엄청난 힘이 있다는 것을 알 권리가 있다.

"더 이상 안 되겠어. 보아하니 화룡전이인가 뭔가 할 모양인데, 저들이 모두 환희교도가 된다는 걸 생각해 보게."

"요즘은 이런 생각이 듭니다. 그것도 우리의 선입견이 아닌가 하는. 원래 나쁜 사람은 없지 않나요? 저들을 교화시켜서 착한 사람을 만들 수 있다면 화룡을 알게 해주는 것도 나쁘지 않다고 봅니다.”

“아무하고나 혼교(混交)를 해도 말인가?”

“그게 우리 기준이라니까요. 우리는 내 부인, 네 부인 가르지만 그런 게 없는 집단도 있을 수 있지 않나요?”

절죽원주는 고개를 흔들었다.

“아냐. 아무리 생각해도 그건 아냐. 무언가 크게 잘못된 거야. 일단을 보여줄 생각이네. 알고야 이런 일을 하겠나. 말이 좋아 화룡과 수룡이 얽히는 거지, 막말로 하면 제 여자를 이놈 저놈이 마구 품어도 괜찮다는 것 아닌가. 자기도 마찬가지고. 아무리 생각해도 이건 아니네. 신의 세계가 이렇다면 차라리 인간 세계가 좋지 않나 싶네. 지킬 것은 지켜야 인간이지.”

“교리를 다 푸셨군요.”

류취취가 걸어오며 말했다.

그들의 대화를 들은 게 분명했다.

“다 푸셨으면 보여주세요. 얼른 보고 싶어요.”

“그게…….”

“왜요?”

절죽원주는 잠시 망설이다가 어쩔 수 없는 듯 책자를 꺼냈다.

“이걸 루검비에게 줄까 말까 망설이는 중이었지.”

“안 좋은 내용이 있나 보죠?”

“읽어보고…… 읽어보고 판단하시오. 휴우!”

절죽원주는 긴 한숨을 내쉬었다.

류취취는 밤을 꼬박 밝히며 경전을 읽었다.

처음에는 시간 날 때마다 읽어볼 생각이었는데, 첫 장을 읽자마자 푹 파묻히고 말았다.

자신이 경험했던 부분이 나올 때는 고개가 절로 끄덕여졌다. 처음 보는 부분이 나오면 정신을 집중해서 깊이 파고들었다.

경전은 환희밀공의 해설서나 다름없었다.

환희교의 교리라는 말도 틀리지 않다.

경전 중 절반은 성신이 완전히 성숙하기 위해 거쳐 가는 단계를 설명했고, 나머지 절반은 환희교도가 어떻게 살아가야 하는지에 대한 도리와 의무를 기재해 놓았다.

'이게 환희밀공…….'

그녀는 책자를 덮으며 가슴 뿌듯한 희열을 맛봤다.

자신에게 이런 일이 생겼다는 게 믿기지 않는다. 이토록 심오하고, 위대하며, 힘든 길을 루검비라는 사내와 함께 가고 있다는 사실에 가슴 벅찬 감동이 치밀었다.

한편으로는 마음이 무거웠다. 너무 무거워 철판에 짓눌리는 것 같았다.

환희교도…… 그들은 모두 한 가족이다.

다접, 혼교만 문제가 되는 게 아니다. 이런 식이라면 부모

와 자식 간의 구분도 없어진다.

말세(末世).

인간은 이런 지경을 말세라고 칭한다.

환희밀공의 최고 경지가 말세다.

본인들의 의식이 아무리 숭고하고 좋을지라도 벌어져서는 안 되는 일이 벌어진다. 인간의 윤리가 산산조각 난다. 인간의 잣대로 신의 영역을 재기 때문일까? 신의 세계에는 윤리가 없는가?

'뭔가 잘못됐어.'

그녀는 숨이 막혔다.

"봐."

"……?"

"청음산 쌍괴목에 있던 교리야. 내가 산을 내려올 때 가져왔는데, 범어로 적혀 있더라. 다행히 우리에겐 천하의 석학이 있잖아. 번역을 부탁했어. 이게 그거야."

루검비는 머리를 내저었다.

"교리는 나중에……."

"지금. 지금 꼭 봐야 돼. 화룡전이를 할 거잖아. 그렇지? 그걸 하기 전에 먼저 이것부터 봐. 이걸 보고 난 다음에…… 그 다음에 하는 행동에 대해서는 무조건 믿고 따라갈게."

류취취가 이렇게까지 말하는 데야…… 루검비는 교리를

받아 들 수밖에 없었다.

절죽원주의 번역본이 루검비의 손에서 한 줌 재가 되었다.
번역이 잘못되었다. 환희밀공이 이럴 리 없다. 기껏 선(善)을 쌓았더니 말세가 된단 말인가.
눈살이 저절로 찌푸려졌다.
그가 지난 이틀 동안 번뇌한 것 중에 하나가 불가의 사음(邪淫)이다. 사음이란 무엇인가. 배우자가 있는 남의 남편이나 아내를 범하는 것이다.
사음을 말한 사람은 부처다.
환희밀공과 같은 종류의 공부를 한 사람이 사음을 말했다면 환희밀공도 같은 말이 나왔어야 한다.
적어도 경전에는 그와 비슷한 말이 들어 있어야 한다.
그가 지금까지 경전을 찾지 않은 이유도 이것 때문이다.
다음(多淫), 혼음(混淫), 사음(邪淫)…….
경전에는 이를 경계하고 제어하는 말이 들어 있어야 한다. 하지만 없다면…… 아무 말도 없다면 어찌하는가. 화룡이 시키는 대로, 수룡이 일어나는 대로 마구 뒤엉키면 되는 것인가.
모든 일에는 절제가 요구된다.
루검비는 자신이 이 부분에 대한 해답을 먼저 찾을 생각이었다. 그런 다음에 교리를 읽어서 자신이 생각한 것보다 더 좋은 방법이 나오면 그를 따르고, 언급이 전혀 없으면 자신의 방식대로 이끌어 나갈 계획이었다.

단, 그 방법이란 것이 머리로 생각한 것이 되어서는 안 된다. 환희밀공이 이끌고, 화룡이 절제할 수 있는 방식이어야 한다. 이성적으로는 안 된다고 생각하면서 손이 남의 아내를 더듬는 식이어서는 안 되는 것이다.

아직 아무것도 증명된 것이 없는데…….

삐억! 퍽!

무공도 모르는 사람들을 제압하는 건 주먹 두 대면 충분하다.

칠절신군은 절죽원주의 품을 뒤져 비급으로 보이는 서적 한 권을 찾아냈다.

'범어?'

시서화기에 능통한 그는 범어를 단번에 알아봤다.

심상치 않다. 하긴 루검비와 주고받는 물건이라면 굉장한 값어치가 있을 것이다.

그는 재빨리 비급을 품속에 갈무리하면서 주위를 돌아봤다.

다행히 아무도 없다.

그는 흑화녀의 계획이 마음에 들지 않았다. 류취취가 간단하게 혈우광도를 제압하는 모습을 본 순간, 흑화녀의 함정에 말려들었다는 걸 새삼 절감했다.

자신과 혈우광도가 합공을 해도 류취취를 건드리지 못한다.

그녀는 뭐라고 말할 수 없을 만큼 강하다. 면도까지 힘을 합쳐도 된다는 보장이 없다.

한마디로 두 사람이 뒈지든 말든 자신들은 루검비만 제거하고 도주하겠다는 심산이다.

'나쁜 것……'

그는 루검비가 가르쳐 주는 환희밀공보다 비급 쪽을 택하기로 했다.

그게 더 안전하게 빠져나갈 수 있고, 무엇보다도 세상에 어떤 미친놈이 자신이 알고 있는 비기를 전부 전수해 주겠는가. 딱 써먹기 좋을 만큼만 가르쳐 줄 게다.

그런 건 백번 배워봤자 종 노릇밖에 못한다.

그럴 바에는 차라리 비급을 가지고 도주하는 게 낫다. 비급이 있는지 몰랐다면 어쩔 수 없이 배우겠지만, 이렇게 비급이 존재한다면 기다리는 놈이 미친놈이다.

'좌우지간 고것…… 잔머리 하나는 기가 막히단 말이야.'

처음에는 흑화녀의 계획을 듣고 긴가민가했는데, 막상 부딪쳐 보니 틀린 부분이 하나도 없다.

한눈에 루검비의 성격을 환히 읽어버렸다. 그리고 거기에 맞춰서 계획을 짰다.

혈우광도가 괜히 부하들을 이끌고 온 게 아니다. 그놈 여자인 줄 알면서도 계속 찝쩍거린 것 또한 계획에 있었다. 물론 쥐어터지는 것만 말고.

그놈은 처음에는 갈등을 느끼겠지만 '사랑'을 교리로 삼는 환희교 특성상, 그리고 여리디여린 놈의 성격상 사악함에 찌든 영혼을 구제하려는 마음을 갖게 된다.

환희밀공을 내놓을 수밖에 없다.

한데 와서 보니 계획이고 나발이고 다 필요없었다.

놈은 환희밀공을 가르쳐 주지 못해서 안달 난 것 같다. 아무 계획 없이 그냥 나타났어도 전수해 줄 놈이다. 정말 미친 놈이거나 알지 못하는 암수(暗手)가 숨어 있을 것이다.

놈이 가르쳐 주는 환희밀공을 배우는 것도 찝찝하다.

'역시 이게 낫지.'

그는 다시 한 번 주위를 살펴본 후 슬그머니 몸을 빼냈다.

삼사 리쯤 벗어나 한숨 돌려도 되겠다 싶자 칠절신군은 신법을 멈추고 큰숨을 들이쉬었다.

"그놈들이 뒈진 건 내일 아침에나 알게 될 테니, 그전까지 최대한 달아나야겠군."

당분간 심산유곡에 은거하여 비급을 연구한다. 그 후, 사오 년 정도 수련하고 무림에 나서면 그의 발 앞에 무릎 꿇지 않는 여인들이 없을 게다.

"후후후!"

그가 옅은 웃음을 터뜨릴 때,

"좌우지간 머리 좋은 놈들은 꼭 신경 쓰게 한다니까. 어이, 칠절. 그 비급, 우리도 좀 보자!"

음침한 음성과 함께 면도와 흑화녀가 나타났다.

"흐흐흐! 칠절, 네놈이 쥐새끼라는 건 진작 알았는데……."

혈우광도 역시 수하들과 함께 모습을 드러냈다.

그들은 미리 와서 기다리고 있었다. 어떻게 이런 일이 가능할까? 길도 없는 곳을 무작정 뛰어왔는데, 어떻게 앞길을 막을 수 있을까.

"허허! 원래 강호 인심이란 게 다 그런 거잖소. 이제 들켰으니 다 함께 나눠 봅시다. 허허허!"

"누가 나눠 보겠데?"

쒜에에엑!

혈우광도가 묵직한 도를 휘두르며 돌진해 왔다.

"와! 죽여!"

그의 수하들도 개미 떼처럼 달려들었다.

"이걸로 화근 하나는 덜어냈어요."

"그런 것 같군. 하지만 이게 최선일 거라고는 생각하지 않네. 역시 루검비에게 물어봤어야 했을 것 같아."

"물어보면 말렸을 겁니다."

“허어!”

절죽원주와 호리수는 피비린내 나는 싸움을 지켜보았다.

류취취가 경전을 읽을 때, 루검비에게 건네졌을 때 저들은 탐욕스런 눈초리로 경전을 노려봤다.

호리수는 그 탐욕을 이용하여 오늘 이 자리를 마련했다.

루검비와 류취취가 없는 곳에서 두 사람이 산책을 한다는 것만으로도 굉장한 미끼가 되었다.

경전을 빼앗기는 것은 정해진 것이었고…… 문제는 이들을 한자리에 모으는 것이었다.

그래서 호리수는 오 리 밖에다 등불을 밝혔다.

야밤에 밤길을 걷는 사람은 본능적으로 불빛을 찾아가게 된다는 심리 요인을 이용했다. 면도와 혈우광도를 움직이는 건 더 간단했다. 뒷머리를 잡고 뒤척이는 행동만으로도 그들은 움직여 주었다.

어느 쪽으로 갔소? 저쪽으로.

그리고 그곳에 불빛이 있었다.

칠절신군은 혈우광도의 수하를 여섯 명이나 베었으나 결국 등이 쩍 벌이지는 큰 상처를 입고 말았다.

비틀거리는 그를 혈우광도가 단칼에 베었다.

그가 목이 떨어진 시신에서 비급을 주웠다. 그런데…… 그가 비틀거린다. 칠절신군은 죽어서 움직이지 못하는데, 꼭 반격을 당한 사람처럼 휘청거린다.

“저놈들을 죽엿!”

그의 음성이 밤하늘을 울렸다.

아비규환, 인간지옥이 연출되었다.

흑화녀가 꼬꾸라졌다. 면도 역시 날랜 신법을 자랑했지만 혈우광도의 무지막지한 도법 아래 피를 뿌리며 쓰러졌다.

그들의 몸뚱이 위를 혈우광도와 그의 수하들이 차곡차곡 뒤덮었다.

“염사독이 있는 건 어찌 알았누?”

“흑화녀가 두 번, 세 번 챙기더군요. 한 번에 모두를 쓰러뜨리기 위해서 꽤나 애쓰더라고요.”

“휴우! 그만 가세. 독기가 여기까지 밀려오는 것 같네.”

두 사람은 등을 돌리다 말고 멈칫 섰다.

그곳에 두 사람이 서 있었다. 류취취와 루검비였다.

“두 분…… 환희밀공을 배우시지 않았지만 제 뜻은 아시리라 믿었거늘.”

“이보게!”

“가십시오. 두 분이 썼던 누명은 며칠 안에 벗겨놓겠습니다.”

루검비는 그들을 남겨놓고 달빛을 받으며 걸어갔다.

2

여섯 사람은 모닥불을 가운데 두고 많은 이야기를 나눴다.

노동거사가 환희교와 환희밀공에 대해서 말해주고 간 뒤라 할 말들이 많았다.

무천 통령 세 사람의 관심은 단연 성신에 있었다.

"그러니까 수룡을 느끼면 진기 수련 같은 건 안 해도 된다는 말이잖소? 허! 이거야."

"남자는 양(陽), 그래서 수룡이 아니라 화룡이에요."

"그럼 내 공격을 막은 것도…… 내공이 아니란 말이오?"

"전 내공 수련을 해본 적이 없어요."

유화가 서자묵의 앞으로 걸어가 바싹 다가앉았다.

"험험! 소, 소저! 왜?"

"만져 보세요."

"험험! 뭘, 뭘 만져 보란 말이오?"

서자묵의 얼굴이 새빨개졌다.

유화는 서자묵의 손을 덥석 잡아 자신의 배꼽 밑에 댔다.

"어때요?"

서자묵은 무인이다. 유화가 엉큼한 생각으로 행한 행동이 아니란 걸 안다. 그녀가 취한 행동은 답답하게 백 번 말할 필요없이 간단하게 단전을 살펴보면 알지 않겠냐는 뜻이다.

서자묵은 진기를 쏘아냈다.

"……."

아무런 흔적도, 느낌도 없다. 그냥 푹신푹신한 솜을 찌른 것처럼 포근한 살결이 감싸올 뿐이다.

서자묵은 눈을 부릅뜨면서 천천히 손을 뗐다.

"맞죠?"

서자묵은 입만 쩍 벌린 채 대답하지 못했다.

단전이 형성되지 않았다. 경혈은 존재하지만 본격적으로 수련한 흔적이 없다. 약간이라도 수련하면 단전 자리가 단단해지면서 부풀어 오르는데, 그런 흔적이 전혀 없다.

유화가 생글 웃으며 자기 자리로 돌아갔다.

"정말 단전이 없어?"

단전이 없을 리 있나. 수련한 흔적이 없냐는 뜻이다.

"없…… 없어."

"정말?"

"그렇다니까!"

서자묵이 빽! 고함을 질렀다.

머리가 뒤죽박죽이 뒤엉켜서 혼란스러워 죽겠는데 신경질 나게 왜 자꾸 말을 거냐는 투다.

"별 희한한 무공…… 아니, 신(神)도 다 있네. 몸속에 들어 있는 신이라… 그럼 내 몸속에도 들어 있다는 건데."

초진량이 고개를 숙여 몸을 들여다봤다.

화룡이 보일 리 없다.

"앞으로는 어떻게 할 거야?"

박빙이 소월신투를 보며 물었다.

소월신투는 유화를 쳐다봤다.

"날이 밝는 대로 넌 가, 네 자리로. 네 남자 죽인 것, 정말 미안해. 그때는 지금 같은 사정이 아니었으니까. 이해해 줄 거지?"

그녀가 첨화를 보며 말했다.

무천에서 그녀를 빼내오는 것은 위험한 일이었다. 자칫 발각이라도 되는 날이면 세 통령도 반도로 몰릴 가능성이 매우 높았다. 하나 유화의 간곡한 청 때문에 어쩔 수 없이 빼내왔다.

"나, 검비 그 아이 만나보고 갈래. 정말 환희교가 그렇게 바뀌었는지 내 눈으로 보고 싶어."

"우리도 언제 만날지 몰라."

"아니, 언니는 가. 난 모적방과 해결해야 할 문제가 있으니 중원을 떠돌아야 되지만, 언니는…… 그 사람 곁에 있어야지."

소월신투가 대화에 끼어들었다.

"우리가 걱정인가? 우린 어쩐다? 이제 무천으로 가긴 힘들고."

서자묵이 말했다.

"난 조하랑 같이 다닐래. 혼자 다니게 할 순 없잖아."

박빙 서채하가 소월신투를 보며 말했다.

"그럴 필요 없어. 난……."

“어차피 무천을 나오려고 했어. 더 이상 내가 생각했던 무천이 아니거든. 하니 부담 갖지 마. 내가 좋아서 하려는 거야.”

박빙이 소월신투의 손을 잡고 토닥거렸다.

그러나 포근한 정을 나누는 것도 잠시, 두 사람의 표정은 나무토막처럼 딱딱하게 경직되었다.

다른 사람들도 마찬가지다.

초진량은 재빨리 발로 모닥불을 껐다. 서자묵은 몸을 돌려 뒤를 쳐다봤고, 유화는 눈을 감고 주위의 기운을 살폈다.

“한 명.”

“한 명이야!”

유화와 소월신투가 거의 동시에 말했다.

“휴우!”

초진량이 긴 한숨을 내쉬었다.

다가오는 자가 한 명이면 두려워할 필요가 없다.

반면에 유화와 소월신투는 더욱 경직되었다.

“굉장히 강해.”

“살기가…… 이렇게 짙은 살기는…….”

두 여인의 능력이 어디서 나오는지 알고 있는 사람들은 다시 긴장하지 않을 수 없었다.

저벅! 저벅!

드디어 발걸음 소리가 들려왔다.

초진량이나 서자묵도 상대의 기도를 읽어냈다. 발자국 소리가 들리지 않을 때부터 읽고 있었다.

'이런 고수라니!'

느낌만 가지고 말하라면 삼관 중에 한 명이 온 것 같다.

"어디 갔나 했더니, 모두 여기 있었군."

그가 입을 열었을 때, 무천 무인들은 비로소 그가 누구인지 알았다.

'광전신군!'

그들은 일어섰다.

불길한 예감은 현실이 되어 나타났다. 광전신군은 통령을 이끄는 총통령이다. 그의 무공은 삼관과 어깨를 나란히 한다는 풍문까지 있다. 실제로 그는 삼관을 안중에 두지 않고 행동한다.

"총……통령."

"너흰 뭐 하는 자들인가? 유화라는 계집을 베라고 보냈더니 같이 불이나 피워놓고 모여 앉아서 시시덕거려? 그러고도 무천 통령이라고 할 수 있는가! 자네들이 정녕 무천을 위해서라면 처자식까지도 죽일 수 있다는 악질 칠통령이 맞아!"

광전신군이 고함 소리에 깊은 잠에 빠졌던 산새들이 깜짝 놀라서 푸드덕 날아올랐다.

"그리고 자네……."

광전신군이 박빙 서채하를 쳐다봤다.

"자넨 어찌 그리 이기적이야?"

"……?"

"자네는 날 지켜보면서 난 자넬 지켜보면 안 되나? 자네가 들락거리는 개구멍쯤 파악하지 못할 줄 알았나? 저 계집이 나한테 얼마나 소중한지 알기나 하고 빼낸 거야? 빼내려거든 완벽하게 빼내던가. 이 무슨 어수룩한 짓이야!"

광전신군이 첨화를 가리키며 말했다.

그의 말을 듣다 보면 상관이 수하를 나무라는 듯이 보인다. 하나 지금 그럴 상황이 아니니 조롱이라고 생각해도 무방하리라.

그는 박빙을 따라왔다.

무천의 치밀한 눈, 천목대가 박빙과 유화, 그리고 첨화의 움직임을 낱낱이 파악해 냈다.

"자네들은 물러서 있어. 어차피 해결할 일, 빨리 해결하는 게 낫겠지. 오늘 힘 좀 써야겠군."

광전신군이 목을 좌우로 흔들자, 목에서 우드득 소리가 울렸다.

"신군, 그전에……."

초진량이 광전신군이 앞을 가로막았다.

"구욱동을 베었다고 들었소이다. 명분은 하극상이라는데…… 우리 모두 알다시피 그는 총통령의 개. 자신의 애완견까지 죽인 이유가 뭔지 알고 싶소이다."

"나도 그 점이 궁금했어. 뭣 때문에 죽인 거요?"

서자묵이 초진량 옆에 섰다.

"치잇! 나한테는 한마디도 않고 자기들끼리. 나도 무천인
것 몰라? 왜 나만 빼놓는 거야?"

박빙 서채하가 서자묵 곁으로 다가가 섰다.

그녀는 뒤도 돌아보지 않고 말했다.

"조하, 미안하지만 무천 싸움을 외인에게 보여주고 싶지
않아. 모두 데리고 가줄래?"

그녀의 말을 유화가 받았다.

"우릴 생각해 준 것 고마워. 하지만 우리도 갈 수 없을 것
같네. 곳곳에서 화룡이 느껴지는데, 한데 모여 있거나 진을
형성하지 않고 삼삼오오 모여 있어. 아마도 매복을 건 것 같
아. 빠져나가려면 시간 좀 걸릴 거야."

그녀의 말이 끝날 때까지 묵묵히 듣고 있던 광전신군이 앙
천광소를 터뜨렸다.

"우하하하! 통쾌하구나! 통쾌해! 이것이 진정한 환희밀공.
하하하! 정말 기분 좋아. 환희밀공과 겨뤄볼 수 있다니!"

그는 더 이상 환희밀공에 연연해하지 않았다. 아니, 오히려
환희밀공을 선보이자 너무 즐거워했다. 무공을 얻을 욕심이
아니라 겨뤄볼 욕심인 것은 분명했다.

"자네들, 거치적거리는데 비켜주겠나? 아니면 빨리 끝내
고."

광전신군의 눈길은 유화에게 못 박혀 떨어질 줄 몰랐다.

"구욱동을 벤 솜씨가 어떤지 봅시다!"

누구든 마음에 들지 않는 자에게는 주먹부터 날리고 본다는 초진량이 한달음에 달려나왔다. 그는 어느새 검을 뽑아 들었으며 광전신군을 향해 전력으로 쏘아갔다.

스릉……! 스르릉……!

광전신군이 검을 뽑았다.

쾌속한 발검(拔劍)은 아니다. 돌 조각에 쇠가 긁히는 것처럼 듣기 역겨운 소리를 흘리며 거무튀튀한 검이 뽑혀져 나온다.

"한상검!"

박빙이 검을 알아보고 소리쳤다.

서자묵도 외마디 고함을 내질렀다.

"자홍검법(紫虹劍法)! 조심해!"

광전신군이 꺼낸 검은 날이 서지 않은 묵검이다. 한데 검날을 튕겨 위로 쳐들자 검은색이 싹 벗겨지며 자홍빛이라고 해야 할지 무지갯빛이라고 해야 할지 모를 신묘한 빛이 어린다.

쐐에에엑!

초진량이 내친 검은 광전신군의 이마에서 수박 한 개 거리만을 남겨놓고 있었다.

파팟! 파파팟!

순식간에 검이 교차했다.

푸른 섬광과 자홍빛 검광이 서로 엇갈려 지나갔다.

쉬잉!

초진량은 검을 끝까지 뿌렸다. 광전신군이 이마를 노렸던 검이 밑으로 흐르더니 땅을 아슬아슬하게 스치며 되돌아왔다.

광전신군의 한상검은 끝까지 뿌려지지 못했다. 중간에서 딱 막혔다. 초진량의 몸이 검의 진행을 가로막았다.

"커어억!"

초진량은 눈을 부릅뜨며 입으로 피를 쏟아냈다.

"꽤 아프지?"

"꺼어어억!"

광전신군이 배에 박힌 검을 비틀자 초진량은 머리끝까지 저며 울리는 고통에 사시나무 떨듯이 떨었다.

"흐…… 흡정……대……법!"

그는 마지막 한마디까지 또박또박 말한 후 고개를 떨궜다.

초진량의 몸은 아무런 변화가 없다. 하나 그는 죽기 전에 흡정대법을 말했다.

무심히 지나쳐서는 안 된다.

"베는 손에 망설임이 없더이다."

서자묵이 검을 꺼내 들며 말했다.

그는 판관필을 꺼내고 싶었다. 유화에게 잘리지만 않았다면 필법(筆法)을 구사했을 것이다.

검으로는 도저히 승산이 없다.

한상검은 검 중의 검이요, 자홍검법은 검이 실체를 볼 수 없는 검법으로 유명하다.

"어차피 베기로 한 것, 망설이면 뭐 하나."

광전신군이 태연히 답했다.

그때, 박빙은 광전신군이 시선이 서자묵에게 향한 틈을 타서 전음을 쏘아냈다.

[상전벽해(桑田碧海)! 내가 상(桑)! 바다, 잘 만들어!]

그녀는 서자묵의 대답도 듣지 않고 신형부터 쏘아냈다.

일대일이든, 이 대 일이든 광전신군에게는 상대가 되지 않는다는 것을 알았다. 총통령의 무공은 그동안 막연히 짐작했던 것보다 훨씬 강했다.

그렇다면 한 사람이 희생을 한다.

상전벽해, 뽕나무 밭이 변해 바다가 된다.

세상사가 변화막측하다는 것을 일컫는 말이나, 통령들은 오래전부터 다른 의미로 써왔다. 시야를 차단해 줄 테니, 뽕나무 밭을 갈아엎고 바다를 만들어라.

통령들끼리만 통하는 일종의 밀마다.

파파팟!

박빙은 광전신군과 서자묵 사이를 정확히 차단했다.

싸움을 가로챘다는 느낌도 들고, 서자묵을 대신해서 검을 맞겠다는 뜻으로도 보인다.

"후후후! 상전벽해!"

광전신군이 뜻밖의 말을 했다. 그리고,

쒸익! 차앙! 퍼억!

어느새 날아온 한상검이 박빙의 검을 쳐냈다. 뒤이어 쏟아진 부두각(斧頭脚:찍어 차기)은 그녀의 안면에 작렬했다.

공격은 한 번 더 이어졌다.

다른 발로 펼쳐진 전도척(剪刀踢:상단 차기)이 정확히 관자놀이를 가격했다.

박빙은 어디를 어떻게 얻어맞았는지 알지 못했다. 그녀의 의식은 부두각에 내려찍히는 순간 빠져나가 버렸다.

서자묵은 박빙이 가로막아 서는 것을 원치 않았다. 하나 이미 일은 벌어진 것, 그녀의 희생이 헛되지 않도록 최선을 다하는 방법밖에 없었다.

그는 박빙이 쓰러지려는 순간을 이용하여 몸을 옆으로 눕혔다.

가만히 서 있던 대나무를 쓰러뜨릴 때처럼 다리, 허리, 머리를 일직선으로 꼿꼿이 세운 채 옆으로 넘어갔다.

좌횡도신(在橫倒身)이라는 신법으로, 쓸 줄 아는 사람이 지극히 드물다.

서자묵은 좌횡도신을 펼치며 검을 내리찍었다. 노리는 부위는 무릎에서부터 정강이까지다.

광전신군은 발을 살짝 들어 검을 피해냈다.

그는 사람을 아주 무기력하게 만드는 재주가 있다. 있는 재주, 없는 재주 다 꺼내 썼는데 발을 들어 올리는 것으로 피해내니 힘이 쭉 빠진다.

뿐만이 아니다. 그는 발밑으로 흐르는 검을 지렁이 밟듯이 꾹 눌러 밟았다.

"욱!"

서자묵은 신음을 토해냈다.

검을 놓으려고 했는데, 광전신군이 한 수 빨랐다. 그가 검을 밟자마자 한 발 더 옮겨 서자묵의 오른손을 짓밟았다.

"이럴 때는 꼭 묻고 싶은 말이 있는데, 초진량은 대답을 하지 않고 가더군. 박빙은 물어볼 사이도 없이 쓰러졌으니. 그럼 묻겠네. 꽤 아프지?"

"엿이나 먹어."

우둑!

짓밟은 발에 힘이 들어갔다.

서자묵은 입술을 짓씹으며 고통을 참았다.

오른손이 박살 났다. 뼈란 뼈는 모조리 으스러진 것 같다.

"너도 대답을 하지 않는군. 통령들이란…… 편히는 가게 해주지."

광전신군이 손을 짓밟은 채 무릎을 굽히며 쭈그려 앉았다.

그는 손을 움직여 서자묵의 명문혈(命門穴)에 댔다. 그 순간!

쐐에엑! 쐐에에엑! 쐐에에에엑!

무엇인가가 밤공기를 찢으며 무서운 속도로 날아왔다. 한 개도 아니다. 무려 십여 개나 날아온다.

광전신군은 황급히 몸을 틀어 날아오는 물체를 피해냈다. 엉겁결에 날아오는 물체를 잡아채기도 했다. 무엇인가가 얼굴로 날아오기에 반사적으로 취한 행동이다.

'돌?'

그렇다. 그가 잡은 것은 손가락 한 마디 정도의 작은 돌이었다.

그는 고개를 돌려 유화를 쳐다봤다.

과연 그녀다. 그녀가 돌 한 무더기를 던진 뒤 또 한 무더기를 주워 들고 있다.

그사이, 소월신투는 서자묵과 박빙의 육신을 옮겨갔다. 그래 봐야 숲 속 작은 공지를 벗어나지 못하지만.

"죽여달라고 하지 않아도 죽일 생각이었는데, 그새를 못 참고 나서는군."

광전신군이 유화를 향해 돌아섰다.

3

'도와줘.'

소월신투는 환청을 들었다.

그녀는 퍼뜩 정신을 차렸다.

박빙은 중상이다. 여자는 얼굴이 생명인데 코가 함몰되고, 이빨은 모두 부서져 나갔으며, 머리뼈까지 함몰되었다.

간신히 숨은 붙어 있지만 목숨이 끊기는 건 시간문제다.

그녀는 루검비를 생각했다.

그는 화룡전이를 하여 성신을 뒤흔든다. 단지 약간 자극만 준다. 그러면 본신의 생명력이 스스로 일어나 움직인다. 상처가 있으면 치료하고, 썩은 부위가 있으면 내뱉는다.

루검비는 화룡전이를 이용하여 생사의라는 별호까지 얻었다. 그만큼 화룡전이는 영능하다.

소월신투는 박빙의 수룡을 예의주시했다.

박빙의 생명력을 서서히 소멸되어 갔다. 따라서 그녀의 수룡도 깊이깊이 침잠되어 좀처럼 드러나지 않았다.

'몰라, 모르겠어. 어떻게 될지 정말 모르겠는데, 그래도 안 하는 것보다는 낫겠지?'

대답하지 못하는 박빙에게 마음속 말을 전했다.

그녀의 명문혈에 손을 댔다. 루검비는 손가락으로 톡톡 던지듯이 화룡전이를 한다. 소월신투는 진기를 주입하듯이 수룡을 살짝 전해 넣었다.

그녀는 화룡전이를 어떻게 하는지 방법을 몰랐다.

'도와줘.'

두 번째 도움 요청이 전해졌다.

그녀는 이번에도 잠에서 깨어난 사람처럼 화들짝 놀라며 일어섰다.

광전신군이 유화에게 걸어오고 있다.

유화는 대침을 꺼내 손가락 사이에 끼었다. 그리고 작은 돌멩이들이 한 주먹 가까이 쥐었다.

"언니."

"한바탕 싸워야 할 것 같아."

"합공?"

"할 수 있겠어?"

유화가 쓰러져 있는 박빙을 쳐다보며 말했다.

"우리가 쓰러지면 모두 죽잖아요. 하니 어떻게든 살아야죠."

소월신투는 철사를 꺼내 쥐었다.

"이것도 두 개밖에 안 남았네."

"흩 두 개, 두 쌍?"

"흩 두 개요."

"일격필살(一擊必殺)을 노려."

두 사람은 수룡에게서 눈을 떼지 않았다.

삶과 죽음이 수룡에게 달려 있다. 수룡을 제외하면 유화는 평범한 무인에 지나지 않고, 소월신투는 좀도둑일 뿐이다. 광전신군과 싸울 수 있는 힘은 수룡이 준다.

쏴아아아아!

이상한 느낌이 들었다. 온 힘을 다해 수룡을 본 탓일까? 수룡이 갑자기 배는 커졌다. 머리가 맑아지고, 사리가 분명해지며, 광전신군의 움직임이 또렷하게 읽힌다.

"느꼈니?"

"네. 언니도?"

"하늘이 우릴 버리지 않는구나."

두 여인은 이유없이 커진 수룡을 보고 또 봤다.

그러자 이유가 설명되었다.

수룡은 자기 자신이다. 자기가 싸움에 임하면 수룡도 마찬가지 상태가 된다. 극도로 긴장하고 공포와 불안을 느낀다. 싸움에 도움이 될 만한 것은 모두 끌어오기도 한다.

지금과 같은 경우에는 아주 크게 소용될 것이 있다.

바로 옆에서 내뿜는 수룡의 기운이다.

전력을 다해도 힘들 것 같은 상대와 만나자 타인의 수룡까지도 끌어와 도움을 주고자 한 것이다.

그러면 반대쪽에 있는 사람은 수룡이 감소되어야 마땅하다. 그렇지 않다. 밝은 수룡과 밝은 수룡이 합쳐지면 수룡은 두 배로 커지는 것이 아니라 네 배로 커진다. 서로 상생하여 순간의 기운을 두 배로 증폭시키기 때문이다.

그중 절반을 떼어간다고 해도 원래 자신 것보다 두 배는 커져 있게 된다.

"언니, 나부터!"

소월신투가 쾌속하게 쏘아 나갔다.

그녀의 손에 들린 철사가 현란하게 움직였다.

그녀의 자랑하던 절학, 난수를 철사로 펼쳐 낸 것이다.

"좋긴 한데 힘이 없군."

광전신군이 냉소를 띠며 한상검을 쳐들었다.

당연하다. 철사에는 수룡을 가미시키지 못한다. 가미시키는 순간 팽창력을 이기지 못하고 폭발해 버린다. 현재 난수를 쫓아서 현란한 문양을 그려내고 있는 철사에는 아무런 힘도 들어가 있지 않다.

쉬익!

유화도 공격에 가세했다.

그녀는 돌멩이를 아낌없이 뿌렸다.

파앗! 팍! 파파팟!

돌멩이는 던져지자마자 산산조각 났다. 그래서 광전신군에게 이르렀을 때는 한 줌 모래로 변해 있었다.

광전신군은 웃으면서 받았다.

파파파파팟!

그의 몸에 수룡이 가미된 모래가 작렬했다.

그는 잠시 휘청거렸다. 하나 곧 몸을 꼿꼿이 세웠다.

겉옷이 좀이 난 것처럼 숭숭 구멍이 뚫렸다. 한데 그는 거짓말처럼 상처 하나 입지 않았다. 모래가 꽤 강하게 쏘아져 갔고, 정통으로 몸을 후려쳤는데 피 한 방울 흘리지 않았다.

"천신갑!"

소월신투가 뚫린 구멍 사이로 은색 갑옷을 보았다.

"천신갑을 뚫을 방도는!"

"없어요!"

두 여자는 절망스런 대화를 나누면서도 결코 절망하지 않았다.

수룡이 갈수록 힘을 얻는다. 강렬한 투지를 불태운다. 수룡과 수룡이 서로 상생 작용을 하기도 하지만 광전신군의 몸에서 강력한 적수를 보았기 때문이다.

"화룡! 맞죠!"

"비슷한 것 같아!"

쒜에엑! 쒜에엑!

유화는 계속 주위를 돌며 돌멩이를 던졌고, 소월신투는 난수를 펼쳐 내 접근을 막으면서 일격필살의 기회를 노렸다.

그녀들이 마음껏 움직일 수 있었던 것은 광전신군이 손에 사정을 두었기 때문이다.

실제로 그는 초진량을 일격에 죽인 자홍검법을 쓰지 않았다. 한상검도 위협만 가할 뿐, 살초는 담겨져 있지 않았다.

그는 갑자기 멍청해진 것처럼 공격과 수비를 잊어버렸다.

아니다. 두 눈이 활활 타오르고 있다.

그는 유화와 소월신투의 몸에서 수룡을 읽고 있는 중이다.

어디에서 일어나 어디로 움직이는지는 안다. 지법 석화에 체위를 바꿔가면서도 성신의 기운을 놓치지 않는 방법이 기술되어 있었다. 엄밀히 말하면 그 자신이 찾아낸 것이지만.

두 여자의 움직임을 잘 살피면 막연히 알고 있는 이론들이 실체를 띠고 나타날 것이다.

그가 두 여인을 보고 진심으로 반긴 건 이런 이유에서였다.

일다경이 순식간에 흘렀다.

그동안 소월신투는 한 번도 공격 기회를 잡지 못했다.

온몸을 천신갑으로 보호하고 있으니 충격을 주려면 머리를 노려야 한다.

노릴 부위가 그곳밖에 없다.

공격 부위가 상당히 좁혀진 것이다.

더군다나 검으로 치는 것도 아니고 창으로 찌르는 것도 아니다. 철사를 머리 근처까지 가져가서 폭발시켜야 한다.

광전신군은 그만한 기회를 주지 않았다.

유화의 돌멩이도 별 효과를 보지 못했다. 몸에 맞은 것은 모두 천신갑에 튕겨 나왔고, 머리로 향하는 것은 슬쩍 옆으로 젖히는 간단한 동작을 뚫지 못했다.

그러던 어느 한순간, 광전신군이 한 발 뒤로 물러나며 말했다.

"너희는 진기 운용 방법이 독특하구나. 경락을 쓰지 않아. 도대체 어떻게 진기를 일으키는 거지?"

"그걸 물으면 가르쳐 줄 것 같아요?"

소월신투가 냉랭하게 말했다.

한데 뜻밖에도 광전신군은 순순히 고개를 끄덕였다.

"암, 가르쳐 줄 것 같으니까 묻지, 괜히 물었겠나."

광전신군은 한상검을 들어 옆에 있는 고목을 툭툭, 쳤다.

후두두둑!

나뭇잎이 충격을 이기지 못하고 우수수 떨어졌다.

"엇!"

"아!"

두 여인이 깜짝 놀랐다. 유화가 놀랐고, 첨화가 놀랐다. 그녀들은 놀란 눈으로 떨어지는 나뭇잎 사이를 쳐다보았다.

일남일녀가 걸어온다.

영준하게 생긴 젊은이와 자신들 또래의 여인이다.

"서화!"

유화가 반가움에 소리를 질렀다.

한데 그녀의 표정이 냉담했다. 너무도 싸늘해서 소름이 쭉 끼쳤다. 뭐랄까? 영혼 없는 시신이 쳐다보고 있다고나 할까?

그녀는 십여 장 떨어진 곳에 멈춰 섰다.

"서화! 나야! 첨화! 알아보겠어?"

첨화가 서화를 보며 안타깝게 불렀다.

"호오! 그랬었군. 지하 금맥의 대녀가 환희교의 첨화였단 말이지. 그럼 지하 금맥도 환희교와 연관있겠군."

광전신군은 귀한 정보를 얻었다.

그러거나 말거나 첨화는 서화의 싸늘함에 안절부절못했다.

"왜 그래! 말 좀 해봐!"

"그만둬. 서화는…… 죽었어."

유화가 노기 서린 눈으로 서화 곁에 서 있는 사내를 쳐다봤다.

"죽다니? 저렇게 멀쩡한데?"

"격공접물(隔空接物)이라는 거예요. 상관외, 저자가 서화의 시신을 움직이고 있어요."

소월신투가 유화 대신 말해주었다.

"시신? 정말…… 정말 죽은 거야?"

첨화는 털썩 주저앉아 두 손으로 얼굴을 가렸다.

"쯧! 한심하기는…… 그것도 제대로 못하면 어찌하누! 다 잡은 고기를 놓쳤잖아. 제대로만 했으면 수룡의 운용 비결을 얻어냈을 텐데. 아깝군, 아까워."

광전신군은 입맛을 다시며 한상검을 들어 올렸다.

그가 준비한 마지막 한 수가 멍청한 놈 때문에 실패로 돌아가자 이제 그만 일을 끝내려는 것이다.

증오는 뜻밖의 사건을 일으킨다.

유화가 손에 들고 있던 돌멩이를 모두 놓아버렸다. 그리고 손가락 사이에 끼어놨던 대침을 꽉 움켜잡았다.

"광전신군! 저놈과 일 초만 붙게 해줘. 대가는 수룡의 운용 비기, 일초 승부가 끝나면 틀림없이 알려주지."

"허허허! 이보게, 처자. 그런 말을 듣기에는 내가 너무 오래 살았다고 생각지 않나?"

그 말을 듣고도 유화는 조금도 망설이지 않았다.

"첨화, 인질이 되어줘."

유화의 강인한 의지는 첨화에게 고스란히 전달되었다.

그녀는 두말하지 않고 일어서서 광전신군 앞으로 걸어갔다.

"일 초면 돼. 일 초 승부가 끝나면 입을 연다. 입을 안 열면……."

"쯧! 이것도 내가 손해인데…… 입을 안 열어도 내가 이 애를 죽이지는 못하거든. 허허! 지하 금맥의 대녀를 함부로 죽일 수 있나. 하지만 대녀를 순순히 넘겨준 대가로…… 그래, 일 초 승부. 괜찮지?"

광전신군이 상관외에게 말했다.

상관외가 입꼬리를 비틀며 웃었다.

"기다리던 바입니다. 루검비와 관계된 인간들, 모조리 내 손에 죽습니다."

두 사람은 더 이상 말을 섞지 않았다. 언제 시작한다는 신호 같은 것도 필요없었다.

쒸익! 쒜에엑!

파공음이 터짐과 동시에 상관외의 천수검법과 유화의 초
식이라고 할 수도 없는 대침 공격이 어울렸다.

슈…… 슈…… 슈…….

유화는 상관외의 검날을 선명하게 보았다. 극성으로 펼치
면 팔이 스무 개로 늘어나 천수관음상과 똑같은 현상이 된다
고 알려진 천수검법이 거북이의 움직임처럼 느려 보였다.

그녀는 수룡에게 말했다.

'저 자식 검이 확실히 보였으면 좋겠어. 무지 느릴 거야.
두 눈으로 볼 수 있을 정도라면 말 다 한 거지. 저놈은 무인
될 자격도 없는 놈이었어.'

그러자 검이 보였다.

그녀는 머리를 숙이고, 허리를 틀며 검광 사이로 기어들어
갔다. 그리고 어느 한순간, 그녀는 양손을 들어 상관외의 관
자놀이를 힘껏 눌렀다.

쑤우욱!

손에 들린 대침이 뼈를 뚫고 들어가 박혔다.

소월신투는 유화의 움직임을 보면서 불현듯 깨닫는 바가
있었다.

강하다고 생각하면 적은 강해진다. 반대로 약하다고 생각
하면 자신이 생각한 만큼 약해진다.

　무공을 정통으로 배운 적도 없는 유화가 신비로울 만큼 현묘한 신법을 구사하는 것은 전부 그녀가 자기 자신에게, 수룡에게 명령을 내렸기 때문이다.

　그녀는 생각한 대로 움직였다.

　한 가지 더 있다.

　이 순간, 그녀는 자신이 움직여 주기를 바란다. 자신만 믿고 첨화를 광전신군에게 내주었다.

　둘이 상대해도 벅찬 자를 혼자서 어떻게 할 수 있을까? 이런 생각이 수룡을 위축시킨다. 흔히 어차피 할 일이라면 즐겁게 하라고 한다. 싸움도 마찬가지다. 어차피 치러야 한다면 속이 후련하게 명령을 내려볼 일이다.

　'나와 첨화와의 거리는 한 걸음.'

　일곱, 여덟 걸음은 족히 된다.

　'움직이고, 허리를 껴안고, 물러선다.'

　그동안 광전신군은 팔짱만 끼고 구경할까?

　'정신 나간 놈이니까 구경만 할 거야.'

　명령이 끝났다. 이제는 실행이다.

　쉬익!

　그녀는 몸을 날렸다.

　실행에 옮겨야 할 순간, 잠시라도 지체하면 명령은 사라진다. 수룡이 잠깐의 지체를 망설임으로 보기 때문이다. 뭐가 잘못되었나? 하지 말아야겠구나. 이렇게 받아들인다.

움직여야 할 순간, 즉각 움직인다.

휘릭! 쒜에엑!

첨화의 허리를 낚아챈 후, 제자리로 돌아왔다.

왕복 열다섯 걸음을 순식간에 해치워 버렸다.

그동안 광전신군은 팔짱만 낀 채 구경하고 있었다. 아니다. 한상검을 축 늘어뜨린 채 너무도 간단하게 죽어버린 상관외를 어이없다는 듯 쳐다보고 있었다.

"응?"

그는 뒤늦게야 바람 소리를 읽었다.

당연히 대응을 하려고 했다. 하지만 그때는 이미 일곱 걸음 밖으로 빠져나간 후였다.

"멋진 기습에, 멋진 성동격서(聲東擊西). 우하하하! 오늘 이 광전신군이 톡톡히 망신당하는 날이구나."

말은 그렇게 했지만 그의 두 눈에서는 매서운 살기가 무럭무럭 피어올랐다.

'거리는 한 걸음. 죽일 생각은 없다. 팔만 못 쓰게. 딱 한 번, 일검만 그으면 된다.'

쒜에엑! 파앗!

순간의 움직임이 생겼고, 허공을 가른 검이 광전신군의 오른쪽 손목을 긋고 지나갔다.

"크윽!"

광전신군은 한상검을 놓쳤다.

그는 뜻밖의 사태에 무척 당황스러워했다.

이 여자들이 이렇게 빨라진 이유가 뭔가. 상관외가 나타나기 전까지만 해도 쩔쩔맸는데…… 상관외에게 진기라도 빨아먹은 건가? 아니면 다른 자의 진기를 빨아먹었나?

쐐엑! 파아앗!

또다시 일검이 그어졌다.

이번에는 허벅지다.

그는 숨 한 번 몰아쉴 동안에 한 팔과 한 다리를 잃었다. 무인에게 힘을 쓰지 못하는 수족은 있으나 마나 한 것이다.

'다시 한 걸음. 저자는 왜 꼭 한 걸음 안에만 들어오는 걸까? 낸들 아나. 하지만 한 걸음인걸. 이번에는 왼팔. 죽이고 싶진 않아.'

소월신투는 수룡에게 명령을 내리면서 죽이기 싫다는 말을 반드시 했다.

수룡은 착하다. 나쁜 일을 하려고 하지 않는다. 나쁜 일 중에서도 사람을 죽이는 일은 특히 싫어한다.

처음 명령은 마지못해 듣는다. 두 번째 살인 명령은 듣지 않으려고 숨는다. 살인을 하는 데 힘이 부치는 걸 알게 된다. 세 번째 명령을 내리면 순지하던 성품을 잃고 독기를 띤다.

그런 연유로 어쩔 수 없이 상대가 핍박해 오니 싸우지만 죽이기는 싫다는 말을 되풀이하는 것이다.

물론 수룡을 기만하는 말이다. 하나 효과는 있다.

쒜에엑! 파앗!

광전신군의 왼팔에 혈선이 그어졌다.

소월신투는 거기서 손을 멈췄다.

뚜벅! 뚜벅……!

유화가 평상시 걸음으로 그에게 다가갔다.

"후후후! 후후후후!"

광전신군은 웃기만 했다.

두 눈은 여전히 분노로 이글거렸다. 얼굴에는 믿을 수 없다는 경악이 자리 잡았다. 부들부들 떨리는 두 손은 곧 다가올 자신의 운명을 예감하는 듯했다.

"당신, 너무 나빠!"

유화가 대침을 들어 광전신군의 관자놀이에 푹 꽂았다.

박빙의 숨이 돌아왔다.

금방이라도 멎을 것 같더니 광전신군을 죽이는 동안 정상으로 돌아왔다. 이제 고비는 넘겼으니 다른 치료를 해야 한다. 가급적이면 그녀의 얼굴이 원상태가 되도록 빨리 손을 써야 한다.

"비켜봐. 내가 의원이잖아."

유화가 급히 뼈를 맞추고, 살을 찢고, 썩은 피를 빼내고…… 능숙한 솜씨로 얼굴을 치료해 나갔다.

서자묵은 양호한 편이었다.

오른손은 두 번 다시 못 쓰겠지만 그 외에는 상한 데가 없었다.

"저놈아…… 묻어줘야 되는 것 아닌가."

그가 죽은 초진량을 보며 말했다.

'이걸로…… 이걸로 끝이야, 복수는.'

소월신투는 수룡이 살인을 얼마나 싫어하는지 절절이 깨달았다.

류취취와 함께 수룡을 무공에 접목시킬 때는 무적일 것 같았다.

실제로도 그랬다. 모적방 십도창객 같은 절정무인들도 아주 간단하게 죽였다.

그 순간 그녀는 초절정고수였다.

한데 살인이 되풀이되면서 수룡의 기운이 점점 약해져 갔다. 그리고 정작 광전신군 같은 강적과 조우했을 때는 너무도 약한 면을 드러냈다.

살인은 안 된다.

어쩔 수 없을 때는 수룡이 납득할 만한 상황을 만들어놓은 후에 시행해야 한다.

꼭 죽여야 할 상대…….

십도창객을 만났을 때, 그들은 자신이 할아버지를 어떻게 죽였는지 일일이 나열했다.

분노가 들끓었다.

　그 순간, 수룡은 그들을 이 세상에서 사라져야 할 자들로 결정했다.

　그 외의 다른 모적방도는 아니다. 수룡이 생각하기에는 애꿎은 화풀이에 지나지 않았다.

　성신은 연구하면 할수록 어렵다.

　"휴우!"

　그녀는 한숨을 내쉬며 땅을 팠다.

　이렇게 척박한 땅을 초진량이 좋아할지…….

第三十五章
생각해 보니 다 버릴 것뿐

환희밀공

1

루검비도 무천에 왔다.

예전 같으면 싸울 생각부터 먼저 했으련만, 이제는 잠입할 생각부터 든다.

가급적이면 조용히 해결하고 나오려 한다.

자신이 그린 춘화도를 불태워 버리는 것이 일차 목표다. 광전신군의 무공에서 흡정대법의 요소가 있는지 살피는 게 이차 목표다. 흡정대법과 관련없다면 조용히 빠져나올 생각이다.

"들어갔다 나올게."

"혼자서…… 괜찮겠어?"

루검비는 씩 웃었다.

당금 무림에서 환희교의 수문장을 어찌할 사람은 없다. 믿어도 좋다. 더군다나 지금은 싸우러 들어가는 것도 아니다. 잠입해서 사정을 살펴보는 것뿐이다. 이런 것쯤은 그대도 많이 해봤으니 아무 위험이 없다는 걸 알잖느냐.

루검비는 눈으로 많은 말을 했다.

그가 눈으로 말한 것처럼 잠입해서 상황 파악 정도 하고 나오는 것은 눈 감고도 할 수 있는 일이다.

"갔다 와."

류취취는 같이 가고 싶었다. 하나 그냥 보내주었다. 그래야 마음이라도 편할 테니까.

화룡이 분주히 움직인다. 이리저리, 일정한 시간에 정해진 구간만 반복해서 움직인다.

무천을 수호하는 무인들이다.

'경계가 삼엄하군.'

예전, 무천에 왔을 때보다 경계가 두세 배는 강화되었다.

팟! 파앗!

루검비는 신형을 쏘아냈다.

쏘아낸다는 말은 어폐가 있다. 생각을 했을 뿐이다. 내가 저곳에 있다. 그러자 몸이 움직였다. 자신이 생각했던 바로 그 자리에 자신이 서 있었다.

순간 이동은 아니다.

분명히 육신이 움직였다. 이목을 피해 그늘로 숨기도 했고, 담을 기어오르기도 했으며, 경계하는 무인들 사이로 신속하게 몸을 굴리기도 했다.

그 모든 일을 화룡이 했다.

이것이 화룡으로 무공을 펼치는 요체다.

나 자신은 많은 것을 할 필요가 없다. 단지 움직이고 싶은 곳을 고르기만 하면 된다. 하면 자신이 현재 있는 곳과 움직여야 할 곳 사이의 거리를 화룡이 알아서 움직여 준다.

빠르게? 빨리 가게 해준다. 은밀하게? 최대한 숨어서 이동한다. 원하는 대로 맞춰준다.

'저곳이 총통령의 집무실.'

루검비는 삼층 전각을 쳐다봤다.

전에 한 번 와봤다고 전각이며 길들이 제법 눈에 익다.

쉬이익!

루검비는 삼층 전각을 향해 나아갔다. 그가 생각한 이동 방법은 최대한 은밀하게였다.

"이……런!"

루검비는 총통령의 집무실로 들어서지 못했다.

삼층 전각에 오르는 순간, 싸늘한 눈길을 감지했다.

누군가가 지켜보고 있다. 한 명이 아니다. 두 명이다. 방향은 각기 다르다. 하나는 왼쪽이고, 다른 하나는 오른쪽이다.

화룡을 이용하여 최대한 은밀하게 이동했는데, 언제 발각되었단 말인가.

파아아아앗!

두 명을 향해 화룡을 쏘아 보냈다. 격중당하더라도 본인은 의식하지 못할 만큼 아주 적은 양만 날렸다.

“……!”

한 곳에서 반응이 왔다.

화룡을 진기로 인식했는지 강력한 탄력으로 튕겨낸다.

다른 한 곳에서는 반응이 오지 않았다. 물 한 방울이 솜에 떨어진 것처럼 느낌없이 휘감기더니 사라져 버렸다.

루검비는 난생처음 식은땀을 흘렸다.

어떤 자가 화룡을 이런 식으로 막아낸단 말인가.

루검비는 그자를 향해 다시 한 번 화룡을 보냈다.

“…….”

물 먹은 솜처럼 묵직한 기운만 흐른다.

한 명은 강자지만 두려워할 것은 없다. 그는 화룡을 진기로 알 만큼 화룡에 대해서는 무지하다. 하나 다른 한 명은 충분히 조심해야 한다. 그는 화룡을 알거나 최소한 화룡을 어떤 식으로 막아야 하는지를 안다.

루검비는 지금 당장은 그들을 무시하기로 했다.

급하게 서둘러서 할 일이 있다. 오늘은 염탐만 하려고 들어

왔지만 기왕 총통령의 집무실까지 온 이상 지법 석화만이라
도 제거하고 가는 게 편하겠다.

그는 소리 나지 않게 봉창 문을 뜯어냈다. 그리고 미꾸라지
처럼 유연하게 안으로 스며들었다.

스으읏!

총통령의 집무실은 여느 집무실과 다르지 않았다.

탁자와 의자가 있고, 그림이 걸려 있고, 책도 있으며, 꽃도
있다.

루검비는 책상 위로 올라가 가부좌를 틀고 앉았다. 그리고
조용히 눈을 감고 원하는 그림을 생각했다.

생각을 할 때는 아주 절실하게 해야 한다.

그림을 찾을 수 있을까? 아니다.

그림이 어디에 있지? 아니다.

내가 그린 그림이 여기에 있었군. 자식들. 이놈들아, 내가
너흴 태우러 왔다. 불만없지?

그는 춘화도를 손에 들고 있는 것처럼 사실적으로 생각했
다. 그림에게 말까지 걸었다.

그러자 그림이 나타났다.

총통령의 집무실에는 다섯 폭의 그림이 걸려 있다.

연꽃과 어우러진 잉어 그림이 있다. 가로로 길게 그려진 산
수화도 있다. 총통령 자신을 그려놓은 초상화가 한 점 있고,

부엉이 그림과 병아리를 노리는 독수리 그림이 한 점씩 있다.

그 다섯 점에 백팔십 개의 춘화도가 들어 있다.

루검비는 부엉이 그림을 들어 거침없이 찢었다.

나온다. 부엉이 그림 밑에 자신이 그린 춘화도가 수북이 깔려 있다.

다른 그림들도 떼어서 일일이 확인했다.

화룡은 실수를 하지 않는다. 늘 정확하다. 그가 가르쳐 준 대로 그림 밑에 춘화도가 수십 장씩 깔려 있다.

루검비는 그림을 모두 모아놓고 화섭자에 불을 당겼다.

탁! 탁!

그때다! 뚫린 봉창을 통해 예리한 살기가 쏘아져 들어왔다.

집무실을 들어오기 전에 느꼈던 두 눈초리 중 하나다. 화룡을 진기로 알고 되튕겼던 자다.

타악!

그림에 불이 붙었다.

총통령의 집무실은 불빛으로 인해 밝은 대낮처럼 환해졌다.

"총통령님 집무실이닷!"

"침입자닷!"

휘뤼뤼릭!

여기저기서 고함이 터지고 호각도 요란하게 울렸다.

"하나는 끝났고."

루검비는 태연히 말하며 살기를 쏘아낸 자가 기다리고 있는 봉창으로 빠져나왔다.

'은창 모초권!'

루검비는 모초권을 보자 이해하기 어렵다는 듯 눈살을 찌푸리며 고개를 갸웃거렸다.

모초권의 무공은 상당히 강하다.

자신이 직접 심기 대결도 벌여봤고, 수전(手戰)도 치러봐서 잘 안다. 당시에는 졌다. 심력에서도 밀렸고, 수전에서도 초식의 변화를 따라가지 못했다.

뿐만 아니라 그는 아무런 타격도 받지 않았는지 파란 멍조차 나지 않았다.

한데 지금 다시 화룡을 훑어보니 이상한 점이 눈에 띤다. 두 진기가 서로 섞이지 못하고 겉돈다. 하나는 음의 성질이 강하고, 다른 하나는 양의 성질이 강하다. 한 사람 것이라고는 볼 수 없을 만큼 이질적이다.

'그렇군. 흡정대법.'

루검비는 흡정대법을 또 보게 되었다.

상관세가의 가주가 흡정대법을 썼다. 그의 아들인 용검대주 상관외도 음양합밀공에 근거한 흡정대법을 시전했다.

이자는 어디에 근거한 흡정대법인가.

전에는 보지 못했던 것이 한눈에 읽히는 것은 그만큼 그의 화룡이 커졌다는 것을 의미한다.

"넌 참 어처구니없는 놈이군. 그까짓 것이 뭐라고 목숨을 걸고 그걸 태우러 들어와? 환희밀공이 무슨 천하제일신공이라도 되는 줄 아는데…… 후후!"

"어디에 근거한 흡정대법인가?"

루검비는 처음 본 사람처럼 딱딱하게 물었다.

언제까지 이런 행보를 보일지 모르겠지만 당분간 흡정대법을 쓰는 자는 모두 죽이기로 했다.

독룡은 당연히 교화를 시켰어야 한다. 화룡전이를 통해서 성신을 일깨워 주었어야 한다.

어떤 결과가 벌어질지는 확신하지 못한다.

독룡이 회개를 하지 않은 채 무서운 살생 병기만 얻는 결과가 될지도 몰랐다.

그래도 해보고 싶었다.

정말 무책임한 행동이다. 결과를 확신한 후에 시행해도 만일이라는 것이 생기는데, 불확실한 결과를 놓고 모험을 하려 했다니. 그것도 사람 목숨이 걸린 일을 놓고 말이다.

독룡이 교화되지 않았다면 어쩔 뻔했나?

죽여야 했다.

그때는 어쩔 수 없는 선택이라고 말할 것인가.

환희밀공으로 독룡을 교화시킬 수 있느냐?

이것은 환희밀공이 극성에 이르면 외간 남자가 유부녀를

가리지 않고 자신의 성신에 맞는 사람을 골라 정사를 벌인다
는 경전의 저주와 함께 루검비가 풀어야 할 숙제가 되었다.

그동안 환희교는 개교하지 않는다.

서둘지 않는다. 천천히 간다. 환희교에 대한 확신은 얻었
고, 이제 환희밀공에 대한 확신만 얻으면 된다.

그때까지 세상의 마(魔)는 죽음으로 척결한다.

화룡의 이면을 애써 외면했지만, 그것 역시 비겁한 행동이
었다.

한 사람을 죽임으로써 만인이 고통에서 해방될 수 있다면
당연히 행해야 한다. 그로 인해 자신의 성신이 위축되고, 힘
을 잃고, 고통과 번뇌에 휘감기는 일이 있더라도 환희교를 지
키는 수문장이라면 당연히 해야 한다.

모초권은 죽어야 할 자다. 자신이 죽인다.

과거에 있었던 약간의 인연을 되새기는 것은 죽고 죽이는
손속에 비애만 깊게 할 뿐이다.

"어디에 근거했냐고? 후후후! 하하하! 전에 내가 한 말을
의미 깊게 듣지 않았군."

"……?"

그와 만나 나눈 이야기는 별로 없다.

루검비는 기억나는 모든 말을 되새겼다.

우선 그는 환희밀공에 씌워진 누명을 벗겨주었다고 했다.

"환희밀공이 아니라 흡정대법이었군. 새로운 흡정대법이 출현했어. 자칫했으면 환희밀공이 덤터기를 쓸 뻔한 걸 구해준 거야. 내게 고맙다는 말 정도는 해야지?"

"내가 정상이라는 것은 흡정대법에 당한 시신은 대략 반나절에 걸쳐서 목내이가 된다는 뜻이고…… 그래서 새로운 흡정대법이 출현했다고 하지 않았나."

그는 기녀가 당한 흡정대법에 대해서 소상히 알고 있었다.

"너였군, 기녀들을 죽인 게."

"죽였다는 말은 너무 삭막해. 단지 무공을 시험해 본 것으로 치지."

"음양합밀공이냐?"

"쯧쯧! 정말 눈이 없군. 실망이야."

루검비는 할 말이 없었다.

처음 그를 봤을 때는 화룡을 안다고 생각했다. 두 번째는 화룡을 빙자한 무공을 연성했다고 봤다. 이번에는 흡정대법이다. 하지만 아직도 뚜렷한 무공 근원을 추측하지 못하겠다.

눈이 없다? 할 말이 없다.

"내가 수련한 게 환희밀공이라면 믿겠나?"

"뭣!"

루검비는 정말 깜짝 놀랐다.

"너도 느꼈겠지만 몸에서 스멀스멀 기어다니는 게 있지."

'화룡!'

"그게 나중에 사람을 미치게 해. 여자를 취하고 싶어서 안달 나게 만들거든. 취하는 것까지는 좋아. 후후후! 그날 밤, 여자는 극락을 구경하게 되지. 환희의 끝이 어딘지 보게 돼. 영원히 잃어버리고 싶지 않은 절정의 순간."

루검비는 눈빛을 차분하게 가라앉혔다.

모초권이 말한 것은 환희밀공 초기 단계다.

자신도 그런 경험이 있다. 요색천에 가서 창기의 몸을 뜨겁게 달군 적이 있다. 아침이 되어 문을 나설 때, 여인에게 너무 가혹한 짓을 했다는 죄책감을 떨치지 못했다.

극락으로 여겨질 만큼 극상의 정사가 반드시 좋은 것만은 아니다. 그런 경험을 한 여인은 정상적인 정사를 영위하지 못한다. 한 번의 달콤함이 영원한 폐인으로 이어진다.

자신은 그 단계를 뛰어넘었다.

모초권도 마찬가지다.

그의 화룡이 전하는 화기(火氣)는 자신과 필적한다. 결코 초보적인 수준에 머물러 있지 않다.

그렇다면 그가 수련한 것은 환희밀공이 아니다.

"그 여자들이 죽은 건 내 탓이 아냐. 자기들 스스로 죽은 거지. 후후후! 목을 매면 잠깐 동안 최상의 환희를 느낄 수 있다고 말한 적은 있지만 그게 목을 매라는 소리는 아니잖아?"

"닷새 만에 목내이가 됐는데, 어떻게 그럴 수 있소?"

"지금 방법을 묻는 건가, 도의적 책임을 묻는 건가? 수룡을 뺏은 건 사실이야. 하지만 완전히 빼앗지는 않았어. 약간만, 목숨을 이어가는 데는 지장이 없을 정도로 조금만 뺏었지. 한데 그것들이 죽으니까 그런 일이 벌어지더라고. 후후후! 너도 몰랐지? 환희밀공에 그런 오묘한 일이 숨겨져 있는 줄은. 한번 해봐."

모초권은 환희밀공에 대해서 들은 것 같다. 화룡이니 수룡이니 하는 환희밀공의 말을 쓰는 것으로 보아서는 상당히 깊은 부분까지 파고든 듯싶다.

어디서 배웠는지 모르지만 대단히 엉터리로 배웠다.

어찌 그런 말을 쓰면서 화룡이나 수룡을 여전히 진기로 인식할 수 있을까.

"환희밀공을 모르면 차라리 묻기라도 하지. 광전신군처럼 드러내 놓고 욕심을 부리던가."

"뭐? 우하하하하! 나보다 환희밀공을 잘 아는……."

루검비는 더 이상 그의 말을 듣고 싶지 않았다. 그는 모초권의 말을 끊었다.

"오늘은 우리만의 방식으로 싸우지."

"……."

모초권이 독사의 눈으로 쏘아보았다. 그리고 말했다.

"내가 이렇게 네 앞에 나선 건 널 죽이기 위해서가 아니다. 너와 내가 손을 잡으면……."

“화룡전이를 아나?”

“…….”

“네가 환희밀공을 수련했다면 화룡전이 역시 알 터.”

루검비가 쌍장을 내밀었다.

모초권은 루검비의 뜻을 읽고 씩 웃었다.

“좋아. 이거면 손잡는 것보다 더 좋지. 후후후!”

퉁퉁퉁퉁퉁……!

루검비는 계속해서 화룡을 쏘아냈다.

미약한 양이 아니다. 한 번씩 쏘아질 때마다 주먹만 한 화룡이 짓쳐들어 간다.

모초권은 진기를 빼내려고 안간힘을 썼다.

그는 루검비를 꼭 껴안고 승장혈을 붙이는 데 성공했다.

그의 입가에 미소가 맴돌았다. 한데!

투웅! 퉁퉁퉁퉁!

승장혈로 먼저 쏟아져 들어간 것은 루검비의 화룡이다. 반면에 모초권은 진기를 보내왔다.

모초권의 진기가 임맥을 타고 내려가다가 수분혈을 통해 빠져나가려고 한다.

화룡이 아니고 진기란 점이 다를 뿐, 환희밀공과 똑같다.

그는 그냥 나가지 않았다. 임맥을 흘러내리는 동안 루검비의 체내에 흩어져 있던 진기를 샅샅이 끌어모았다.

흡정대법이기는 하지만 환희밀공에 비하면 그야말로 어린 아이 수준이다.

이런 공부로 자신을 압도할 만한 기도를 꾸몄다면, 그동안 그에게 기혈이 흡취당해 죽은 사람이 몇 명이나 될지 짐작할 수 있을 것 같다. 모르긴 해도 산 하나는 만들고도 남았으리라.

루검비는 화룡을 움직여서 그의 진기가 빠져나가지 못하도록 길목을 차단했다.

그가 당황해한다. 그의 화룡이 깜짝 놀라 발버둥 친다. 더군다나 그의 체내로 들어간 화룡이 잠자고 있던 화룡을 마구 짓밟고 있으니…… 이럴 경우, 대부분의 사람은 죽음을 예감하게 된다.

그의 낯빛이 새파랗게 질렸다.

진기를 쏘아낸 터라 입을 벌려 말할 수도 없고, 자신이 달리고 있음은 진작 알았을 게고…….

참 답답할 것이다.

루검비는 길목을 막았던 화룡을 치웠다.

그의 진기가 쏜살같이 수분혈을 통해 빠져나갔다.

"환희밀공을 누구에게 배웠소?"

이제는 루검비도 인정한다.

다만, 정통으로 배우지 않아서 화룡의 존재를 인식하지 못하고, 삼법조차 거치지 않아서 그릇을 키우지 못했다. 하면

가르친 자가 도와주기라도 했어야 되는데, 아무런 손을 쓰지
않았다.

　그는 기녀들을 상대로 환희밀공을 실험했다고 하는데, 루
검비가 보기에는 그가 실험 대상이었다.

　"우리 놓고 이야기하자. 하면 말해주마."

　그가 루검비에게서 벗어나려고 발버둥 쳤다.

　그는 이제야 루검비가 옛날의 루검비가 아님을 눈치챘다.
수담을 나눌 때의 루검비와는 천양지차로 달라져 있었다.

　"누군지 말해주면……."

　발버둥 치던 모초권이 갑자기 축 늘어졌다.

　루검비는 그를 놓고 어둠 속을 응시했다.

　그곳에, 자신이 화룡을 쏘아 보냈으나 솜처럼 빨아들이기
만 하던 그곳에 한 사람이 서 있었다.

2

　"누구요?"

　"조용한 데로 가겠나?"

　그는 앞장서서 걸어갔다.

　전각을 촘촘히 에워싸던 무인들이 그를 보자 썰물처럼 물
러섰다.

　루검비는 그를 따라 지붕 위를 걸었다.

쫓아오는 사람은 없었다. 무천 무인들은 일제히 자취를 감춰 버렸다. 경종 소리도 뚝 그쳤고, 사위를 대낮처럼 밝히던 횃불도 경계 무인이 있는 자리만 빼고 모두 꺼졌다.

통령 중에 한 명이 죽었다. 한데 무천 무인들은 일상으로 돌아가고 있다.

이게 모두 다 앞서 걷고 있는 사람 때문이란 건 너무도 자명하다.

루검비는 암암리에 화룡을 튕겨냈다.

퉁! 퉁! 퉁!

세 번째 화룡을 쏘아냈을 때, 그가 돌아보며 말했다.

"그만하게. 간지럽네."

루검비는 소스라치게 놀랐다.

자신 외에, 자신이 성신을 일깨워 준 사람 외에 화룡을 읽을 수 있는 첫 번째 사람을 만났다.

모초권은 가짜 환희밀공을 수련했다. 상관세가 가주는 환희밀공이 아니라 음양합밀공이다.

이자는 진짜다.

이번에는 그의 몸을 파고들었다.

화룡을 찾아보자. 그의 화룡은 어떤 모양을 하고 있으며, 크기는 얼마만한가.

시간이 지날수록 루검비의 얼굴에는 경악만 더해졌다.

어떻게 이럴 수 있는지 모르겠지만, 그의 몸에는 화룡이 없다. 텅 비었다. 그렇다면 그는 죽은 사람이어야 한다. 아니다. 죽은 사람은 화룡 대신 사기(死氣)가 가득 찬다.

성신이 전혀 없는 인간은 있을 수 없는데…….

앞선 사람은 지붕에서 내려 땅 위로 내려섰다. 그리고 전각 사이를 태연히 돌아 무천 깊숙한 곳으로 걸어갔다.

경계를 서던 무인들이 그를 발견했다.

"밤이 깊었습니다. 어디를 다녀오십니까?"

"친구가 왔다네. 마중 나갔다 오는 길이지."

"살펴서 들어가십시오."

"고맙네."

경계 무인은 깊이 허리를 숙이며 존경을 보냈다.

그들은 루검비는 쳐다보지도 않았다.

앞선 사람과 함께 가는 것만으로도 신원 보증은 되는 것인가.

그는 전각을 벗어나 야트막한 산길로 들어섰다.

오랫동안 사람이 다니지 않았는지 풀이 길게 자라서 좀처럼 길을 찾지 못하겠다. 앞서서 걷는 사람이 있으니 이런 곳에 길이 있다 여기지, 그렇지 않았다면 버려진 야산으로 생각했을 게다.

"이제부터는 좀 길이 험하네. 조심하게."

그가 말을 하며 산비탈을 올라갔다.

그의 말대로 길은 정말 험했다. 나무뿌리도 잡고 풀도 움켜잡았다. 하다못해 나무 기둥이라도 붙잡아야만 발을 올려놓을 수 있는 곳이 허다했다.

"다 왔네. 여길세."

그는 어둠 깊숙이 쑥 들어갔다.

그는 불을 켜지 않았다.

"유등에 기름이 떨어진 지 오래되어서…… 괜찮겠나?"

"괜찮습니다."

"정말 괜찮겠나?"

"괜찮습니다."

"호오! 괜찮군."

그는 의미 모를 소리를 했다.

루검비는 불이 필요없었다.

그는 이미 어둠에 눈이 익었다. 아니, 어둠을 볼 필요가 없었다. 빛이 있든 없든 사물을 볼 만한 능력이 되었다.

감각을 말할 때 사람들은 오감부터 말한다.

청각, 후각, 시각, 미각, 촉각.

이 다섯 가지가 오감이며, 어린아이부터 죽기 직전의 노인까지 남녀노소를 불구하고 모두 이 오감에 의존해서 산다.

무인의 경우에는 특히 더하다. 오감을 얼마나 잘 발달시키느냐에 따라서 무공의 고하가 갈라지기도 한다.

한데 오감 위에 하나가 더 있다. 육감이다.

사람들은 육감을 본능적인 느낌 정도로 치부한다. 영(靈)이 하늘과 통해서 앞으로 일어날 일을 미리 알려주는 전조라고도 한다.

루검비는 달리 해석한다.

육감은 오감을 모두 닫아버렸을 때 찾아오는 감각이다.

코에 참기름 냄새가 풍긴다. 하지만 장미향을 맡는다. 귀에는 거센 물소리가 들린다. 하나 새소리를 듣는다. 눈에는 분주히 일하는 사람들이 보인다. 하나 꽃을 본다.

몸은 방앗간에 있다. 정신은 화원을 본다.

오감을 완전히 버리고, 오감으로 느껴지는 것을 모두 부정하고 머릿속에 떠오른 상상, 냄새, 부드럽고 거침을 느낀다면 그는 화원에 있는 것이다.

이것이 여섯 번째 감각, 육감이다.

그의 육감은 노인의 얼굴을 본다.

용목(龍目)에 높은 코, 두터운 입술, 건장한 체구가 일국의 장수를 연상케 한다. 머리카락은 진한 검은색이며 머리숱도 많다. 얼굴에는 주름살 하나 없고 피부는 탱탱하다.

이제 갓 서른을 넘겼을까 말까 해 보인다.

하지만 그는 노인이다. 그것도 여든을 훌쩍 넘겨 죽음을 앞에 두고 있다. 어쩌면 아흔이나 백수를 넘겼을 수도 있다.

"화룡을 지니니 어떻던가?"

그의 첫 물음부터 심상치 않았다.

"언제부터 화룡을 지니셨습니까?"

루검비는 대답 대신 질문으로 맞섰다.

"내가 신(神)이라고는 생각되지 않나? 무천 사람들 중에는 그리 생각하는 사람이 많다네."

"신의 영역에 가까이 간 분은 틀림없어 보입니다."

"자네는 이제 첫발을 내딛었군."

순간, 루검비의 뒷머리를 강하게 두들기는 생각이 있었다. 그는 물었다.

"환희교를 왜 버리셨습니까?"

"한 여인을 죽였기 때문이지."

그는 순순히 대답했다.

그렇다. 그는 실종되었다던 전대 수문장이다.

"교주입니까?"

"그렇네. 자네도 그런 것으로 아네만."

루검비는 할 말을 잃었다.

여기 자신보다 한평생을 먼저 산 사람이 있다. 자신이 지닌 것을 지녔고, 자신이 보고 느낀 것을 먼저 가졌던 사람이다.

"환희밀공, 끝은 보셨습니까?"

"허허허허!"

노인은 너털웃음을 터뜨렸다.

'끝나지 않았어.'

짐작이다. 이것 역시 육감이 물어다 준 소식이다. 증명할 수는 없지만 정확하다고는 할 수 있다.

"자네, 나와 싸워보겠나?"

"……!"

"날 이길 자신이 있나?"

"그래야 합니까?"

"내가 모초권을 키웠네. 기녀들에게 환희밀공을 펼치라고 종용했네. 허허허!"

루검비는 잠시 생각했다.

이유있는 행동…… 이유…… 어떤 이유…….

루검비는 기녀들의 특이한 죽음에 주목했다.

모초권은 그녀들의 진기를 빼앗았다. 그리고 그녀들에게 목매달 것을 종용했다. 말은 그렇게 했지만 죽지 않는 기녀들은 자신이 직접 목매달아 죽였을 것이다.

그리고 닷새 후, 그녀들은 목내이가 되었다.

모초권은 환희밀공의 묘용이라고 했다.

어림없는 소리. 환희밀공도 그런 요술을 부리지 못한다. 무엇인가가 그녀의 체내에 남아 끊임없이 수분을 빼앗아간 것이다.

"화룡……."

루검비는 나지막한 소리로 중얼거렸다.

"허허허! 짐작할 줄 알았지."

그가 웃으며 말했다.

　노인은 모초권의 몸에 화룡을 심었다. 날카로운 금침을 목함에 넣어 보관하듯이 살아 움직이는 화룡을 투명막에 가둔 후, 모초권의 몸에 밀어 넣었다.

　모초권은 자신의 몸에 화룡이 숨어든 줄도 모르고 기녀들을 건드렸다. 그리고 노인의 명에 따라 그녀들을 죽였다. 죽음을 유도했다로 말을 바꿀까?

　노인의 화룡은 그녀들이 죽은 후에야 깨어났다. 투명막을 찢고 밖으로 나와 수분을 갈취했다.

　양과 음의 결합이다.

　한데 음은 죽은 음이다. 사기(死氣)가 건넨 음이다.

　사람으로 치면 독을 마신 것과 진배없다.

　그렇게 노인은 자신의 화룡을 끊임없이 버려왔다.

　그토록 버리고 싶으면 그냥 허공에 버리면 안 되나? 꼭 사람을 죽여가면서까지 몸속에 버려야 하나?

　결론부터 말하면 '그렇다' 이다.

　보통 사람은 생명이 끊어지면 성신도 사라지지만, 오랜 시간 성신을 보아온 사람은 사후(死後)에도 얼마 동안은 성신이 살아 숨 쉰다.

　사체 속에서 꿈틀거린다면 아무 상관 없다.

　문제는 숨이 끊어지는 순간에 육신을 떠나 허공에 부유한다는 것이다. 그러다가 인연이 닿은 사람에게 앉아 영향을 끼친다.

그 영향이 두려운 게다.

자기 자신이 온전한 삶, 깨끗한 삶을 살아왔다고 자부하지 못하기에 다른 사람에게 못된 영향을 끼칠까 봐 그게 두려웠던 것이다.

한 사람을 죽이는 것으로 그치면 차라리 그쪽을 택하고 만다.

화룡은 그 범주를 넘어선다.

영향을 끼친 사람에게 절대적인 힘을 준다. 정상적인 뇌로는 감당하지 못할 거력이 스며든다. 그러니 결국은 미칠 수밖에 없다.

미친 인간이 엄청난 힘을 소유하면 어떤 일이 벌어질까?

그런 일이 한두 명으로 그치는 게 아니다. 화룡이 몇 조각으로 찢어지느냐에 따라서 영향을 끼치는 사람 수가 결정된다.

노인의 몸에서 화룡을 발견할 수 없었던 것은 이미 다 소진해 버렸기 때문이다.

"그렇게 힘든 겁니까, 화룡을 보면서 산다는 것이?"

"아니지. 즐거웠네. 환희교 아닌가. 환희가 없으면 환희교가 아니지. 참 즐거운 삶이었네. 하지만 이젠 쉴 때가 되지 않았나. 오래 산다는 것도 지치는구먼. 잊지 말게. 환희밀공은 끝없는 탐구를 요구한다네. 이 나이가 되도록 반의반도 알지 못했다면…… 허허허!"

"기녀들을 죽이고도 마음 편하셨습니까?"

"편할 리 있겠나. 그래서 보지 않았네."

"안 보면 괜찮은 겁니까?"

"두 가지만 말해주겠네. 첫째! 경전에서 논한 사음(邪淫). 일어나네. 일종의 유혹이지. 아주 강렬한 유혹일세. 난 그 유혹에 졌네. 내가 화룡을 다 버린 이유는 그때 일 때문이지. 그 동안 정화시킨다고 시켜왔네만 아직 절반도 씻지 못했네."

"유혹을 넘기면 어떻게 됩니까?"

"세상이 보이네."

"독룡에게 화룡을 줘야 합니까?"

루검비는 침착하게 묻고 싶은 것들을 물었다.

그는 분명히 선배다. 환희밀공을 먼저 알았고, 그 길을 평생 걸어왔다. 많은 시행착오 끝에 심득을 얻었다.

그가 기녀들을 죽음으로 몰아넣으면서까지 화룡을 버린 것도 시행착오 때문이다.

자신에게는 이런 사람이 나타나 주어 정말 다행이다.

노인이 루검비의 물음에 답했다.

"주지 말게. 그들도 언젠가는 사음의 유혹을 받게 될 터. 일단 독룡에 찌들었던 사람은 결코 그 유혹을 벗어나지 못하네."

"보통은 사음의 유혹을 벗어나지 못할 텐데요?"

"그러니 교도를 선별해서 받아야 하네. 두 번, 세 번 관찰

하고 완벽하게 확신이 선 후에야 받게."

"지금까지 몇 명이나 받았습니까?"

"없네."

많은 대화가 오고 갔다.

류취취는 무천 담장을 넘었다.

하루가 지나고, 이틀이 지나고, 사흘이 지나도 루검비가 나오지 않았다.

그의 기운도 느낄 수 없다.

멀리 떨어져 있어도 그의 화룡은 강렬한 기운을 발산했기에 어디서 무엇을 하는지 짐작할 수 있었다.

지금은 아무런 기운도 느껴지지 않는다.

그녀는 전각이란 전각은 하나도 빼놓지 않고 샅샅이 뒤졌다.

없다. 아무리 찾아도 없다. 잡혀갔나?

그래서 자신이 갇혀 있던 쇄심옥을 뒤졌다.

쇄심옥주는 그때 그 사람이다. 자신을 괴롭혔던 옥졸들도 봤다. 그중 한 명은 거의 밤마다 찾아와서 욕을 보이고 가곤 했다.

그들 모두가 눈에 보이지 않는다.

그녀는 오직 루검비만 찾았다.

'없어! 어디 있는 거야!'

그녀는 다시 밖으로 나와 전각들을 뒤져 나갔다.

정문부터 가산까지 앞에서부터 훑어나가고, 뒤에서부터 훑어오고…… 그래도 없다.

그녀는 무천에서 가장 높은 사층 전각 지붕 위로 올라갔다.

그곳에 앉아 눈을 감고 마음을 차분히 가라앉혔다.

그가…… 그가 어디에 있나?

그는 보이지 않았다. 대신 다른 수룡들은 읽혔다.

유화가 엎드리면 코 닿을 곳에 있다. 복수를 위해 떠났던 소월신투도 가까이에 있다.

그녀들이 어떻게 이곳에 있을까?

류취취는 생각을 그녀들에게서 돌려 루검비를 쫓았다.

왜 그는 보이지 않는 걸까? 옆에 있으면 좋을 텐데.

그녀가 눈을 떴을 때, 루검비는 자신의 옆자리에 앉아 있었다.

"내 옆에 있게 해달라고 빌었어."

"미안."

루검비가 그녀의 어깨를 껴안았다.

"볼일은?"

"다 끝났어."

"그럼 환희교를 일으켜야겠네?"

"아니. 환희교는…… 환희밀공은 우리만 알자."

"죽은 교주님이 차기 교주를 찾으랬다며?"

"찾았어."
"피이! 그러느라고 늦었구나? 누군데?"
루검비는 피식 웃기만 했다.
그의 머릿속에 좌화(坐化)한 노인의 말이 떠올랐다.

"여자로 환희교주를 삼는 이유는 수문장을 견제하기 위해서가
아니네. 자네도 지금은 알겠지만 환희밀공이란 것이 꼭 삼법을 거
쳐야 되는 건 아니네. 내가 있었다면 자네는 삼법을 거치지 않고
도 화룡을 알았을 걸세. 여자가 교주가 되어야 하는 이유는 자네
나 나 같은 수문장이 사라졌을 때를 대비해서지. 여자는 어떤 상
황에서도 살아남는다네. 그런 생존력이 오늘까지 환희교를 끌어
온 게지. 창기 노릇을 하면서까지 말일세. 남자라면 그렇게 하겠
나?"

전대 수문장은 아무것도 가진 것 없이 빈손으로 갔다.
그는 영예로운 삶을 영위했다.
무천 천주라는 신분으로 반평생 동안 무림을 호령하며 살
았다.
한데 그는 그런 과거가 부끄럽단다. 환희교 수문장이라는
직책이 더 자랑스럽단다.
갈 때는 그마저도 버렸다. 아무것도 지닌 것이 없는 무명노
인이 되어 가고 싶은 곳으로 갔다.

그가 마지막으로 한 일은 루검비를 불러 대화를 나눈 것이다.

그렇다. 루검비가 무천에 미련을 가지고 악착같이 온 것은 지법 석화 때문이 아니었다. 그것을 이유 삼아 무천으로 달려오게끔 노인이 화룡에게 빌었던 게다.

세상에 우연이란 없다.

잠깐의 만남도 누군가 소원하기에 생긴다.

"가지. 오늘은 술 한잔 마시게. 술 좀 가르쳐 줘."

"정말?"

류취취가 펄쩍 뛰며 좋아했다.

3

섬서성(陝西省)에는 험산(險山)이 많다.

무산(武山) 밑에 백애산(白崖山)도 험하다. 험할 뿐만 아니라 계류비폭(溪流飛瀑)이란 말에 걸맞게 물과 폭포가 이뤄내는 경치는 가히 일품이다.

세 사람은 백애산을 바라보며 한숨부터 내쉬었다.

"어휴! 저걸 언제 올라가."

"쉬엄쉬엄 올라가다 보면 어느새 도착해 있지 않던가. 괜히 엄살 부리지 말어."

"허허허! 그만들 싸우고 올라갑시다. 이러다 해 지겠소. 천리 길도 왔는데 저길 못 올라가겠소."

무류 왕신파가 뚱뚱한 몸을 이끌고 먼저 발을 내딛었다.

"어찌 여기는 길도 안 나. 그만큼 다녔으면 길이 생길 법도
한데."

"고작 일 년에 한 번 오는 걸로 길이 생기길 바라?"

"거기서 여기가 어디라고 고작이오? 장장 천 리요, 천 리."

"허허허! 그 사람 참."

절죽원주와 호리수는 늘 아옹다옹이라서 싸우든 말든 한
귀로 듣고 한 귀로 흘려보낸다.

"이번에 올라가면 경신술이라도 배워볼까 봐."

"왜? 이번에는 화룡 본다는 소리가 빠졌네?"

"그걸 가르쳐 줘야 말이지. 언제는 가르쳐 주지 못해서 안
달이더니, 이제는 사정사정해도 안 보여주네."

"왜? 밉보였나? 그러게 잘 보이지 그랬어?"

"내 딴에는 잘 보인다고 보였소만…… 이구!"

그들은 주거니 받거니 농을 건네며 산을 더듬어 올랐다.

무공을 모르는 사람들이고, 평생을 의술과 학문에만 전념
해 온 사람들이라 산을 타는 게 용이치 않았다. 더군다나 그
들은 머리에 하얀 서리가 앉은 노구(老軀)였다.

얼마쯤 올라갔을까?

세 사람은 주위를 두리번거리며 고개를 갸웃거렸다.

"오늘인 줄 모르나?"

"알 텐데…… 한 번도 거르지 않았잖아?"

"그런데 왜 안 나왔지?"

그때다!

"어흥!"

길 옆 풀숲에서 큼지막한 호랑이가 불쑥 튀어나왔다.

"헉! 이, 이……!"

세 사람은 당황해서 손발을 허우적거렸다.

그러자 호랑이가 벌떡 일어서더니 위에서부터 스스로 껍질을 벗어 내렸다.

"호호호! 깜짝 놀랐죠?"

호랑이 가죽을 벗고 나온 건 앙증맞은 소녀였다.

"에구! 야, 이놈아! 깜짝 놀라 심장 떨어질 뻔했다!"

"피이! 만날 그 소리야."

"피이는! 이 꼬마 녀석이! 이리 오너라. 어디 얼마나 컸나 안아보자!"

왕신파가 꼬마 소녀를 번쩍 안아 들었다.

"모두들 안녕하시냐?"

"참! 나 동생 생겼어."

"그래? 좋겠네? 어느 엄마?"

"찬바람 엄마."

"찬바람 엄마가 뭐야, 이 녀석아!"

그렇게 험한 산길을 더듬어가길 얼마간, 깊디깊은 산골에 나무로 얼기설기 엮어놓은 오두막같이 생긴 집들이 서너 채 나타났다.

"돈도 많으면서 인색하긴. 집이나 짓고 살지."

호리수가 못마땅한 듯 투덜거렸다.

그곳에서 한 명, 두 명 사람들이 나타났다.

"어서 와요."

"호호호! 할아버지 왔어!"

"내 선물은?"

아이들이 우르르 달려나오고 아낙들은 뒤에서 곱게 웃으며 마중 나왔다.

익숙한 얼굴들이 거기 있었다.

"여기 있네. 완성본이네."

절죽원주가 보자기에 곱게 싸 온 책자를 내밀었다.

"자네 말을 참고로 하니까 내용이 확 달라지더군. 허허허! 내 범어 실력이 형편없는 줄 이번에 알았네."

"수고하셨습니다."

서른을 넘긴 루검비는 굳센 장한으로 변모해 있었다.

"십 년도 더 걸린 대공사였는데, 술 한잔 안 줘?"

호리수가 목을 쓰다듬으며 말했다.

"그 대신 화룡을 보게 해드릴까요?"

"그럴래?"

호리수가 확 다가와 앉았다.

"해본 소립니다. 이걸 번역하셨으면서 아직도 화룡을 모르십니까. 하하하!"

"놀리기는. 난 정말 보여주는 줄 알았잖아!"

호리수가 짐짓 신경질을 부렸다.

삼 인은 나이 탓인지 저녁에 마신 반주 탓인지 자리에 눕자마자 코를 골며 잠이 들었다.

루검비는 절죽원주가 번역해 온 경전을 펼쳤다.

아작세간(我作世間).

제일 첫 번째 장에 나오는 말이다.

"내가 세상을 만든다."

루검비는 나지막하게 중얼거렸다.

『환희밀공』大尾.

共同傳人

공동전인

설경구 新무협 판타지 소설

마교를 재건하라.

혈마옥에 갇히며 마교 장로들의 공동전인이 된 사무진에게 주어진 과제.
역사상 가장 착한 마교의 교주.
하지만 역사상 가장 강한 마교의 교주가 되고 싶다.

고정관념을 버려요.

마교도라고 해서 꼭 나쁜 놈일 필요는 없잖아요.

지금까지와는 다른 마교.

이제 사무진이 만들어가는 새로운 마교가 모습을 드러낸다.

환희밀공

설봉 新무협 판타지 소설

歡喜盜功

환희밀공 1

무유칠덕(武有七德), 금폭(禁暴), 집병(戢兵), 보대(保大),
정공(定功), 안민(安民), 화중(和衆), 풍재(豊財), 자야(者也).
〈좌전(左傳), 선공 십이년(宣公 十二年)〉

무에는 일곱 가지 덕이 있다.
첫째, 난폭을 금지한다. 둘째, 무기를 거두어들인다. 셋째, 큰 나라를 보전한다.
넷째, 공적을 정한다. 다섯째, 백성을 편안하게 한다. 여섯째, 대중을 화합하게 한다.
일곱째, 물자를 풍부하게 한다.

섬서성(陝西省) 육반산(六盤山)에 신력(神力)을 바탕으로
패공(覇功)을 구사하는 가문(家門), 육반루가(六盤婁家).
세상에게 외면받고 멸시당하는 환희교(歡喜敎).
육반루가의 후손과 환희교 교주의 운명적인 만남.

"넌 환희교를 지키는 수문장(守門將)이 될 거야.
강하게, 아주 강하게 키워주마."
'아버지처럼 죽지 않을 거야. 아무도 날 죽일 수 없어.
세상에서 최고로 강한 사람이 될 거야.'